滕贞甫 主编

新时代文学作品集 中短篇小说卷

U0721557

北方联合出版传媒（集团）股份有限公司
春风文艺出版社
·沈阳·

图书在版编目（CIP）数据

新时代文学作品集. 中短篇小说卷 / 滕贞甫主编
. —沈阳：春风文艺出版社，2022.10（2023.8重印）
ISBN 978 - 7 - 5313 - 6340 - 8

Ⅰ. ①新… Ⅱ. ①滕… Ⅲ. ①中国文学 — 当代文学 —
作品综合集 — 辽宁 ②中篇小说 — 小说集 — 中国 — 当代 ③短
篇小说 — 小说集 — 中国 — 当代 Ⅳ. ①I218.31

中国版本图书馆CIP数据核字（2022）第179575号

北方联合出版传媒（集团）股份有限公司
春风文艺出版社出版发行
沈阳市和平区十一纬路25号　邮编：110003
永清县晔盛亚胶印有限公司印刷

责任编辑：崔　丹		助理编辑：孟芳芳	
责任校对：张华伟		封面设计：鼎籍文化　姜鹤	
印制统筹：刘　成		幅面尺寸：155mm × 230mm	
字　　数：212千字		印　　张：15.5	
版　　次：2022年10月第1版		印　　次：2023年8月第2次	
书　　号：ISBN 978-7-5313-6340-8			
定　　价：58.00元			

出版说明

2014年，习近平总书记主持召开文艺工作座谈会，为新时代文艺繁荣发展指明了前进方向。在习近平总书记关于文艺工作的系列重要论述的引领下，辽宁省作家协会组织引导全省广大作家坚持以人民为中心的创作导向，热忱描绘新时代新征程的恢宏气象，书写生生不息的人民史诗，创作出一系列反映时代气象、讴歌人民创造的"辽字号"文学精品。为展现新时代文学辽军风采，辽宁省作家协会与春风文艺出版社共同策划，推出了这套"新时代文学作品集"。

"新时代文学作品集"按作品发表或出版时间分为三卷，包括：《新时代文学作品集·长篇小说卷》（上下卷）和《新时代文学作品集·中短篇小说卷》。精选2014年以来我省作家荣获中宣部"五个一工程"奖、鲁迅文学奖、全国少数民族文学创作"骏马奖"、全国优秀儿童文学奖、茅盾新人奖等具有重大影响力的国家级文学大奖获奖作家作品，以及入选中国作家协会各类扶持项目且已发表或出版的作品。《新时代文学作品集·长篇小说卷》（上下卷）收录20部长篇小说节选，《新时代文学作品集·中短篇小说卷》收录6部中短篇小说。这些作品政治性、思想性和艺术性高度统一，既有经过时间沉淀、深受广大读者喜爱的精品，也有热情书写辽宁全面振兴全方位振兴生动实践的新篇，还有关注普通老百姓日常生活的佳作，从不同角度反映了文学辽军为时代书写、为人民放歌，努力攀登新时代文学高峰所取得的可喜成绩。这是新时代辽宁文学创作成果的一次集中展示，更是辽宁文学事业的一次重要历史纪念。

春风文艺出版社自成立以来，一直将助力本省文学事业发展作为光荣使命和重要目标。今后，我们将以此次与辽宁省作家协会合作为契机，立足出版行业，服务发展事业，用精品图书讲好"辽宁故事"，为新时代辽宁全面振兴全方位振兴贡献力量。

目录 Contents ▶

（按作品发表或出版时间先后排序）

耳顺之年

孙春平

一

那厚德赶回北口时，已近子夜了。进父母家的楼门前，抬头看五楼的窗口，厨间的灯亮着，橘黄色，透着温暖，看来问题不是很严重。他住了脚步，摸出一支烟，点燃，深深吸进去。老母旧病发作，那种病最怕的是烟味，进了家就吸不得烟了，况且，他也需要静静心气，把可能面临的家事好好想一想。妹妹急慌慌地打电话让他回来，虽只说老妈又犯病了，但他猜测，事情绝不会这么简单，不然，懂事而勤谨的二妹绝不会惊动他这位远在省城的大哥。

节令过了雨水，已是八九雁来的时节，但北方真正的雨水还得两个月呢，雁来了又落在哪里，大地与湖泽仍是冰封一片。北方的人们将来自中原地区的农谚做了改造，七九河开河不开，八九雁来雁不来。仰面望空，高天中寒星闪烁，看来空气质量不错。凛冽的夜风中带着丝许湿气，那是春的气息，毕竟不比隆冬了。只盼母亲能挺过这阵春寒，等真正的春天一来，就算又躲过肺气肿这个恶魔一劫了。

那厚德上了五楼，指节刚在家门上一叩，门就打开了，是二妹

1

不息开的，看来她早候在了门廊旁。闻声，大妹载物和弟弟自强也都从南屋赶出来。大妹说，妈在南屋呢，能喘上气就念叨你。弟弟说，医院给设了家庭病房，氧气瓶都架过来了。厚德问，爸还好吧？二妹说，我让他先睡下了，在北屋呢。

厚德先进了北屋。父亲并没睡着，听了门外的动静，起身坐在了床边。厚德欲扶父亲快躺回被子里，父亲却拗着身子不躺，厚德只好扯过被子披在父亲身上。房间里虽供着暖气，却不足。父亲说，长子回来了，家里的事，你就拿主意吧。我和你妈都老了，不中用啦。厚德心里动了一下，说爸你老快躺下。家里的事，有我们哥四个呢。父亲说，你们老娘一辈子的功德，就是生了养了你们四个，别的话，就别让我说了吧。厚德说，对，对，老爸什么都不要说了，儿子明白。

四兄妹进了南屋。南屋比北屋大些，但靠墙摆着几十年前时兴的组合柜，再加双人床，还是显得拥挤了，尤其是床头还立着氧气瓶，就更连转身都要小心了。厚德俯身到母亲面前，轻声喊了两声妈，母亲的面部明显浮肿，眼闭着，口鼻上扣着吸氧罩，没应声。妹妹说，看来这阵还不错，总算睡着了。厚德直起身，对三姐弟说，天这么晚了，你们都回去，家里的事，咱们明早商量，行吧？二妹说，大哥，你也是六十岁的人了，又赶了半夜的路，还是你去歇歇吧。我的家离这儿又不远，我这就给家里打电话，让那爷儿俩睡双人床，你就在那张单人床上将就半宿。厚德说，那又何苦。还是你回去，我在老妈身边睡。一会儿妈醒了，我正好跟妈说说话。弟弟自强也想说什么，厚德摆手挡回去，说天不早了，都赶快回去，有话明早说。

姐妹们离去了，厚德脱去外衣外裤，盖上妹妹不息离开时从组合柜里抱出的被子，躺在了妈妈身边。他侧过身去，想抱一抱母亲，又怕将母亲惊醒。却没想母亲将扎着点滴的手颤颤地移过来，抓住了他的手。原来母亲没睡着，她在等着大儿子回来。

2

德子……救救……妈……

泪水岩浆般猛地冲出眼睑。母亲嘴巴上捂着吸氧罩，再加上有气无力，说话呜呜的，但厚德还是听清了。面对自己身上掉下的这块肉，母亲在求救。老母虽重病缠身，神志却还清醒，远未到昏聩不堪的地步。她既求救，必是已意识到自己病情的危重，家里人却施救不力。母亲以前已住过六次院，都是康复之后回的家，她不相信留在家里也能把病治好，况且这一年，她八十四岁，在老年人的心目中，七十三、八十四，都是人生不好跨越的沟壑呀。厚德将嘴巴凑到母亲耳边，一字一句坚决地说，妈，天一亮，儿子就送你去医院，请最好的大夫，用最好的药。北口治不好，儿子带你去省城，去北京。

母亲肯定听清了，她抓儿子的手用了些力气，喘息着说，妈还没……看到……重孙子……

厚德的心里又酸热上来。四世同堂，那是人生的一种向往。他对母亲说，妈，等开春了，不光要看到，太奶奶还要抱抱重孙子呢！淑芬这回没回来照顾你，过年也没回来，她在秦皇岛照看你的重孙子呢。过一阵，孩子再大些，就能给太奶奶抱回来了。

淑芬是厚德的媳妇，到了这个年龄，叫老伴才合适。有了这一番对话，母亲心里安稳了些，终于沉沉入睡。厚德感觉到母亲抓着自己的手松开了，呼吸也平缓了一些，便觉自己的身子也酸软上来，脑子木木的，却睡不着。春节时他回来过，从腊月二十九到正月初六，在家陪老爸老妈整整住了八天。那时，老妈还能扶着拐杖，在家里缓步行走。大年初一的早上，母亲从枕下摸出两双袜子，都是大红的，一双递给了他。母亲说，今年咱娘儿俩都是本命年，都穿上。厚德犹豫说，我个大老爷们儿，脚脖子露出一截红，多难看。母亲佯装生气说，穿，给妈穿，起码正月里得穿。只要有妈，你再活六十岁也还是个孩子。这话说得多好，只要有妈，就还是个孩子。可正月还没过完，病魔就重袭上来了，但愿老妈这一次仍能有惊无险，平安无事吧。

收到二妹报告母亲病重的信息，是在今天午后三点多。那个时候，那厚德正在会议室里开会。主管副省长突然下到厅里听汇报，看样子可能是收到了上级首长的指示，厅里在的几个领导都坐在会议桌的前排，可能涉及的业务职能处的处长们则坐到领导们的身后。在厅长去楼下迎候副省长的时候，常务副厅长很严肃地对大家说，请把手机都关掉，就是有天大的事也等省长走后再说。厚德没关机，但把手机调到振动状态。最近几年，他一直这样，不管是谁，就是你把刀子架到脖子上，他也不关机。老父老母都已风烛残年，任何情况都可能随时发生，他讨厌任何人在这种事上为自己找借口。果然，在厅长汇报时，手机颤起来。他掏出来看，是二妹的，心里就暗叫不好。不息知深浅，没有大事从来不在这个时间找哥哥。他按了拒听键，发了俩字回去，"短信"。很快，妹妹的短信发来，"妈又咳血，量很大，吓人。最好速回。"厚德只回了一个字，"知"，便又把心思努力拉回到会议中。

副省长对省内几个可能涉及用地违规的情况问得很具体也很细致，最后又发表了措辞强硬的讲话，离去时已六点多了。厅领导下楼送行，厚德则远远地跟在后面。等厅长转身往回走时，他急迎过去请假，说老妈病了，我这就得往北口赶。厅长眉毛拧在了一块，说老那，不是我不通人情，省长的指示你也听到了，要求三日以内书面的分析报告必须呈报上去，这个报告主要还得出自你们土地利用管理处，而且最好是你亲自动手，你说让我怎么准你的假？那厚德说，我把U盘带在身上，我保证按时完成任务，一刻也不耽误。厅长说，涉及对几个违规案件的分析，你在外面写，又要往回发送，我担心泄密呀。厚德说，我百倍小心吧。材料初稿完成后，我专程往回送。厅长叹了口气说，你也不年轻了，如果老人家的病情确是危重，你也别来回折腾了，报告写完，你给我来个电话，我派车专程去取就是。厚德心里热了一下，道了声感谢，转身欲走时，厅长

4

又扯住了他，说家里的情况要是不那么紧急，你能回来还是要抓紧回来。今年于你，情况有点特殊，有些话，我就不多说了，你心知吧。

二

入眠虽有些艰难，但一旦睡去，便沉沉的连梦都没有了。昨夜，到火车站时，已是入夜时分，售票大厅里乱哄哄拥满了人，却完全没有像点模样的买票队列。电子显示屏上，一片红色，注明的都是无票。这不奇怪，正是春运，尤其是过了正月十五，返程的民工和大学生两股潮流汇成了一股，冲击成了一年中最严重的票荒时段。厚德去问黄牛党，问了几个人，都是摇头。急迫之中，厚德想起有个大学同学说女儿在火车站工作。电话打过去，大学同学说赶巧女儿今天歇班，你等着，我这就给她打电话，你等她的电话就是。很快，老同学的女儿电话打过来，请那叔叔直接去贵宾候车室，找正当班的某某，我已经跟她说好了。有了这般安排，乘车的事才顺畅起来，某某送他上了站台，站台值班员将他委托给通过的一列列车的列车长，列车长将他带到一硬卧车厢，说先生在边座上委屈一下吧，正值春运，我也只能做到这些。一会儿我让人来给您办补票。

年已花甲，虽说身子骨还算硬朗，但在机关里忙了一天，又坐了半宿火车，身体的疲惫还是抗拒不得的，那份酸痛从筋骨里往外蔓延，再加内心里对母亲的牵挂，那厚德只觉得那三个半小时的路程格外漫长。

清晨六点，厚德激灵一下醒来。我这是在哪里呀？但那份懵懂只是一瞬，他就彻底清醒过来了。我这是回北口家里了，睡在妈妈身边。该死，老妈病重，我怎么还睡得这么死！他侧过身，正见母亲瞪着一双昏花的老眼望着他。母亲努力咧嘴一笑，说还是你小时候睡觉的样儿……妈给你……弄醒了吧？厚德忙坐起身，说没，我天天这时候醒。哟，妈，是不是身下湿了，溺着了吧？母亲说，过会儿……你二妹……就来了。厚德心里自愧着，说我是你儿子，不用等她。

不息给母亲用了尿不湿。春节厚德回来时，也是让妹妹回家睡，自己陪在母亲身边，那时，母亲想去卫生间了，就拨醒他，由他扶过去。对尿不湿，厚德还笨手笨脚，撤下去，再换上新的，忙活一阵，额上竟出了微微的细汗。母亲叹息地说，废物了……真不如……死了。厚德边忙边说，妈，咱不说这样的话。我们几个小时候，你给我们换尿布何止千次万次，养儿防老，这是天理。

洗过手，厚德才觉饿了，真的很饿，有些心慌。可不，连昨天的晚饭都没吃呢。昨夜也曾觉过饿，可那时是坐在硬卧车厢里，入了夜，为了不影响旅客休息，车厢的门锁死了，不许售货车推进来，那就只好忍着。饥饿像海潮似的，一波又一波，昨夜那一潮过去，今早这一潮竟越发凶猛。厚德拉开冰箱冷藏室，正好见有面包和牛奶，便取出来，先扯开面包，急不可耐地揪下两块送进嘴巴。有点凉，毕竟不是夏秋时节了。父亲闻声，穿着衬衣衬裤扶墙走出来，劈头就是责怪，真就是饿死鬼托生的？不知道先放进微波炉烘一烘啊？厚德忙上前扶父亲，说，您也不穿件衣裳，快回被子里躺着吧。我没事，习惯了。父亲生气地说，习惯了什么？你以为你还年轻啊！

厚德扶父亲重回床上，又将面包和牛奶放进微波炉，定时一分钟，转身开了房门，站在楼梯过道里点燃了一支烟。坐机关这些年，不是开会就是写材料，烟瘾熬得挺重，一天一包都不够，早晨起床，往往第一件事就是吸烟。

不息顺着楼梯走上来，手里提着水豆腐和油条，这是厚德每次回家百吃不厌的早餐。厚德打招呼，这么早？不息说，夜里回到家才想起，大哥可能连昨晚的饭都没吃呢。外面冷，走这一道都凉了，我再热热。厚德说，你先别忙着进屋，家里是怎么个情况，你先跟我说说。

不息站在了大哥面前，低下头，好一阵，才抹了一把已涸出眼角的泪水，说，大哥，一会儿等我姐和二哥来，咱们就叫救护车，把妈快送医院去吧。费用上的事，全由我担着，你别为难，也啥都别问。只是……我家的情况大哥都知道，我手上真没钱，大哥手上要是带着，就先替我垫上，我一定抓紧张罗给大哥补上。

是不是谁说了什么？

说什么都不错，这事本就应该由我承着。

那我问一句不该问的话，爸手上还有多少钱？

不息犹豫了一下，说，也不多，五万多一点吧。除了退休金节省下一些，就是逢年过节咱几家孝敬父母的。每次，爸手里有了点闲钱，就交我替他存进银行，回来时再将银行卡交回他手上。要是往出提款，就让我扶他去储蓄所，他亲自按密码。

给妈治病，爸又是什么意见？

昨晚，你回来，爸不都亲口对你说了吗？爸跟我说的只是，等你大哥回来再说。

厚德思忖有顷，对不息说，一会儿载物和自强来，不管我说什么，你都别反对。家有千口，主事一人，眼下老爸老妈都这么大岁数了，我这当大哥的也该替他们拿拿主意了，听明白了吗？

不息自然是听明白了，说，大哥，你千万别硬撑着。哪个家也不只是一个人的，你那边还有嫂子和大侄呢……

厚德没让妹妹再说下去，拉开房门，将不息推进去，自己站在楼道里，又点燃了第二支烟。老爸当年，也算才智横溢，在北口这个中等城市，竟十分罕见地考上了清华大学。那是1948年的夏天，接到了录取通知书后却因遍地的战火不能按时赶到北平报到。这是父亲一生的遗憾，为了小做补偿，婚后，他将先后出生的一双儿女分别取名叫厚德和载物，那四个字连起来是清华校训的后半部，完整的八字是"自强不息，厚德载物"，他希望儿女们长大后继承他的志愿，再考清华。老父老母的原计划，这辈子只生一双儿女足矣，但新中国成立初期，领袖鼓励生育，说人多力量大，他就又生了两个，顾不得校训八字的顺序了，二子便叫了自强，小女儿叫不息。母亲没上过学，除了自强，对其他三个儿女的名字都不理解，也不喜欢，又罩不过父亲，在家里便喊两个女儿为大丫二丫，喊厚德为大德。直接喊丫，俩女儿小时还说得过去，大些了，便联手抗议，母亲便再喊她姐，她妹，用的是相互指代，倒也别具特色。

　　没上得了清华的父亲当了一辈子中学老师，用他自己的话说，中学里的课程，他全教过，包括音乐和体育。四姐弟继承了父亲的遗传基因，脑子好使，都是念书的材料。可惜的是，厚德只读到了初三，载物读完了初一，自强虽也算初中毕业，其实只是在学校里厮混，除了军训没上过几堂正经课。三兄妹都下过乡，撸锄杠撸得脸黢黑，心却并没红到哪里去。不息更惨，学校的玻璃被砸得没剩几块那几年，她才十来岁，有限的那点知识还是父亲在家里教的她。恢复高考那年，已结婚生子的载物抱着孩子哭了半宿，把那张申请表撕了。自强说，我连ABCD还认不全呢，就别去给人陪绑了，拉倒吧。厚德去考了，矮子里拔大个儿，竟考中了省城的一所大学，并从此在省城扎下了根。眼下，载物和妹夫带女儿经营着一家小超市，虽非富贵，温饱尚可不虞。自强和媳妇回城后都是大集体工人，前些年厂子都黄摊了，好在两口子身体都还不错，自谋职业寻财路，或去当钟点工，或去擦吸油烟机，也算把一个女儿供完了大学。最可怜的还是不息，他们两口子的遭遇虽跟二哥二嫂相仿，但数年前，当电工的妹夫从二楼摔下来，虽保住了一条命，腿脚却再吃不得力，只能坐在家里干些帮饭店穿穿烤串或糊糊药盒的活，美其名曰挣计件工资。挨摔时，建筑公司也算有些赔偿，可那几捆票子早在供儿子念大学时花完了。老父亲心疼小女儿，在两年前除夕全家聚餐时宣布，我和你妈一年老似一年，总需有人侍候，既雇别人，哪如用自己的女儿。我也不给不息报酬，等我和你们的妈死后，这户房子就给了她。我今天在这儿说这个话，就算我们老两口的遗嘱了，如果谁觉得程序不正规，哪天我就把公证人员请到家里来。载物说，何苦把票子白给了外人。老爸老妈的话，我们牢记在心就是。厚德笑着用筷子蘸酒在桌面上画圈，说我已圈阅，同意，照办。父亲望定把脖子梗到一边去的二儿子说，自强，你也表个态。自强抓起眼前的酒杯，说大过年的，说什么遗嘱呢。我祝老爸老妈健康长寿。父亲却不拿杯，正色道，生老病死，自然法则，我不忌讳。厚德看桌上的态势有点要僵，忙在桌下踢了二弟一下，自强只好说，那……大姐大哥都点头了，我也只能同意了。小妹不息说，谢谢爸妈，也谢谢各位哥姐。我心里明白，老爸老妈这样安排，是心疼我，有点偏心了。我们两口子这辈子可能就这样了，可我儿子还算刻苦努力，如果他日后真能有点出息，我一定告诉他好好孝敬姥爷姥姥和各位姨舅，回报各位长辈的恩情。父亲这回端起了杯，说要说偏心，我承认，我和你们的妈都有。人的这颗心哪，本来就是偏长一些的，不偏反倒不健康。为人立世，不光要讲孝，还要讲悌。悌是什么呢，就是要敬爱哥哥姐姐，那哥姐们呢，也要关心爱护妹妹弟弟。我知道眼下你们各家都不容易，哪家都有一本难念的经，可最不容易的还是不息，我们老两口就只好偏一点心了，按照时下的说法，就叫有所倾斜，对吧？好在，不息心里有数，知道亏欠了哥哥姐姐，这就中了。来，喝酒吧。

看来，家里的矛盾还是出在遗嘱上。人世间千家万户，很多老人在自觉身体日薄西山时，将家产明确交给某个子女，同时也就把生老病死的责任与义务交付了出去，这似乎是约定俗成的做法。现在母亲重病在身，要送医院，不能不支付很大一笔费用，这个钱谁出，对房产已不存指望的载物和自强有些想法也正常，他们都盼着自己拿出个公正公平的主意。可在一个家庭里，真正的公正公平又在哪里呢？民间古来有话，清官难断家务事啊。

厚德吸完第二支烟，觉得脚下和两条腿很凉了，正想回到屋里去，怀里的手机唱起来，拿出来看，是儿子的。儿子问，爸，你没在家呀？厚德说，你奶奶病重，我昨天夜里赶过来的。有什么话，快说。楼道里，二弟自强顺着楼梯上来，站住脚，问，大哥，这么早就有人找你？厚德说，是你侄子。二弟说，哥，家里的事，一碗水端平端不平，我就不说什么了，但也不能淋洒得太多。厚德知道二弟想说什么，却不想让他往下说，拉开身后的门，说外头冷，你进屋，有什么话，一会儿咱兄妹几个一块商量。

二弟进屋了。厚德对手机说，说吧。儿子说，爸，有时间你给我妈打个电话，说说她。昨晚俩老太太又叽歪了，大早起还都甩着脸，谁也不搭理谁呢。我这是跑到外头给你打的电话。厚德气恼地说，你的两个妈，都是去给你们帮忙的，你和你媳妇凡事要主动些，不要啥都指靠两个老太太。那也都是六十来岁的人啦！两个老人有些什么不愉快，那也正常，你和你媳妇多哄哄，多做些调和工作，别遇点事就烦我。你也是三十出头的人了，不能还断不了奶吧？厚德说完，就恨恨地将手机按断了。家里的这摊事，不光心里焦虑，还让人烦躁，对老父老母，只能好言抚慰，对兄弟姐妹，也发不得脾气，肚里的这股火，便只能发给儿子和老婆了。唉！

三

大妹载物来了后，厚德将父亲扶到南屋，给他戴上耳机看电视，自己带着三姐弟开家庭会议。因心里急着送母亲去医院，厚德不想再耽误时间，所以开门见山地亮出了自己的意见。他说，老妈必须赶快送医院，不然真要出点什么山高水低，不用外人说什么，我们自己先在良心上过不去。现在的问题不过就是住院费用，我的意见，咱们兄妹四人，一人一万，先安排老妈在医院住下，其他事以后再说。二弟说，大哥，凡事都是前有车，后有辙……厚德打断他的话，前面的车是别人家的车，留下的辙也是他们的辙，咱们家的车跟别人家的不一样。不息家里眼下拿不出这么大一笔费用，那就只能这么办。载物看了二弟一眼，犹犹豫豫地说，可不可以动员老爸，把他手里的钱先拿出来。老爸以前不止一次说过，他攒钱就是为了给妈防老的，现在可正是需要的时候，老爸以后有用得着的时候，咱们再商量嘛。自强忙点头支持说，我看姐的这意见对。厚德说，老爸还不糊涂，他手里的钱怎么花，什么时候花，他自有主意，咱们先别操心了好不好？厚德从衣袋里摸出一张银行卡，交给载物，说这张卡你拿着，里面存着几万元钱，怎么支出，你就全权负责。你们谁要是一时手紧，就先花我的，等宽绰时再说。不息又想拦阻，说，大哥，你别……厚德说，别耽误时间了，你马上打120，送妈去市一院，论硬件和软件，还是一院最好。不息眼圈又红了，说，大哥不让我说，我也要表个态度。该我承担的一万元钱，两天之内我一定交到大姐手上。爸的银行卡虽然在我手上，但也请哥姐放心，我一分钱也不会动。

厚德的明朗态度，让三姐弟再不好说什么，虽然二弟的脖子又梗起来，侧目望着外面灰蒙蒙的天空。厚德知道他心里肯定还有话，但此时不宜争辩，便借口去外面迎候救护车，远远躲了出去。等他陪医护人员再回到屋里时，父亲已从两个女儿口里知道了结果，站起身，大声说，厚德像个长子的样，这个舵掌得不错，我满意！

四姐弟都陪母亲去了医院，救护车里挤不下，自强和不息是骑自行车去的。但让厚德没料到的是，医院里的患者满登登的，连走廊里都摆了病床。住院处的人说，情况你们都看在了眼里，我就不多说了，我建议，你们还是去别的医院看看，兴许会好些。厚德担心重病的母亲不定会想到哪里去，不想走，便问跟在身边的三姐弟，说你们在北口待的年头多，好好想想，可有什么门路？两姐妹都摇头，二弟说，我们都是小沙弥，就算认识个大的和尚，可人家不认识咱哪。哥，你在省城衙门里混了这么多年，北口的领导不会一个都没联系吧，到了这当口，暗器就得使用一下了。听自强这么一说，厚德暗骂自己脑子短路，转身寻了一僻静处，把电话打了出去。

北口市国土资源局局长很快亲自赶过来了，姓沙名力，五十来岁，精明而干练，见面就责怪，伯母病成这样，怎么才告诉？大哥真是不把兄弟当兄弟呀。厚德说，我也是昨天夜里才回来，实在没了办法，才敢惊扰你，我知你忙。沙力从厚德不时扫向他身后的目光中读出了急切与问询，说大哥稍等，一会儿就有人来。这么点儿事，不算啥，好解决。

果然，说话间，院长和主管后勤的副院长都来了，还客客气气地陪着一位粗粗壮壮的中年人，听沙力局长介绍，知道中年人姓楚，是一家房地产公司的董事长兼总经理。楚老板对那厚德挺客气，先握手道了久仰，又俯身问候了车上生病的老人，这才对两位院长说，那处长的妈就是我的亲娘，二位大寨主看着办吧。副院长小声对院长说，我问过了，5病区的病房都用着，启动8号吧。院长暗叹了口气，悄声回道，但愿这几天领导们都康健无虞吧。

一院之长发了话，白衣天使们便忙着送病人去病房。那厚德致谢沙力局长，说改日再叙，你快回局里去忙，可不敢再打扰了。沙力说，大哥何必这么客气。刚才楚老弟说得对，大哥的老妈就是我们的老妈，哪有不让兄弟尽尽孝心的道理。沙力坚持要陪送到病房，楚老板自然也要陪着，楚老板的举动又要影响到院长副院长，医院大楼里的医生护士们见两位院长亲自送病人去病房，便呼啦啦跟上一溜儿。自强跟在厚德身旁，颇为自得地低声嘟哝，哥，听我的没错吧。这个姓楚的，可是哪路神仙哪，把两个大院长都拉来了？厚德暗中捅了兄弟一把，小声叮嘱，少说话。又说，至于那个人是谁，我也不知道，咱们心里只谢沙局长就是了。其实对这事，只需一搭眼，那厚德已是一清如水了。楚老板要发展房地产业务，不能不巴结管理土地的地方领导。楚老板的公司以前肯定参与过这家医院的扩建或改造工程，看窗外不远处仍有工程在建的架势，八成仍是他承建。工程完工了，建筑款却一时到不了位，主管后勤的副院长不得不讨好大债主，却在医疗业务上说话不算数，便把大院长拉来喝令三军。这不过是一出眼下社会上和官场里通行的游戏，棒子打鸡，鸡吃虫子，虫子嗑棒子。在这条生物链中，自己算是占了一点省厅的权势之优。但这些话，怎么跟兄弟说？他的那张嘴，真要得瑟显摆出去，了得！

　　一行人上电梯，过走廊，逶逶迤迤，直向幽深处而去。那厚德一路慨叹，这家医院，自己只是几年没来，竟改造得快让自己迷路了。总算到了5病区，电子感应门刚刚自动开启，就见两位保安样的人从一间屋里闪出来，因看了有两位院长陪送，便又悄然退下。整个病区，安安静静，与刚才见过的宛若农贸市场的内科病区完全是两个世界。及至打开8号病房，更是让人大开眼界。这是三连套，足有一百多平方，内里的那个房间，配着卫生间和洗浴室，架着可自主调节的病床，旁边备着呼吸机和生命指征监测器，迎着病床的墙壁上，是大屏幕的液晶平板电视。中间那间则简易了许多，只设两张单人床和沙发茶几，看来是供陪护人员休息的。最令人惊异的是进门的第一间，不仅有宽大的真皮沙发和电视，墙角还摆着让人叫不出名的字奇异花草，东西两侧贴墙处，一侧是博古架，摆设着亦真亦假的古玩玉器，另一侧则是一排书橱，里面的书籍满登登的，都是文史哲各类大厚本的名著。尤其是南窗下还摆有一个古色古香的大型金鱼缸，弯在上面的龙头潺潺吐水，不仅湿润着室内的空气，还起着为鱼缸里的水循环加氧的作用。鱼缸内是两条通体银亮，却头顶红帽的金鱼，足有巴掌长，翩翩游动，怡然自得。厚德一直喜欢金鱼，前两年，没少利用星期天跑去观赏鱼市场，但买回家里几次，多则十天半月，少则三五天，便一命呜呼，气得夫人不断责怪，说他笨牛扑蝴蝶，白长那个心思。厚德知道鱼缸里的两条金鱼叫红运当头，仅凭了这个名字，就成了时下显贵之人的最爱。看来，这间屋子就是会客厅了，有时在电视里看某领导人会见客人，报称在医院里，应该就是在这种场合吧。

医护人员将病人安置在病床上，忙着做初步检查和诊断。趁着这工夫，院长请几个人坐到会客间，说在咱们一院，这就是最高档次的病房了，几位领导还有什么要求，尽管提。副院长补充说，这间病房，可算是院里的紧急预备，平日里，没有我们大院长的亲自批示，谁都无权启用。站在厚德身旁的自强忍不住，问，进这样的病房，我可是大姑娘坐花轿，头一遭，住一天挺贵的吧？楚老板说，给伯母请医用药的事，你们跟院长商量。这病房的费用，交我处理就是。厚德脸上热了一下，心里暗怪二弟还是嘴欠，便说，今天病房一时紧张，院领导安排我老母亲住进这里，我深表感谢。我只希望如果有患者出院，院里能优先把我母亲调整过去，千万别影响了院里的统筹考虑。我们家属的要求也不高，能有个单人病房当然最好，两人间也非常感谢了。

　　再三谢过，送走了沙力局长和院长等几个人，宛若宾馆豪华客房的病房里只剩了兄妹四人。厚德说，你们都回去忙，有我留在这里就行了。自强说，哥，安排妈住进这样的地方，你是首功，还是你回爸那儿歇歇吧。这么好的地方，也让我留在这儿陪妈享受享受。厚德说，既住进了这里，此后的接来送往必少不了。我对这种环境多少还熟悉一些，别争了。自强还要说什么，载物去扯他的袖子，说，大哥说得对，照说，应该我当闺女的留下照顾老妈才合适，可一进了这屋子，我就有点发傻。还是等妈病好了回家去，咱们再多出点力吧。送三姐弟出了门，厚德又悄声对二妹说，大外甥在家吧？你回家让他马上把他的笔记本电脑送过来，我有点工作上的事，要急着办。不息说，大哥，要不，还是你回家吧，我留在这儿。厚德说，你回家照顾老爸，听我的，就这么办。

　　也不是厚德信不着几个姐弟。那阵，沙力带着楚老板一来，他就感觉到找他的电话打唐突了，有欠斟酌。他预料着，沙力局长的热情还仅仅是开始。果然，不一会儿，市国土资源局的副局长就带着办公室主任来了，捧了两个大花篮，说了一阵话后，又留下一个沉甸甸的信封。厚德知道那是什么，不接。副局长说，那处这么不给面子呀，你不接，我可不走了。厚德怕这般打架似的推让传出去不好，便收下了。8病区病房不多，住在这里的肯定都是非比寻常之人，不能不加着百倍的小心。

很快，外甥把笔记本电脑送来了。这台电脑，是外甥考进大学那年他送的，让外甥喜出望外，欣喜若狂。当然，买电脑的费用不菲，为防着老伴的阻拦与唠叨，只能动用私房钱。外甥说，也不知大舅用的是什么输入软件，要不要我给你装上？厚德说，我用的是陈桥五笔，U盘里备着了。外甥说，大舅真是摆弄电脑的资深人士呀，现在我们年轻人谁敢用五笔，多难学呀！

母亲又在打点滴，总算安静地睡着了。独自坐在病床旁的沙发上，厚德将电脑打开，摊在膝盖上。省领导要的是全省土地使用情况的分析，成绩不能不讲，但重点是在几件反应挺大的案子上，听说有的案子已有人直接上书到了国家有关部委，甚至到了人大常委会和国务院。按说，这个报告并不难写，此前的相关文件存在U盘里，厅领导也早有主导性的意见，不过把相关文字刷黑粘贴，再加头收尾理一理顺一顺就是。这个报告之所以不交给别人，就是担心厅里掌握的情况和意见泄漏。可这般摆弄了一阵，厚德就感到了为难，问题涉及了北口市，其中有家民营企业前几年在市郊开发了一块几百亩的高尔夫球场，近两年却将此用地转让给了另一家房地产公司，用于建设高档别墅小区。这件事明显严重违规，要不要写进去呢？以前，凡是涉及北口市的业务，那厚德一概小心谨慎，避而远之，唯恐担了老家人的干系。但这次，因是独自担纲，还怎么避让得开？写了，上级追查下来，首当其冲的必是市国土资源局，主要领导者难辞其咎。可仅仅在一小时之前，沙力局长还在为母亲的住院事跑前跑后呢，副局长又带了办公室主任来探望，自己如实而报，会不会让人视为恩将仇报不仗义呢？而且，这还不是卸磨杀驴，而是驴还在磨道上，就照着人家要害处攮出一刀子，日后叫人知道了，谁知会骂些什么。民间有话，拿人的手软，吃人的嘴短，这敲键的十指被人戴上了镣铐，真是重似千钧难得自由了……

四

母亲在医院治疗了三天，病情明显有了好转，还坐起身吃了些厚德喂下的东西。因有院长的亲自过问，院里的几位权威内科医生都来了病房会诊，也用院里的高档设备一一做了细致而全面的检查。主治医生问，有些进口药，效果可能更好，但价钱贵，医保不给报销，用不用？厚德没犹豫，说治病这一块，我不懂，您说好，就用。又问，经过你们几位专家一治，我母亲是否可以保证一段时间内无大虞了？主治医生摇头道，我可不敢打这个保票。老太太年过八旬，早年患过肺结核，又长期缺少活动，我最担心的是肺外栓子引起的肺动脉栓塞，进而引起肺组织出血和坏死，在医学上讲，叫肺梗死。人的年纪一大，器官机能严重老化，稍稍有点风吹草动，都可能不治。有些老年人去世后，家属一再问我到底死于什么病，我说，人老了，就是病，谁能说出树叶落了是因为哪阵风刮下来的吗？厚德听了这些话，心里自是很沉重，但转念又想，哪个医生肯给人打保票呢，就是做个阑尾手术，术前都必须家属签字。母亲自住进医院，眼见明显好转，套用时下常用的话说，这就是阶段性的胜利。

那份分析报告，那厚德没耽误，是在母亲住进医院后第二天傍晚就用特快专递将U盘寄回厅里了。他没用电子邮箱，怕泄密。他也没让厅里派车来取，厅里的同事来了，见母亲住院，总会有些表示，推来搡去的没意思。他问邮政人员，特快专递什么时间到？邮政人员答，省内的，快，明早肯定送达。第二天一早，过了上班的时间，他给厅长打电话。厅长说，刚进楼，传达室就将邮件交我了，我正想问你密码呢。厚德说，是你手机的后三位加上你座机的后三位。有些问题的分析是否准确和到位，就请厅领导亲自把握了。厅长问了老太太的病情，厚德简单作答，说看来问题不大，请放心。厅长说，你们处里的工作，你让魏波牵头多抓抓，有些话，眼下你交代比我们来说好。厚德说，我明白。处里有两位副处长，魏波是其一。自己要退休了，由谁来接替处长工作，厅里一直没明确，听说，厅长们是有分歧的，而且不小。厅长沉吟了一下，又说，老太太若是不甚紧急，我的意见你还是抓紧回来。厚德说，谢谢厅长，我明白。

　　陪母亲在医院里，让厚德心里感觉日甚一日不舒服的就是一次次接待来探视的人。自从北口市局的副局长带办公室主任来过后，其他副局长也带着分管科室的人陆续来了，都是捧着花篮，走时也一定要留下一个信封。来的时间也有讲究，上午一拨，下午一拨，晚间再一拨，眼见是经过了周密调度安排。厚德给沙力打去电话说，拜求局长，你就下个命令，别让同志们再来了吧。沙力哈哈笑着说，这可不在兄弟的职权范围了。那大哥也不必想得太多，情义往来，人之常情嘛。估计市局的人都来过了，该落潮了，没想到北口管内县区的国土局局长们又来了，大有宁落一村不落一邻之势，仍是花篮，仍是信封，还要加上一些土特产，说对恢复病人健康如何如何有好处。这样一来，阔大的病房里就到处摆满了鲜花，把房间都挤得有些小了。载物三姐弟来看望母亲，见了满屋鲜艳的花朵，自是吃惊不小。载物说，快成花店了。厚德苦笑说，好在咱妈不会花粉过敏。载物犹豫地问，啥多了都不好，要不……我提走两篮，摆我超市里去吧？厚德说，别，明晃晃的，不好看。自强说，怕不好看，好办。我找朋友，借辆汽车，带篷的，夜里来，一勺都拉走，送到哪家花店去，只收他半价，多少也是一笔钱，正好给妈抓药治病。厚德剜了二弟一眼，提高声音说，这些花，任它枯，任它烂，谁也不能动，一篮也不能动。自强自嘲地笑道，我不过是开个玩笑，大哥还当真了。厚德说，有的玩笑开得，这种玩笑却不能开。三姐弟走时，厚德让二妹将笔记本电脑带回去，又低声嘀咕了几句什么，不息点头称是。走出病房时，自强问不息，大哥是不是把花交你处理了？他又有什么高招？不息说，大哥让我哪天陪咱爸过来看看。

身体好了一些的母亲有心情观察和琢磨身边的环境了。她问厚德，这些花，挺贵吧？厚德答，妈，都是朋友来看你时送的。母亲说，那是人情债，日后都得还。厚德说，慢慢还吧，你把病治好了比什么都当紧。母亲又说，治病也用不着这么大的屋子，花这钱，不值。厚德说，医院一时没有闲床，争取过两天调换。母亲还要说什么，厚德掏出手机，调出孙子的照片，让母亲看。母亲说，兴许，我真能抱抱重孙子呢。厚德说，能，肯定的。

父亲是第四天晚上来的，载物和自强、不息跟在后面。厚德问，怎么又都来了？大妹说，老爸说都让来，白天我和自强忙，就只好等晚上了。父亲虽已早知母亲治疗的环境和情况，但进了病房，脸上还是露出惊讶的神情。坐到病床前，父亲拉住母亲的手，说这辈子，你拉扯大他们四个，没白受累。母亲说，我知你的心思，可我不想躺在这儿……我心不好受。父亲对四姐弟摆摆手，说你们去外间坐，把门关上，我们老两口单独说说话。

四兄妹去了会客间，心里都在猜想着两位老人会说些什么。自强还不失时机地给自己泡上一杯大红袍，问厚德，喝这茶叶，不另加钱吧？或有一顿饭的时辰，厚德听里面门响和拐杖拄地的声音，便起身去看。父亲已到了中间的陪护间，招手对厚德说，你把那道门也关上，我跟你说几句话。

厚德和父亲面对面坐在两张陪护的病床上。父亲说，在给你妈看病的事情上，我再说一遍，我和你妈满意，对你们兄妹几个都满意，尤其是对你这大头顶满意。

厚德说，老爸老妈满意就好。当儿女的，不是应该的吗。

父亲说，那我这当老伴的，是不是也应该？这几天，我一直在反思，我坚持着等你回来，是不是太固执了？

厚德说，爸，你老别多想。不是没耽误我妈的治疗吗。

父亲长叹一口气说，我也想好了，真要是耽误了，你妈前脚走，我随后就跟上，陪着她。人哪，老了，怎么就一根筋了呢，跟儿女们犟个什么劲儿？

厚德心里惊了一下，暗叹母亲转危为安，不然，家里真要出塌天大事呢。他说，爸，咱们不说这个了。关于我妈下一步治疗的事，我正想跟你老商量呢。

父亲打断他，说，那你先听我说。第一，药片子苦，但能治病救人，不管花多少钱，都不能心疼。但这么大的屋子，这满屋花里胡哨的摆设，对治病没丁点儿用途，不如免了吧。好在，这环境，这条件，你妈也享受过了，再让她住下去，她心里会不安。

厚德心里高兴，说，老爸务实，英明。你老再说第二点。

父亲说，我这第二点是只说给你一人听的。咱无功不可受禄。你是省里的干部，回到老家来，下边的人自是要献些殷勤，哪些当受，哪些不当受，你自己心里当有一杆秤。我不容许自己的儿女临退休，再借着老爹老妈的名头贪占什么好处！

厚德忙表态，爸，这一点务请你老放心。儿子别的可忘，但你老给我起的名字不会忘。厚德是什么意思，我过去不大懂，现在总算明白了一些。只是……我妈离开医院前，医药费总是要结清的，下一步的治疗还要有支出……

父亲站起身，摆手说，这个你就不要说了，我有安排和打算。

厚德扶父亲去了会客间，扶他坐，老人却挂着拐杖站着，大声说，关于下一步怎么给你们老妈看病，都听厚德安排。我现在宣布，看病的费用，我出四万。不息，明天上午，你陪我去银行。

五

母亲是第五天晚上出院的，与入院时的呼呼啦啦完全不同，无声无息，风平浪静。

傍晚下班前，厚德去了主治医生办公室，谈了母亲想出院的意愿。主治医生说，你最好再认真权衡一下，患者的病情虽有好转，但距离康复出院，还远未到那个程度。见家属的去意已决，主治医生便拿出一份表格，请厚德签下名字和日期。那厚德执笔时，手竟有点抖，他知道，这个字签下去，母亲再有个山高水低，责任尽在自己身上，完全和医院没有关系了。但愿母亲能一天天好起来吧。

　　医药费结算是厚德和大妹载物一起去的，一共花了两万多，近半是用在进口药物上。厚德仔细看了清单，又把单子送回窗口，问，床位费是不是还需另找地方结算？工作人员说，主管院长有交代，这位患者的床位费最后由他处理，患者可以出院了。厚德说，不合适吧，这个钱理应由家属承担。工作人员怔了一下，为还有人主动拒绝免单吃惊，说，那您等一等，我请示一下领导。工作人员抓着手机闪离了窗口，载物小声责怪说，哥，你这是何苦，装糊涂啥也不说就是了嘛。厚德说，有的事可糊涂，这样的事却一丝一毫也糊涂不得。载物把脸扭到一边去，气哼哼地低声说，行，大哥觉悟高，我们都向你学习。厚德说，床位费这一块，都由我出，咱们兄妹别为这事生气。载物闻言，重重地将厚德往旁边一拨，将银行卡扔到大玻璃窗下的凹口里，嘟哝说，老妈又不是你一个人的。说话间，工作人员回来了，说，院领导非常感谢那先生对医院工作的理解和支持，说一定要交，那就按五折吧。

　　厚德和大妹是在入夜以后将母亲推出医院的，轮椅医院里现成，出租车事先打好了招呼。但厚德没让出租车把母亲送回家，而是送去了市第三人民医院。那个时辰，二弟自强和妹妹不息已办好手续候在那里。这件事是厚德两天前安排给不息的，说尽快解除一院，市里哪家医院条件好些，若有闲床，就抓紧订下来。又叮嘱，这件事眼下只可你知我知，你那俩哥姐都先别告诉。

　　母亲的新病房是双人间，另一张床却闲着，等于独享了单间。母亲经过这一阵折腾，喘息又有些急促沉重，但还是高兴地说，好，这里好。值班医生给母亲做了初步检查，挂了维持的点滴，说等明早科主任上班，再做进一步治疗。待医生离开后，厚德对几个姐弟说，这几天，我真有点累了，想回家好好睡一觉，这儿，你们谁留下。明早上班前，我赶过来，听医生们做过诊断后，如果没有特别需要，我得抓紧回去上班了，官身不由自己呀。

那厚德是翌日午后回到的省城。白昼已明显见长，时近四时，又红又圆的大太阳还高悬在西天，只是光有亮度，却缺少温度。出了火车站，厚德立即打车奔了厅里，离开几天，理应销假，早一时相当于早一天。厅长办公室的门锁着，厚德便去见常务副厅长郑林飞。郑副厅长说，部里有个会，厅长去北京了。你回来得挺及时，你们处里有几个事，都挺急，你抓紧过问一下。

回到家里时，天已黑透了。魏波不让他这么早就回去，说老处长这么急着回去干什么，回家也是唱单出头，我最近发现了一家涮羊肉馆，号称是地道的锡林郭勒大草原羊肉，早就想请老处长再给鉴定一下呢。厚德知道眼下是非常时期，自己即将退休，推荐谁接替自己也算有重要一票，这种时候跟谁走得太近，让人察觉了，反而不好。况且，自己也面临着一道槛呢。那道槛，可能是人生的最后一次机遇了。但这些话，又怎好对魏波说。他说，在医院骨碌了这几天，我现在最想的并不是吃，而是洗。满身的汗臭，还有来苏水味，我得先去好好泡泡蒸蒸，再请搓澡师傅彻底搓一搓。魏波说，那我也有好地方。或者先吃，或者先洗，还可以饿了再吃，吃过再洗，一张门票，吃喝拉撒睡，全包圆儿。厚德只好再找理由，说那可不行，我这个人，洗澡最怕的是身边还站着个熟人。魏副处长见厚德执意不跟他走，只好说，那你在家好好歇两天，有事我勤请示勤汇报。厚德说，好好好，看情况再说。

那厚德回到家里时，楼道里已飞扬着从邻家传来的《新闻联播》片头曲。哟，可不是，好几天连新闻都没坐下来好好看一看了。进家后第一件事，先看新闻，然后再做晚饭。关于晚饭，刚才坐在公交车里已经谋划好了，用电饭锅蒸大米饭，多蒸点，天还冷着，吃不了的可以放到北面晾台上，甚时吃放小锅里加水咕嘟一下就行。上次老伴回家来，看了电饭锅里的饭，责怪说，还是上顿下顿吃剩饭哪？他半开玩笑地回道，郑重声明，我那可不是剩饭，而是特意给下顿带出来的。菜呢，更好办，在电饭锅上屉蒸碗鸡蛋糕，再切一个家里常备的心里美萝卜，蘸蒜蓉酱，这一来，淀粉、蛋白质和维生素都不缺，基本符合营养结构，只是脂肪稍逊，那就明天中午去机关食堂里补吧。电饭锅按下键子，就可以去大众浴池了，一身轻爽回家时，正好饥肠辘辘，万事齐备，甩动腮帮尽情饕餮就是。

但没想到，厚德开门时却感觉到了异样。家门是防盗的，往常，开门时需反向拧三圈，但今天，只拧了一圈便落了底，再拧不动，用膝盖顶一下，门开了。厚德心里咯噔了一下，不会是走时忘了加锁防盗吧？或者，家里真进了贼，那可就坏了。因心里加了这份小心，厚德的动作就小心了许多，进门后连门廊灯都没敢开，也没忙着换拖鞋，而是小心翼翼向客厅里探过头去，还顺手抓起鞋柜上的长把鞋拔子，真要撞上贼，手里抓点什么总比赤手空拳强。没想到，借着落地窗透进的光亮，客厅里的隐约情景越发让厚德吃了一惊。一个黑乎乎的人影从沙发前坐起来，也不问进来的人是谁，竟先用遥控器将电视按亮了。

有了电视上的光，厚德就看清家里的那个人是谁了，看来是躺在沙发上看电视，困了。他嘘了口长气，按亮了客厅里的吸顶灯，问，你怎么回来了？

老伴反问，我怎么不能回来，不是我的家呀？

厚德又问，回来了应该通告一声嘛。

老伴说，告诉你干什么？老太太那边有事，你还能不告诉我呀？你们哥几个忙活得过来，就不兴让我在家歇两天乏呀？

老伴说话好用反诘句，外人听来，好像倔哼哼，厚德却知道她是刀子嘴，豆腐心，不必跟她计较。厚德一边找洗浴用的东西，一边又问，那边怎么就把你这穆桂英放回来了？

老伴说，哼，老娘不愿侍候他们了，甩手就走，还用得着他们放不放啊？

她不说，厚德也不再追问。用不了两天，她肯定会追着你把心中的委屈都说给你听。老伴比厚德小两岁，以前在一家企业当会计，十年前就放长假闲在了家里，三年前年满五十五，才办理了正式退休手续。见厚德已将洗浴用品和换洗衣物塞进了塑料袋，她问，晚饭还没吃吧？想吃啥，不能先说一声啊？厚德说，有口吃的，就是大喜，随便！

老伴的突然回来，让厚德心里很高兴，少是夫妻老是伴，有没有这个伴真是不一样。回到家里来，吃什么喝什么倒在其次，有时实在懒得动手，沿街的小饭店一家挨一家。关键是，在家里能有人说说话，哪怕两人都是犟骡子倔驴子呢，也比一人在家形同古墓死气沉沉的好。

一个多小时后，厚德重回家里，餐桌上除了紫红的萝卜条，还摆上了热腾腾的小米粥，还有酱焖小黄花鱼，都是厚德最喜欢吃的。厚德故意夸张地抽了抽鼻子说，还是老婆在家好哇。说一千，道一万，七十有个家，八十有个妈，没老婆的窝哪能算个家呀。

两人说说笑笑，吃过晚饭，重坐回沙发前，厚德选了《动物世界》，看那些血腥的优胜劣汰物竞天择，老伴坐在旁边絮叨，果然就不问自答地将在儿子家的委屈与烦恼都说了出来。原来是因为房子。小两口的房子八十多平米，是结婚前厚德老两口罄尽积蓄交下了首付，说好按揭那块由小两口负责。儿媳怀孕后，两家娘都跑去照顾，尤其是孙子出生后，更显得房子小了。两个将老未老的母亲同住一间屋子里，时间短好将就，但一日复一日，矛盾就出来了，一个怪另一个睡觉打呼噜，另一个则怪对方睡觉说梦话，而且并不全是梦话，包括瞪着眼睛说瞎话，就是不想让别人睡好觉。这种事情无从印证，也拿不出实打实的证据，于是就在肚子里憋气，另找地方发泄。后来，两个女人就轮岗睡了，一人睡在卧室，另一人睡在客厅。这一次老伴跑回家的原因，是因为亲家母提出了一个新的解决方案，他们老两口要买一处一百三十多平米的房子，三室两厅，这样两个女人就都有自己的房间睡了，但有条件，原来的八十多平米的房子要交由他们处理。老伴冷笑说，想得多美，这一来，原来是她住我家，她是客，以后就变成我住她家，我成客了。厚德笑道，拗这个气有什么用，哪个是她家，又哪个是你家？依我看，你们都是住在儿女的家。老伴说，凭什么咱们花钱买下的八十多平米房子白给了她？厚德说，哪里是白给，她家不是另买了一百三十平米的吗。老伴说，一百三减八十，她家只买了五十平米。八十和五十，哪个大？哪个小？为什么小的还想控股掌权？厚德又笑，谁控什么股了？有红利吗？我看共同的红利就是咱们那个孙子，也是人家的外孙，谁想分也分不开。老伴说，那你说怎么办？厚德说，无论什么年代，也不管在什么地方，三个女人凑一块，肯定是一台戏……老伴打断他，我们是两个女人。厚德说，别忘了，你还有一个儿媳妇呢，只不过你的儿媳还算聪明，有事也是支使你那傻儿子出头。两个亲家母不能凑一块，这可不是我的发现，而是全社会的共识，全人类的共识。所以我的建议就是，你既回来了，就别急着回去，正好在家陪陪我。老伴嘟哝说，想得美。你不知道，六七个月的孩子有多招人稀罕，咱那大孙子，就跟我亲，气得她姥姥直瞪眼。厚德站起身，说你也能把我气得干瞪眼。我先去睡了，你再好好琢磨琢磨吧。

六

厚德回到省城半月后的那天早晨，他正在刷牙，家里的电话突

24

然响起，他抓起话筒"嗯"了一声，就听二妹哭着喊"哥，哥，你快来，快来呀！"厚德心里哆嗦了一下，情知大事不好，嘴巴里的牙膏沫子咕咚一声咽进了喉咙，说，我知道了，马上出发。哪还顾得再问什么，穿外衣蹬鞋子，锁上房门就往外跑。

几天前，老伴已又去秦皇岛了，说是在家夜夜梦里都看得见孙子，醒过来就再睡不着。厚德笑话她，说天下最贱的肉就是奶奶肉，一毛钱卖二斤，不给钱还白送，想孙子你就去吧。老伴连着蒸了好几锅馒头花卷，塞满了冰箱冷冻柜，千叮咛万嘱咐的，还是奔了白挨累不讨好的地方去了。

春运已过，坐火车已不困难。坐进车厢，厚德设想母亲的种种可能，妹妹没再来电话，也许是在忙着抢救。自从把母亲转到三院后，厚德每天最少打回北口一个电话，或问妹妹，或问兄弟，回答都说妈妈一天天见好，能下地了，能让人扶着去厕所了，已在张罗回家了……蓦地，厚德想起还没跟单位请假，这个电话是打给厅里好还是打给处里好呢？思来想去的，他给魏波发去一条短信，"北口家中有急事，处里的工作你多受累，并请替我向厅领导告假"。魏副处长很快回复，"遵命，放心"。

下火车，打出租，直奔三院，母亲原来住过的病房空空荡荡，睡过的病床已铺得平平展展。厚德问护士16床的老太太转到了哪里？护士答，过世了，已送太平间。咔嚓，焦雷轰顶，厚德一下呆住，靠在了墙上，脑子里一片空白。妹妹是哭着给他打的电话，自己怎么就没想到这一步呢？

太平间在大楼后面，孤孤零零的三间平房，周围是高大的几棵老槐树，这个时节，给人看到的只是枯枝在寒风中的萧瑟。自强和不息裹着大衣守在外面，不忍只把母亲留在这里。见厚德跟跟跄跄跑来，二人迎过来。厚德推开两人，径直进了太平间。太平间临西墙的一面，是存尸的冰柜，地心两张灵床，有一张上面覆盖着雪白的尸布。厚德掀开尸布，便见了已去了另一世界的母亲。母亲穿戴

25

得整整齐齐，是满族人的棉袍，稀疏花白的头发也梳理成满族妇女的旗头，别上了老人家珍存多年的银质镶珠的头簪，神情很安详，只是脸色蜡黄。厚德将脸颊贴到母亲的脸上，只觉冰一样的僵冷，已全无了温度，也没了弹性，自己的泪水便开闸一般倾泻，两膝跪地，咚咚磕头，不由得悲从心来，放声痛哭。妈，我的妈呀，你咋走得这么急，连句话也没跟儿子说一声就走了呀。儿子废物，到底没能救了生我养我的妈呀……

　　自强和不息也和哥哥一块哭，却没忘了把哥哥从冰冷的地上拖起来。不息说，哥，咋哭咱妈也不能睁开眼再看咱们一眼了。妹妹这一说，厚德就越发哭得不可遏止。三兄妹相拥着到了太平间外，自强说，哥，如果不把妈从一院接到这儿，是不是咱妈兴许还能躲过这一劫呀？厚德使劲地摇头，把泪水晃得四处飞溅，一边哭一边自责，怪我，都怪我，我自私呀！自强说，哥，我这么说，不是在怪你，我是在怪我自己，我要是早把我应该出的那份费用拿出来，你也许就不会那么为难了。不息说，不是，都不是。今儿早起，咱妈还好好的，自己去的厕所，连扶都不让。没想到，从厕所出来，她先是咳了几声，突然就吐起血来，哎呀，那哪是咯血，而是喷血呀，喷得满病房到处都是。我给大哥打电话时，大夫们正急着抢救呢。大夫说，咱妈死在了肺动脉破裂。我问，如果是在一院，是不是还能有救？大夫挺不爱听我这么说话，说别说北口一院，就是到了北京三〇一，请出给国家领导人看病的大夫也没辙。厚德听妹妹这么一说，便想起在一院时听那位主治医生的话。三院这边的大夫虽然也找到了病根，可那是事后诸葛亮，还是有防在先呢？

　　厚德问二妹，咱妈的旗头是你梳的吗？不息抹着泪水说，咱妈在的时候，早就跟我说，真到了那一天，务必给她梳旗头，到了那边，少不了要看到祖上的先人，不梳旗头，就合不了群了。那个发式，还是咱妈亲手教我梳的呢。厚德说，这两天，你再去给咱妈买个头簪，不管多少钱，买个好点的，送葬前，把咱妈头上的那支换下来。我记得咱妈说，那支头簪，还是她和咱爸结婚时，祖太姥给她的呢。咱们留下来，算个念想吧。

看守太平间的值班老师傅听了几兄妹的哭声，跑过来劝慰，说老太太岁数不算小了，是喜丧，儿女们悲伤是常情，但哭几声也就行了。又说，人生在世，活得就图个快乐和顺，岁数一大，满身是病，吃不香睡不安的，没了快乐，就是活遭罪啦。老太太驾鹤西去，是成仙得道，享福去喽。听老师傅这么一说，三兄妹便收起了哭声，自强摸出香烟，先递给师傅，又递给哥哥。老师傅问自强，刚才我问你要不要将遗体放进冰柜，你说等你哥来了再说。这位就是你哥吧？听我的话，还是早放进去的好，太平间有耗子，真要让那败家的东西把尸首啃了，谁心里都不好受。

厚德说，师傅的这个提醒好，那就放进冰柜吧。

厚德又问，咱爸知道了吗？

不息说，我已经让我姐回去陪老爸了。爸一定要送一程，那就后天一并去殡仪馆吧。

厚德又问，后事怎么办，可有了安排？

自强答，爸说，就等你回来呢。

厚德靠在树干上，发了好一阵呆，才说，咱妈在世时喜欢安静，咱们就安安静静地送她老人家上路吧。我的意见，家里不设灵堂，除了家里的正宗亲戚，外人一概不告诉。

自强说，你是离开北口的年头多，不在乎这些了。可我们姐三个几十年都在这里，秦桧还有俩朋友，谁都不告诉，难免要有人挑我们的理儿。朋友来了，总要对老人家的遗像三鞠躬，关系深的，还可能跪地磕上三个头，家里不设个灵堂怎么行？

不息说，二哥的这想法对，咱家是满族，咱妈活着时没少说，旗人礼节多，也不能太简单了。

厚德明白自强和不息的意思。按照北方习俗，亲朋家的红白之事皆为大事，只要通知到，都需尽量参加，参加了就要随上一份或多或少的礼金，含着众人添柴、大事共办的意思。北口当地对这种习俗又有一种说法，叫走往来。以前，自强等三姐弟肯定为这种往来都没少支出，现在老母去世，若是谁也不通知，家里也不设灵堂，那就是只往不来，不仅有失礼仪，对于小门小户过日子的人家，这笔理应回收的礼金完全放弃也不合常理。只是，只要家里搭起灵堂，也不需再专门打出电话，不定就有多少以前根本不认识的人奔上门来。他们每次接下的或是三头二百，厚德不得不接的则是一个又一个沉甸甸的信封。老爸有言在先，他是不允许他的儿女打着老爸老妈的旗号贪占好处的。看来，这人情往来的事，还是不好一刀切的。

厚德说，那这样好不好，你们姐弟三个，酌情自定，怎么张罗，我不参与，灵堂可在各家自设，后天送殡时去三院太平间外聚齐。老爸这边就不设了，这事由我回家跟老爸商量。

自强说，大哥，别的事，不管公平不公平，我们可是都听你的了。但老妈的丧事，你这么安排，却是个笑话。我还没听说谁家里办丧事，儿女们分别在家里设灵堂的呢。

厚德说，怎么没有，而且还是国际惯例。你想想看，哪个国家的重要人物去世，是不是都在驻外的大使馆设灵堂？既是真心朋友，不会有谁在意这形式，咱们只说老父年迈悲伤，需要清静就是了。

自强冷笑着说，怎么还整出了国际惯例？不过当个芝麻大的官，也不该回家这么忽悠人吧。咱妈只是个普普通通的老太太，咱们当儿女的，理应体体面面地送她走完人生最后一程。大哥如此调度，不会是怕我们这些小老百姓丢了你的什么脸吧？

厚德意识到事情有些严重。自强的话里已带了浓浓的火药味，眼看要短兵相接了，他对厚德主张四子女平均分摊母亲的医疗费一直心怀不平，因此直到今日，也仍未将一万元钱交到载物的手上。二妹不息站在自强身旁，虽不住地拉他的袖子不让他说下去，但在如何办丧事的问题上，意见却明显倾向于自强。据说，子女们的矛盾多爆发在老人的入土为安后，却万没料到，在那家，母亲尸骨未寒，有人已想寻衅滋事了。厚德压抑着心中的哀伤与烦恼，故作平静地说，这个事，咱们也用不着争辩，还是一会儿回家，听听老爸是什么意见吧。

七

魏波傍晚时打来了电话。他还不知道那处长的母亲过世，厚德没告诉他。也不光没告诉他，厅里的任何人那厚德都不想惊动。告诉了会怎么样呢，第二天或第三天清晨，厅里肯定会有很多人坐着大客车或小汽车奔北口来，一个处室起码会派出一个人。当地的习俗，奔赴白事与参加红事有很大的不同，白事的随礼或曰来往必须在殡葬前送达，逝者一入土（火葬），再送票子就有诅咒丧家再死人的嫌疑了。尤其是来人中极可能有一两位厅领导。只要厅领导一出面，北口市国土局的人必又是呼啦啦一大群，可能连分管的市领导都要出面，人家不是看重一个小处长，而是厅里来的大领导。那样一来，就和自己不设灵堂不发讣告的初衷完全相悖了。

魏波在电话里问，也不知大哥在老家忙什么？厚德说，我妹妹家有点急事，我帮跑跑。魏波说，厅机关党委刚发的通知，省委组织部明天午后要派人来厅里搞年度民主测评，要求厅机关干部尽可能参加，刚才厅长亲自吩咐我给你打电话，说如果你手上的事不是特别急，还是请你赶回来。厚德心里动了一下，似乎明白了。上级对年度民主测评看得很重，领导干部的不满意票若超过百分之二十，组织部门就要派员下来进一步调查不满意的具体原因，还要进行诫勉谈话，若超过百分之三十，就极可能停止工作了。据说，前两年厅长的满意度都不及常务副厅长郑林飞，因此就有了危机感，如果自己赶回去，在百余人参加的测评中，起码可增加百分之一的满意度。可厅长又不好自己打这个电话，便通过亦可信任的魏波委婉地把这层意思传达了过来。但是，比起后天一早就要出殡的母亲丧事来，哪个更重要还用掂量吗？厚德说，实在不好意思，拜托你跟厅长说一声，我实在是赶不回去了。魏波在电话里静有少顷，又说，那有句话，我就不能不跟处长大哥说了。厅长刚才叮嘱我，不到万不得已，这个底儿轻易不能透露。明天的测评内容可不仅仅是针对厅班子和厅领导成员，组织部决定把拟提升为副巡视员的测评也一并搞下来。别的话，就不用小弟再多说了吧，临阵磨枪的功夫做一做总比不做好。另外，被测评人在不在现场，可能对结果也会有影响，这一点，大哥肯定比小弟理解得透彻。

魏波的电话撂了，那厚德抓着手机，坐在那里发呆。关于副巡视员的事，确是厚德眼下最大的心结。厅长此前一再提醒他的也是这个事。副巡视员不是副厅级实职领导，却享受副厅级待遇。在省直机关干了这么多年，退休前能获此待遇，也算一种安慰，起码，老来的医疗问题不用愁了。厅里的副巡视员的指数是两个，去年末退休了一位，厅里给省委组织部打报告，要求递补，组织的答复是稍候。稍候是多长时间呢？仨月，半年，都不为过。干部人事上的事，当事者往往是休戚与共夜不能寐，但放在掌权人身上，是切切不敢奢望人家和你一样急的。在厅里上报的候选人名单中，那厚德因占着即将退休的优势，被排在了首位。可一号种子选手是否能成为新科冠军，却还要看临场发挥。看硬件条件，还有两位处长也都达标，人家未必有义务要等你下了这班车再坐到那张椅子上去吧？

父亲可能听到了电话的内容，走过来问，是不是单位叫你回去？厚德摇头说，古时丁忧，三载为期，就是皇帝想夺情，还得掂量掂量理由是否充分呢。不管他。父亲说，只要后天天亮前你能赶回来就行。这边的事，我让不息张罗着。厚德说，明天是正日子，咱们自家的亲戚来奔丧，肯定还是要奔这里，我这当长子的不在家怎么合适。爸，你老放心，我的事，安排得开。

所谓正日子，是北口地区丧事上的说法。亡者逝后，一般都是停枢三日：第一日是发送讣告和家里人做相关准备；第二日开始正式接待八方赶来吊唁的亲亲友友，所以又称正日子；第三日晨时送葬，日正中天前一切是必须落幕的。

今天傍午时，厚德和自强、不息从医院回到家里，临近家门前，想一想以后回家，再见不到母亲的身影，不由得又是悲从心起，努力控制着，才没有放声哭号。几个子女坐到父亲身边，一时不知说什么才好，没想到反倒是老父抚慰他们，说这是人生必走的一步，谁也躲不开。你们妈妈的离去，于她于我，于你们子女，都没有遗憾，这就行了。眼下最当紧的，就是怎样安排好后面的事了。厚德看看家里的房间，先回到家里陪父亲的大妹载物已用报纸将房间里的所有能折光的地方都遮掩住了，据说那是为了亡魂回家时不至迷了路径。母亲的遗像也摆在了家里最显赫的地方，香烛缭绕，果品供奉。载物说，我本打算把殡葬公司的人请来，在楼院里搭起灵棚，咱爸说，不急，等你回来再拿主意。听载物这么说，厚德便望定自强，把首议的机会让给他。可自强偏又让妹妹说，不息躲不过，便把两个哥哥的意见都亮在桌面上。父亲听后，点头赞许，说我猜厚德也会是这么考虑，不会把事情弄得闹闹哄哄，我支持。可我没想到的是厚德会让你们分头回家各设灵堂，他想得周到，我也同意。那你们就分头去忙吧，各自的人情各自承接，我这边的事就让厚德受累。记住，你们的妈活着时喜欢安静，我也讨厌闹腾，你们还是适可而止为好。好在你们姐弟三个以前和现在都不是什么有职有权的人物，我也没有什么不放心了。

自强见父亲的态度如此鲜明，只好一声不吭悻悻地离去了。厚德知道，自强的不平之气还郁积在心里，载物的心里也不平和，只能以后再找机会了。

八

　　厚德是母亲去世一周后回的省城。在给母亲送灵的队伍里，多了一个老太太还不认识却最想亲一亲抱一抱的小人物，那就是她的重孙子。厚德给儿子打去报丧的电话时，非常明确地说，你们回来时，一定要把你奶奶的重孙子抱回来。儿媳妇抢去了电话，说，爸，我让你儿子陪我婆婆抓紧赶回北口，天气还冷，我怕孩子感冒，再说路况也不安全，还盖着冰雪呢，我带孩子在家，不去了吧。厚德冷冷地说，你回不回，我不勉强。但那家的长重孙一定要回来，这个没商量。放下电话，那厚德一次又一次地想，自己的话是不是太生硬了？儿媳妇真要坚决不同意把孩子抱出家门你又能怎么样？自己的话里是不是也太透着以男性为中心的封建思想呢？

　　厚德下了火车，又直接去了厅里，反正回家也是一个人。儿子家有了小汽车，是结婚时儿媳父母送的陪嫁。丧事办完，老伴本来想再回家陪厚德一些日子，可儿子对厚德说，爸，我岳母最近身体不大好，跟我妈处得也不愉快，有一阵没去照看孩子了。我媳妇也快休完产假上班了，就让我妈跟我们一块回秦皇岛吧，正好同车。只是又要委屈您了。厚德想起自己曾跟儿媳说过的冷硬之话，儿媳不管心里怎么不愿意，还是抱着孩子来了，也算给足了自己的面子，便说，好好好，我这边你们放心，我还能料理好自己。儿媳也说，爸，我们那边准备换大一点的房子，您退休后，就和我婆婆一块过来吧，也省得我们惦记。厚德又是连连点头说，好好好，以后再说。至于老伴，厚德知道她也为难。奔丧的七姑八姨来了，都对老伴说，把孙子照顾到这么大，当老人的也算尽到责任了，往后你还是把心思多往厚德这边用用吧，怎么说，他也是六十岁的人啦，男人岁数越大越得有人照顾，可不能捡了芝麻扔西瓜呀。老伴听了劝告，心里自是也有所动，私下里征求厚德意见，厚德说，秦皇岛那边，你一定要想办法处理好和亲家母的关系，那边风平浪静，我就省心啦。

母亲的丧事，亲友们三天之后便散去了，儿女们还要过头七、五七和七七。头七过后，厚德对父亲说，我还有工作，不好长假不归，等我妈五七时，我再回来吧。父亲说，我最讨厌的是活时不孝，死了乱叫。你妈这辈子最可心的是大儿子和小闺女，活着时不知跟我说过多少遍，住院时还跟我说呢。五七时你也不必一定回来。你妈在天真要有灵，不管你在哪儿，点上一炷香，或者在心里念叨几句，她都会知道的。看孝，论心莫论行，论行天下没孝子。心到，比什么都强。厚德想了想，又说，爸，还有一件事，我要汇报和请示。前一阵，为给我妈治病，我们兄妹四人一共拿出四万，你老又拿出四万，再加后来亲戚们表示的心意，一共是八万五千多一点。我和载物已经把账目结算了，扣除给我妈治病和办丧事的费用，结余的还有三万两千多。你老的意见，这笔钱怎么处理呢？父亲说，那就留着。反正或迟或早，我也是要走这一步的。厚德说，留不留这笔钱，我看还可斟酌。你老人家和我妈一年最大的积蓄其实是我们兄妹四人哪，真要到了必需之时，正是对我们四子女的考验，我不信谁会袖手旁观。再说，你老拿出四万，是当着我们四兄妹的面郑重宣布的，到头来，又收回去了三万多，就不一定让别人怎么想。你老和我妈亲生的四个孩子自是无话可说，可你老别忘了，每家还都有外姓人呢。再说，一家家的情况并不都是很好，这边再把钱闲放着，也是不好。父亲思忖了好一阵，反问，那你说怎么好？再把每家交上来的那一万退回去？厚德做犹豫状，说，退回去也似有不妥。都是儿女，孝敬母亲，养老送终，还不应该应分吗。哦，老爸看这样好不好，你老一再表示对四儿女满意，不如就用这笔钱奖励一下，他们三个，一人奖一万，余下的两千，正好用于办五七、七七的费用。父亲又问，那你呢，为什么不奖？厚德说，我在外地，哪似他们天天围绕在你老和我妈的身旁尽心尽意，就这么决定了吧。父亲闻言，伸手在厚德手背上重重拍了拍，眼窝竟红润了。

关于要不要跟父亲谈这番话，又怎样谈，厚德是费了好一番心思的。谈话的效果不错，当日晚饭时，父亲在四子女面前宣布决定时，没用奖励二字，而是"赏"。到底是当过老师的人，一个字，意思一丝不差，还顿添了喜剧效果，把多日来沉浸在家庭中的哀伤气氛冲淡了不少。大妹载物提醒说，爸，忘赏谁也不能忘赏我哥吧？父亲没按和厚德商量时的话和盘托出，而是说，长子功高，理应重赏，容我再作考虑。厚德从三个弟妹的目光中读到了喜悦，也读到了对父亲和兄长的感谢。不错，三家都是生活在城市底层的普通人，都不富裕，一万元钱对于他们来说，虽非天文数字，可也算不得小数，就不要用"小人喻于利"苛求他们了吧。稍得心安的厚德心里又生出几许愧疚，把官场中巧令唇舌玩弄辞藻虚实难辨那一套用到家庭生活中，用到至亲骨肉身上，是不是大不应该呢？

厚德回到厅里，刚进办公室，魏波便闻声跟了过来。厚德脱去外套，露出了套在夹克衫上的黑纱。魏波吃惊地问，是谁呀？厚德叹了口气说，老妈，昨天烧过的头七。魏波越发做出震惊和痛悔的样子说，前一阵，不是已见好了吗？这么大的事，大哥怎么也不告诉一声？唉，我这脑瓜子也是太笨，怎么就没往这事上想一想呢？也不是完全没有前兆吗。厚德说，老太太在世时，喜欢安静，所以，我们子女就遂了老人心愿，谁也没告诉。咱们不说这事了，处里这几天没什么太急的事吧？于是，魏波便说了民主测评的事，说，你是一号，画票前人事处长挨个介绍了几个符合条件的处长情况，也是把你排在一号，问题应该不大。这步棋下一步怎么走，全在省委组织部了，我的意思，处长大哥也别傻等着，有些人情上的工作，该做做还是得做做。社会风气如此，犟着也没人夸咱高风亮节，还许骂咱二。厚德淡然一笑，又问，不知道投票结果吧？魏波摇头说，那可不知。老规矩，票收上去，省委组织部的人就带走了。要我寻思，不管咋保密，也总得让厅里的主要领导知道吧。要不你去问问厅长？

魏波下面说的事就让那厚德惊愕不已了。两天前，省政府有位副秘书长突然来到厅里，厅里把各处室的头脑召集到了会议室。那位副秘书长讲话的核心意思，就是对厅里前些日子上报的关于对省内土地使用情况的分析报告强烈不满，并传达了省政府主要领导的指示精神，领导斥问，有些市地违规用地的情况接连被举报，为什么在省厅的分析报告中却避而不谈，是在有意遮掩还是刻意包庇？厅长对上级的批评很重视，当即表态，从文件的最初草稿查起，一直追查到呈报到省政府的正式文件，在各个环节逐步追查，一追到底。郑副厅长却另有意见，他在会上说，不管是谁起草的文件，也不管在哪个环节上出了问题，文件上报前总要有厅领导签字存档，那就应该由签字的领导承担责任，推卸不到任何具体工作人员头上。我现在就正式请求处分，因为那个文件最后是由我审阅签批的。常务副厅长的如此表态，让参加会议的同志们都松了一口气，副秘书长也表扬说，厅领导的这个态度好，勇于认识错误，承担责任。至于是否给相关领导处分，又是什么处分，待我回去汇报后，由省委省政府决定。厅长见省政府派来的大员已有了这般意见，就不好再说什么了。

那天，魏副处长离去后，那厚德打开了电脑，电子信箱里积了好几封来信，已是一周多没开信箱了，很正常。可他来不及看，也没心情看，而是急着将U盘插进，调出那份分析报告。报告是自己起草的，又用特快专递送达厅长手上，这个事他谁都没告诉，连魏波都不知道。他将文稿从头至尾重看了一遍，又看了一遍，还调出以前的文件一一查对。是哪个城市的问题严重自己却忽略了没有写进去呢？没有哇。那就另有可能，那份文件在呈报前，另有经手人，有意将某些问题做了修改或删减。那么，自己有没有必要找一找厅长或常务副厅长，要求把呈报上去的那份文件要出来比照一下呢？

不，不好，很不好！那样的要求，明显越权，况且，常务副厅长既已主动承担了责任，起草人再钉着不放，除了想推卸责任给自己洗洗干净，不会再有任何好处，弄不好，还不一定把谁硬拖扯进来，那可就得罪人啦。如果是厅里顺蔓摸瓜问到自己，那就是另外的问题了……

那一晚，那厚德晚上九点多才回家，好在街边的小饭店还有没打烊的，回家也是一人吃饱，全家不饿，这或许也算独守空巢老宅男的便利之处吧。

九

天气一天天暖起来。城市里路边的地皮青了，绿了；迎春花开了，落了；桃花和梨花也次第开落。待城市里荡漾起槐花的浓郁香气时，省委组织部突然来了一位部务委员，对省国土资源厅所有机关干部宣布，厅长将去中央党校学习，学期一年。离职期间，厅里的工作由常务副厅长郑林飞全权负责。厅长以前也曾去学习或外出考察，厅里的工作也曾交常务副厅长代理，但这次，厚德明显感觉出了不一样。由部里来领导宣布是不一样，会场上的气氛也不一样。但为什么不一样，厚德就说不出来了。

那天午后，厚德接到一个短信，是厅长发来的。"我家附近公园的槐花正盛，尤其是入夜时分，香气醉人。老哥今晚可否有兴致与我一块赏槐？"

厅长是个严谨的人，平时，除非工作上的事，很少与下属私下交往，更别说相约赏槐了。是不是厅长去学习前，另有什么事情交代呢。尤其是那一声老哥，也让厚德心里生出别一样的感觉。

厚德回复：难得厅长有如此雅兴。请告具体时间。

厅长回复：19:30。

五月下旬的晚七点半，夜幕已经垂临。厅长选了这个时间，不会仅仅是为了去品赏槐花的香气吧？

是夜，那厚德先到了公园门前。厅长脚步匆匆，很守时地来了，打过招呼，拉住厚德的袖子就往公园深处走，说，我发现，原来槐花的香气也很有不同的，有几棵树，就香得特别有味道。

厚德跟在厅长身后，说厅长去学习，深造后理当重用，也许不会再回厅里了吧？

厅长前后看了看，见散步的人离得远，便放低声音说，回不到厅里极有可能，但重用的事就休想了吧。我跟老哥实话实说，这次，省委没把我就地免职，也算给了我的面子。前段时间搞的民主测评，我远未达标，能让我去学习，我只有叩谢隆恩了。

厚德心里沉了一下，说测评时，正赶上我老妈去世，我要是赶回来，也许测评的结果会好一些。

厅长瞪了厚德一眼，笑着说，说什么呢，只差你这一票哇？有人存心给你下绊子挖陷阱，任你怎么走得四平八稳也得摔跟斗。我今天找你来，就是想告诉你，你的那个副厅的事，可能希望不大了，桌面上的理由跟我一样，也是测评票数不理想。老哥是啥样的人，我心里有数，老哥的工作能力和工作态度，我更一清二楚，要说怪，现在我只能怪自己，白当了这么些年的一厅之长。咱就别说为民做不做主的事了，连给尽职尽责的下属都难争来一份公道，我确是应该回家去卖红薯了。

厚德的心似被重重地拧了拧，很疼。厅长此言，绝对不会是空穴来风，他不是个说空话善忽悠的人。人家已在如此自责，自己还能说什么呢。厚德努力让自己心平气和，不要失态，说，这些年，我一直得厅长厚爱，为我副厅这个事，厅长也肯定没少下力，得不到就得不到吧。您也不要想得太多，不就是退休工资多那么一点吗。我儿子已经工作成家了，我老父的退休工资也足够他老人家支配，我别无负担，晚年生活肯定自足有余，知足者常乐，真的很好。

厅长站下脚，回过身来，双目炯炯，一只手紧紧抓住厚德的臂膊，说，老哥如此超脱淡然，我感动，也放心。只是……有句话，我还是要提醒一下老哥，也许……事情并不仅仅至此为止，有些事，还是防患于未然，在最坏处着眼，提前做做准备为好。

那厚德只觉头皮唰地一炸，有冷汗流下来。不至此为止是指什么？在最坏处着眼又是指什么？上升无望，也就罢了，难道连干了十余载的正处也保不住了吗？他努力镇静着，问，不知老弟指的是什么，能否再告诉我明白一点？他第一次将厅长称为老弟，仅仅是为了套近乎吗？

厅长在厚德的臂膊上连拍了两下，说，这我说多了，已有违纪之嫌。老哥自己再想想吧。我家里还有客人，不陪了。你有兴致就自己再走走，我看还是早点回家好，公园入夜后不宜久留，世风滑落，人心难测呀。

厅长说完，就大步向着公园出口方向走去了。厚德怔怔地站在槐树下，好久好久。厅长家里真有客人吗？他乘着夜色匆匆而来，又匆匆而去，不会是刻意防着什么吧？哦，对了，这附近，原是省政府住宅区，住着厅里的不少人，人们在办公室里坐了一天，晚饭后自然都愿到公园里散散心，若是真被人撞到住在城北的那厚德跑来公园和厅长聚会窃谈，不定会怎样想。厅长刚才讲的世风滑落、人心难测，也不会仅仅是指公园里的治安吧？可是，厅长说的"有些事"，又是什么事呢？

厚德再无兴致在公园里逗留，转身坐公交车回家，一路上望着窗外熙熙攘攘的车流人流，脑子里乱哄哄的，也不知都想了些什么。为了晚上和厅长聚会，下班后他没回家，而是坐在办公室看了一会儿网上的新闻。至于晚餐，他亦有打算，如果厅长有兴致，就请他小酌一番，也算为领导饯行了。进公园前，他连饭店都选好了，附近有家小锅店，连锁店，挺清静，饭菜的味道也说得过去，档次适中。可万万没想到的是，厅长只说了几句话就走了，而且是那样的话。坐在家里的沙发上，厚德仍想着厅长说过的话，不觉饿，便没心去做饭。打开电视，抓着遥控器乱按一气，哪个画面也抓不住眼球，便关了，回了卧室。

半夜里，厚德醒来，跑到卫生间小解，身子竟抖起来，而且越想控制越抖得厉害，连尿水都淋抖得哪里都是。厚德情知不妙，这是感冒的前兆，每次都这样。他急急躲回被子里去，只觉冷，还是抖，筛糠一样地抖。北方五月末的夜间，虽说跟白天的温差很大，还是有些凉，但也不是这么个凉法呀。发烧陡起，抓紧吃药，越吃得早越起作用。可厚德死死地裹紧被子，只是不想动。要是老伴在家就好了，只需一个药字，甚至连那个字都无须说，老伴搭眼一看就知道了，会立刻将药片和温白开水送到床前来，你想不吃都不行。厚德想起在公园时的头皮骤炸，感冒是不是就始于那一炸呢？厚德又想起没吃晚饭，也许腹内空空，病魔才会乘虚而入。唉，老那同志，别胡思乱想了，起来吧，吃药吧，不能再磨蹭了，服从命令，一、二、三！厚德起了身，仍死死地裹着被子，拉开抽屉，翻出一盒新康泰克，抠出一粒黑药片，抓起床头柜上的杯子，哪还管得里面的陈水是昨天还是前天倒的，咕咚一口，冰冷冰冷的，就把药片送下去了。

厚德重新躺回床上，可能因为那口凉水，身子抖得更厉害了，牙根子也被刺激得直入骨髓一般疼起来，看来真是上火了。都是因为"有些事"，可到底是什么事呢？唉，不管什么事，天一亮，总要去医院看看，到了这把年纪，又一人在家，有病是挺不起的。蓦地，因想着去医院，厚德陡然想起母亲住进北口市第一人民医院的事，哦，对了，是不是就是那个事呢？老母住进了给大领导备下的高级病房，又有一拨又一拨的人送去票子、礼品和鲜花，那些人，都是北口市管理土地系统的人。前几天，有消息说，北口市国土资源局局长沙力被停职反省了，那个处理的严重程度仅次于双规，会不会沙力一反省，就把指派属下去医院送礼的事交代出来了呢……

也许是因为想到了这一点，或许是吃下的药片起了作用，那厚德只觉释然了，睡意袭上来，浑浑噩噩地沉入了上天入地忽寒忽暑的梦境之中……

十

那厚德将台历的9月6日那页悄悄打了个折。那一天，是他六十周岁的生日，是他告老归隐的日子，他已经进入履行公职的倒计时了，还有近百天。本来，厅长没去学习前，已经明确示意给他，家里有事，该办就办，可以把处里的工作委托给魏波，那意思他心里自是明白，但他还是一天又一天地早八晚五地上班，该出差出差，该开会开会。高姿态叫站好最后一班岗，俗常的说法，就是只要还是一天和尚，总要撞响一天钟。但深层次，厚德确是还依恋着这份工作，就像一根长长的甘蔗，先吃梢时，或许只觉苦涩，吃到粗壮的中部时，便盼着下一口会更甘醇。现在，抓在手里的已是不足盈掌的根部了，已有明显干硬，再难嚼出汁液了，却还是舍不得扔掉。更深一点的想法便是，虽然已有了厅长的暗示，副巡视员的事已无指望，但他还是有点不甘心，不是还没水落石出吗？那就还有坚持和等待的必要，他可不想让自己铆了一辈子的拔河之力，在宣布比赛结束前的最后一瞬先泄了力气。

在倒计时还有七十多天时，省委组织部又来了两个人，这回没开大会，来了就坐在小会议室里找人谈话，也找那厚德谈了，重点是了解另一位处长的情况。来人虽没明确说明意图，厚德也明白了，这是在考核，看来厅长暗示给自己的话即将应验，这位处长正是仅排在自己名后的另一位副巡视员人选。走出小会议室，厚德从人们投过来的目光中，读到了探询，读到了同情，似乎，还读出了早知如此的意思。

倒计时还有五十多天时，天气一天天热起来。厅里突然调来一个人，原是省内一市国土局的副局长。郑林飞副厅长亲自带着这位副局长来到厚德办公室，说老处长，在回家颐养天年之前，再发挥发挥余热，带一带新来的同志，帮助他尽快全面熟悉处里的工作。办公室嘛，也委屈一下老处长，暂时跟你坐对桌，不另调了。

那厚德明白这个安排意味着什么。厅里的布局是，厅级领导的办公室为套间，处长为单间，而副处以下的干部则是两人或三四人一间不等。新来的这位级别应该是副处，组织部门有硬性规定，公务员只可平级调动，提拔也须半年之后。他不去和别人合用一间，而是由主持厅里工作的领导钦定与即将退休的老处长坐对桌，这意思还用得着再做解释吗？厚德心中暗暗为魏波叫屈，却又不知该怎么安慰他。

当晚，魏波突然跑到厚德的家，手里还提着白酒和熏猪蹄、五香花生米之类的下酒菜。厚德说，想喝酒，先打个电话来，我备下就是嘛。魏波说，我顺道，也顺手。厚德又说，大热的天，咱们还是喝啤的吧，清凉败火，家里现成。魏波一边开白酒一边说，那可不行，兄弟想跟大哥说点心里话，酒后才吐真言呢，啤的怎能算酒。厚德知道魏波心里不痛快，才大老远地找到家里来，心里便提醒自己，今晚一定要管好自己这张嘴，对方肚里的火气能压则压，压不住也万万不可往起加柴添油。

魏波率先起酒，说那大哥，今晚这酒，为咱老哥儿俩的同病相怜。厚德说，人生这桌大宴，往往是后后有席，也许后一步，落脚会更踏实。魏波说，我可不学阿Q，自个儿蒙自个儿，因为我毕竟还有十多年才退休。但我为老大哥委屈，老大哥的棋盘上哪还有下一步哇？厚德说，六十岁以后官大官小一个样，七十岁后钱多钱少一个样。后面还怎么说，我没记住。寻思寻思，除了一点点蝇头浮利，也就是个虚名而已，网络上的话，神马都是浮云。魏波说，可你本来应该得到，也能够得到，而且你得到后，用不了多久，就告老回家，那个名额空出来，不也没影响别人再得，可偏偏有人非得不让你得，你心里真不觉亏得慌吗？

魏波心里肯定有话，想一吐为快，所以杯里的酒便下得急，一杯又一杯，很快有了醉意。厚德被问得心里也堵上来，便问，那你就说说看，是谁非得不让我得？

魏波说，老大哥聪明一世，连这个都看不出来呀？测评的头一晚，我打电话让大哥快回你却不回，可眼下的这位大当家却亲自挨个给处长们打电话，再让处长们叮嘱各自属下，一是要把厅长投下去，再一个就是把你也投下去。眼下你来看，人家的算盘不是——都如愿了吗？

厚德问，有人急着上位，把挡在前面的人挤走，这我多少看得懂。可我并没碍着任何人，又是为什么？

魏波说，扬威立腕儿啊！人家压你的意图就是给众人看，谁也别以为凭自己的本事，该得到什么总能得到，要是本爷不想让你得，你就是吃进嘴巴的东西也得给我吐出来。比如我的今天，就是个明睁眼露的例子，不是一厅之长高看了你吗，那我就让你靠边站站，且看谁能奈我何？

厚德激他往下说，说熊瞎子打立正，那个巴掌未必真能遮住天吧？若说三两亲信听他的，我信，可让全机关的人几个月前就都听他调遣，我还是想不明白。

魏波说，人家有招法呀，凭着手中的权势，早把爪牙安插到省内各市，一个个都东厂特务似的。厅里的人不论大小，只要到了下面去，吃了谁的，拿了谁的，贪占了多少，人家可都一清二楚。你听人家摆布，那些事便都不是事。你若敢炝蹦子，对不起，那些事便早晚是事。大哥想想看，现在厅里的人下到各市去，还有几个敢说一清如水？我今儿借着酒劲，就把什么话都跟大哥说了吧。就连小弟我，那天测评时都没敢投大哥的票。人家事先特意安排了两人，开会时坐我左右，夹住我，我画谁的票人家看得一清二楚，那是人家早就观敌布阵安排好的。也不光对我，凡是人家信不着的人，都是这种待遇。小弟腰杆子软，私心重，又看大势如此，只好顺了。大哥看好，小弟在此请罪啦！

魏波弯下腰去，脑门顶在茶几上，咚咚地连撞了好几下。厚德心里惊了又惊，急上前拦阻。魏波满面泪水，哭着说，大哥，我罪该万死，对不起大哥，也对不起厅长，你们白信任培养了我这么些年啦。我以为厅长树大根深，折掉几个枝叶无伤大体，又寻思，反正大哥也是要退休的人了，等我接了大哥的班，再好好回报大哥吧。却哪承想，人家根本连这机会都不给咱哪，人家要大换血，完全彻底地换上自己的人。不知大哥听说没有，北口的沙力下台了还反咬你一口，听说就是因为厅里有人给他透底，说你向省里报告情况时无情无义恩将仇报落井下石……

那厚德静静地坐在那里，由着魏波哭，听着魏波说，心里翻腾着惊讶，也翻滚着感慨与叹息。都说官场异化人，没想异化至此，竟至同僚共事数十载，尚不知是洞府中的神仙还是山野里的鬼怪。原来他们远比自己灵通，什么都知道，时刻清醒着，却又故意装着糊涂。自己退休，指日可待，若是还有十年，面对如此诡异的沉浮宦海，我又当如何呢……

十一

夏至三庚数伏。进了头伏的时候，厅里把一个去镜泊湖培训的指标给了那厚德，时间半个月，可以带家属。是省总工会组织的活动，每年都有，名义上学习，实际是避暑，不然为什么带家属呢。厚德为此高兴，厅里把这个机会给了自己，显然是退休前的安慰。老伴以前一再说，某某同事陪先生去了哪哪，又某某单位专门组织干部家属去了哪里旅游，问你可什么时候能带我出去享几天福潇洒走一回呢？没想到，这个机会总算被自己等来了。

厚德兴冲冲给老伴打去电话，老伴果然高兴，在电话里都能想象得到她眉飞色舞的样子，问镜泊湖归黑龙江还是吉林哪？又问那里是不是离杨子荣打坐山雕的地方不远哪？厚德说，你要是想去，三天之内必须赶回北口，然后咱俩一起乘火车奔牡丹江，不去也赶快给我回个话。听说，有愿意个人出资的，学习期间还有个俄罗斯海参崴三日游呢。老伴说，我当然想去，海参崴更想去，可你总得让我跟那小两口商量商量啊。哎呀，不说了不说了，买菜的回来了，我另找时间给你回话吧。

厚德知道，买菜的必是亲家母。老伴往家打电话，常是避着亲家母；厚德很少主动往那边打电话，也是防着老伴不在家而是亲家母接了电话，不客气几句话总是不好，可又说什么？世间的百样亲友关系中，可能就这"亲家"二字最蹊跷也最意味深长了，儿女联姻，本应最亲，却最难相亲，亏着古人怎么琢磨出了这两字，连那"亲"字的发音都怪怪的。

老伴的电话是当天夜里打回来的，不再兴冲冲，而是气冲冲，说让你儿子跟你说吧，人家现在当家做主能耐大了。厚德一听这口气，心里一下凉了半截儿，情知坏了，老伴未得绿灯放行。果然，儿子在电话里说，爸，大夏天的，要讲避暑，哪儿还比得了秦皇岛。连中央领导避暑都来北戴河呢，北戴河就是秦皇岛的一个区呀。等你退休了，时间充裕了，咱不去镜泊湖，咱一家五口去丹麦，去挪威，好好住上几天，北欧才叫避暑胜地呢。厚德冷冷地说，你也用不着一竿子把我支到五洲四洋去，你妈这一阵在你们那儿又累了好几个月，就是个保姆，也该给放上几天假了。儿子静了一会儿，说爸，这一阵，真是不好调度了。前几天，你孙子的姥姥说，过几天老两口要去坝上草原玩几天，是和朋友们一块去。这事是人家先说的，凡事总得讲个先来后到吧……厚德心里的火气冲上来，不想再和儿子废话，咔的一声，把话筒摔下去。过了一刻，电话又响起来，他猜不是儿子就是儿媳，干脆将电话线彻底拔出来，将手机也关闭了。

退休之前的镜泊湖之旅便放弃了。别人都是老夫老妻结伴而行，自己却是孑然一身，景致再美心境不畅又有什么意思。新来的副处长已在主持处里工作，厚德开始清理文件和物品。有些文件做了粉碎性处理，还有些书籍和物件，装进纸壳箱，每天下班提回家一些。不过几日，办公桌和柜子已是空空荡荡清清爽爽，上班再坐到办公桌前时，心里便会生出惆然若失的感觉。

倒计时的日子已是屈指可数，一切都还风平浪静。厚德一直不忘厅长给过自己的提醒，是不是杞人忧天了呢？照说，不会吧，一厅之长岂会仅凭臆测信口而言？果然，八月末的一天，厅纪检组组长陪着两位客人进了郑副厅长办公室，关门谈了一会儿后，纪检组长便来叫那厚德去小会议室，告知说省直机关纪委来了两位同志，来调查核实一些问题，又说老处长不必紧张，人家问什么，实事求是回答就是。

纪检组长退去，厚德坐在了两位纪检干部面前。一女一男，女干部年龄大些，年龄跟自己差不多，估计也快退休了，主问。小伙子打开了笔记本电脑，看来是负责记录，有时也提问题。

听说那处长要退休了？

是，还有几天。

对曾经的工作，还是很依恋吧？

只是感觉时光如水，匆匆无情。有时，自己都感觉有些奇怪，怎么就到了这个年纪了呢？

所以，我们才要珍惜在职时的每一分每一秒，尤其要守住作为党员领导干部的操守，我的意思你明白吧？

明白。

我们要调查核实几个问题，希望你能如实回答。

必须如此。

听说，今年春节后你母亲生病，你将母亲送到北口市第一人民医院，住进了豪华病房，有这事吧？

有。我母亲病重，医院里人满为患，我一时无奈，便求告北口市国土资源局的同志们，不知这可有不妥？

豪华病房的费用由谁支付？

我们那家呀。

怎么证明？

我有付款凭证，现在放在我的办公室抽屉里。北口一院的账目肯定也有存档，不难查询。出院结算日期是3月22日。

再问，听说你母亲住院期间，不断有人探视，并送上厚重礼金，有这事吗？

有，一共十四拨，都是北口市国土资源系统的各级领导。礼金最多的是一万，少的是三千，多数是五千，总数是六万八千元。除了礼金，还有花篮、水果和地方土特产品等。

礼金你做了怎样的处置？

通过工商银行，全部转赠给了北口市民政局的中老年救助中心，署名阿吐。上网即可查，我也有转账凭单备查。

转账时间？

3月23日。我母亲从一院转到三院后的第二天。

为什么转院？

母亲病情已得缓解，我们不想再住那么昂贵的病房。再说，我也想躲避那种接连不断的探视。

你转赠款用的名字，是国土的土吗？

加上口旁，吃了吐的吐。

为什么用了这个名字而不用本名？

那个钱不是我的，自然不该用本名。至于阿吐，胡乱一用，咋猜都行，我没多想。

为什么不把钱直接退回送款人呢？

我估计，那些钱不是出自公款，也是单位的小金库，不可能出自个人腰包。既已出了账，我若退回，谁敢保证这笔钱会落到哪里？这样处理，总能保险些，既可保证出账的票子用到了最需要的地方，也可保证我手里有份未存不洁之财的凭据。

再有一问，听说省国土厅有份呈报省政府的分析报告，初稿出自你笔，时间正是你母亲住院期间。不知你起草这份文件时，是否受了北口市国土局相关领导给予关心和关照的影响？

事关省厅业务和保密的要求，这个问题我不想多言，也无权多言。如果厅领导同意，我可以把那份文件的电子稿提交给你们。我在此建议，你们最好顺蔓摸瓜，看看到底是谁在恬不知耻地玩弄这种结党营私官官相护的把戏。

后面的谈话就像拉家常了，兴之所至南朝北国。那两位纪检干部的脸色也由铁板般的严肃变得春风拂面宛若故友重逢。那厚德走出会议室前，那位女干部抢前一步替他拉开房门，握住他的手说，老大哥，很快退休了，生活重心也应该转移，一定要以快乐健康为主。厚德点头致谢，说我也这么想，也祝你健康快乐。女干部沉吟一下，又说，也许，我们应该早点来跟老大哥谈。抱歉，理解万岁吧。

那厚德为这句话费了好一番寻思。抱歉什么？我又应理解什么呢？

十二

那厚德只想独自在家度过六十周岁的生日。这个寿辰太过沉重，他只求安静，不想哄闹。老伴打来电话说，要不你来，要不我回去，过生日总不能让你孤孤单单哪。厚德说，心静则安，我不去，你也莫回，这样挺好，我说的是真心话。儿子和儿媳从网上给他买了两身运动服，一身春秋的，一身夏天的，还有运动鞋运动帽，特指定送货员在他生日那天的早七点前送到家里。送货女孩在让那厚德签收时不满地嘟哝说，你家的货主也是怪，非让这时候送到家里来，往天这时辰我还没出门呢。厚德代致谢意说，家里就我

47

老头子一个，白天还要上班，孩子怕你们来家没人。谢了，谢谢了。

退休的文件却迟迟没有下达。厚德知道，上级对公职人员退休，也有不成文的规定，抵达年限和日期后，一般都要往后拖延一两个月，这样，就可避免退休之人的生日是阳历还是阴历的计较了。可过了一个月，出了伏，天气已一天天凉下来，文件仍未下达。厚德主动去找人事处长，半开玩笑地问，怎么斩立决还改成了斩监候？折磨人哪！人事处长故作神秘地说，老处长没注意厅头们最近都忙成热锅上的蚂蚁啦？一个个焦头烂额的，哪还顾得上你的事。你家里要是有事，尽管去忙就是。

果然，又是突然的一天，厅长提前结束学业，回到了厅里，重新主持厅里的工作。郑林飞则调去了另一个厅，官升一级，正厅级巡视员，却不参与党组分工，明显有了明升暗黜的意思。厅机关开大会那天，魏波掩饰不住脸上的兴奋，把厚德拉到洗手间，东探探西望望确信墙后无耳之后才说，处长大哥，苍天有眼，善恶有报，好在你还没退休，快去跟厅长说说，把那个副巡视员的事给解决了吧。厚德知道他这话的重心并不在老处长的副厅，而是在他自己的正处，便淡然一笑说，已是临退之人，就不要为老不尊让人小瞧了吧。为官做吏这么几十年，我的体会就是，凡事，对得起自己做人的良心是底线，切切不可为的，就是拉帮结伙，贴人站队。魏波怔了怔，忙点头说，那是那是，我也这么想。

过了国庆节，厅长终于挤出时间找那厚德谈话了。他将厚德请进他的办公室，亲自沏了一杯碧螺春，双手捧着送到那厚德面前，随后，又送上一纸文件。厚德没看纸上的文字，却也知其中的内容，心里悠地颤了一下，便立刻平静了。乘飞机平安着陆，就是这种感觉。

厅长说，那处长，有些事，别看你什么都不说，可我也替你心里委屈。我重回厅里，努力过，也争取过，但组织干部上的事，严格而规范，绝非一己之力就能解决呀，在此，我只能感念和感谢老同志的清高与淡然了。

厚德说，有领导这句话，我心愿已足。

厅长说，我有一事，还请老处长支持。厅里以前也有过网站，但三天打鱼两天晒网的，办得很不成样子，尤其是基层干部和广大群众对国土管理工作的监督很难得以体现。厅里决定强化这一块工作，并将网站列入厅属事业单位宣教中心工作范畴。网站是棵树，大树，没有一根强有力的树干支撑不行。老处长的事业心、政策水平，还有文字能力都无可挑剔，厅里打算返聘你主持这摊工作，时间初步定三年，返聘薪酬是每月三千。现在只看您的意见了，希望给予支持。

公务员返聘，国家有严格规定，必须经由省以上公务员主管部门审批。但事业单位返聘，相对来说，则宽泛了许多。厚德知道，厅长嘴上说是请他支持，实际上是在为他应得而未得的待遇给予变相的补偿。一月三千，加上相关的其他福利，一年五万不止，三年呢，就是十五万。不少，真是不少了。那厚德端起碧螺春，慢慢品茗，并将浮在上面的一片叶片吮进嘴巴里嚼，好一阵，他才说，非常感谢厅领导的信任和厚爱。但我想，网站一块，还是另选年轻些的同志更合适。电子技术，网络空间，日新月异，我们这茬人只能自认落伍了。我这辈子，非常讨厌的一种人就是滥竽充数。

厅长说，技术层面的东西，虽然很重要，但毕竟不是第一位的，况且还可另外充实力量。老处长也不必急着表态，我给你一周的时间，再考虑考虑，可好？

那厚德说，不用了，我这就是决定。

厅长说，老哥，不是在赌气吧？风物长宜放眼量。

厅长重回厅里，一直是以老处长相称那厚德，此番称老哥，别有深意了。厚德说，我不是不明白厅长老弟的深情厚谊，在此，再一次深谢了。我在想，您重回厅里主政，首要一点，当是匡扶正气，把一碗水端平。也许，我依规而退，才是对老弟工作的最大支持呀。

那天晚上，那厚德参加过处里的送行宴，回家就给老伴打去电话，告知自己已正式退休的消息。当然，他把厅里决定返聘而他拒绝的事咽进了肚里，没跟老伴说，而且决定永远不说。有些事，就是对最亲最近最可信任的人也是应该有所保留的。说了她能理解吗？不理解日后又要承受多少无尽无休的责怨和絮叨。老伴说，这回好，你无牵无挂了，就来秦皇岛和我一块带孙子吧，咱们彻底放他姥姥的假。小家伙招人喜欢着呢，一天一个样，用不了十天半月，你就舍不开手了。厚德说，你喜欢孙子，我不反对。但一辈人自有一辈人的事，我这辈子还有一件大事没完成呢。老伴问，不是退休了吗，还有什么大事？厚德说，我把家收拾收拾，过两天，回北口。趁着老爸健在，我回去陪陪老人家。老伴说，家里不是早商量好了吗，将来把房子给不息，为老人养老送终的事也就全由她负责。厚德说，如果什么事都跟利益拴扯在一起，这人还活个什么意思呢？此事不议，我喝了点酒，困了，睡觉。

在将睡未睡的蒙眬中，那厚德给自己的晚年赋打油诗，竟呵呵地笑了："淡漠世事即佛仙，无愧无悔老倔头……"

（《耳顺之年》入选中国作协2016年度少数民族重点作品扶持项目，发表于《民族文学》2014年第4期。）

歌 唱 家

苏兰朵

一

杨十月比约好的时间提前了二十分钟到达孟泰公园。他站在十多米外的树荫里，观察着这群引吭高歌的老人。这场景在每个公园都能见到，半扇门那么大的歌单一个挨着一个，穿在一根线上，像晾衣服一样悬挂在两棵树之间，这中间的地盘属于他们。事实上，他们并不需要这些歌单，伴奏的手风琴师傅不需要它的谱子，唱歌的人也不需要它的歌词，这些老歌早已成为他们的血液，做梦都能唱得一字不差。因此那些歌单，更像是一支队伍的旗帜，或者是招兵买马的宣传单，有些路过的人，看着歌单，跟他们唱上几次，就加入了他们。

面前这支队伍有三十多人，站在最前面指挥的，是个穿一身白西装的白发老者，身高一米七左右，身板拔得笔直，脸膛红红的，显得精神矍铄。杨十月注意到他在白衬衫上面打了一条鲜艳的红领带，忍不住笑了。他们在唱《团结就是力量》，三部轮唱，有几个老太太的声音特别刺耳。红领带手部动作幅度很大，发型很配合地乱了。一曲终了，前排的一个老太太马上把一个大塑料杯子递给他，另一个头发乌黑的女人也抢上前去，用毛巾帮他擦汗。他的手很自然地搂住乌发女人的腰，然后游移向下，停在屁股处。女人并未拒绝，仿佛这一切很自然。有点意思。杨十月微笑地注视着红领带的一举一动，他有种预感，这就是冒充他父亲的人。

两天以前，父亲一通坚持不懈的电话铃将他从深度睡眠中唤醒，那天他打麻将到凌晨四点才回家，感到睡着没多一会儿。父亲叫他马上过来，似乎很愤怒。他刚想问问什么事，电话就挂了。他很不情愿地从床上坐起来，看看表，才九点多。

"这个国家完了，完了。骗子都到半导体里去骗人了。还有没有王法？啊?!"一进屋，父亲就语无伦次地咆哮起来，站在客厅正中，一只胳膊在半空中颤抖着，"马上去派出所报案!"

杨十月无可奈何地站在他对面听着，中风后遗症使父亲的嘴里像含了一块年糕。大概十分钟后，杨十月终于弄明白了父亲如此这般愤怒的缘由——有人冒充他到电台做节目，被他听了个正着。杨十月也很吃了一惊，这骗子的胆子着实够大的。然后，他又打量了一下面前的父亲，大概很长时间没洗澡了，这位前著名歌唱家的身体发出一股奇怪的酸味，头发胡乱地黏在一起，在头上东倒西歪着。"爸，"他把父亲拽到沙发上坐下，"这事呢，你得这么想，现在还有人冒充你，说明什么？说明你虽然那么多年不唱了，但是，余威犹在呀。"老杨一愣，用浑浊的眼睛瞪着杨十月，嘴半张着。他的确没想到这一层，这一层让他的气稍稍消了一些。"但是呢，这个骗子我们也绝不能放过。你想啊，他都骗到电台去了，可见冒充你不是一天两天的事了。那他冒充你图什么？钱哪!"老杨又是一愣，钱这个字从杨十月嘴里说出来一点不奇怪，少则三五句，多则七八句，和杨十月说话，他不提钱的时候极少。但这一次，老杨觉得儿子分析得有道理。

骗子做的那档节目叫《枫叶正红》，是个老年节目，主持人叫红霞。老杨每天必听。杨十月于是找到红霞，谎称自己开了家文化演出公司，想邀请浩良老师参加个活动，顺利要到了骗子的电话。

他拨通了电话，果然，红领带听着他的声音，四下寻找了一番，朝着他的方向走来。走到近处，杨十月看清他穿了一双有点发黑的白运动鞋，衣服其实很旧。除了个子稍矮一点外，眉眼和父亲年轻时还真有点像。或者不如这么说，如果父亲和他站在一起，他可能比父亲更像年轻时的浩良。父亲因为衰老、肥胖和中风，早已像换了一个人。他建议两人到树林里说话，那里比较安静。

杨十月说："真没想到，您这么大腕儿也参加公园合唱团，得多少钱能把您请出来呀？""这个我可不敢多要，市里要举办老年歌咏大赛，请我帮他们排练一下，钱都是按人头凑的，都不容易，你说，我能多要吗？"杨十月原也就是诈他一下，没想到还真收了钱。"那这排练一次得多少钱哪？""不多。"他整理了一下头发。杨十月发现，他的发型和父亲在人民大会堂演唱的那张著名的照片上一模一样。

"你那个演出是怎么回事？"他转移了话题。"哦，我今天来主要是了解一下，您一般都接什么样的演出，出场费多少，我看我出不出得起。"他似乎有点失望："一般的演出都接，价钱嘛，都可以商量。""您这么说我心里也没数哇，比如，夜总会，唱两首歌，多少？"杨十月看着他。他犹豫了一下，伸出两个指头。"这是……""两千。"他眼睛看着别处。这回轮到杨十月有点失望。"红白喜事也唱吗？""都好商量。"他忽然显出很洒脱的样子，"我们那个年代的人，讲的是情义，只要投缘，都好商量。"说完拍了拍杨十月的胳膊。

杨十月笑了："您今年高寿哇？"

他愣了一下："我……四三年生人。"

"不像，太年轻了。"

"是吗？"他警觉地看了一眼杨十月，"年轻啥，头发都白了。"

"我听说，您有个儿子？"

"是呀，今年和你差不多大。"

杨十月心说，功课做得挺足哇。"是不是叫杨十月？"

他一惊："你认识他？"

杨十月一把攥住他的手腕子："老东西，看清楚了，爷爷我就是杨十月。"

他的眼中瞬间闪出惊恐，一甩手，向后退去。但是杨十月牢牢地擒住了他。

"兄弟，大兄弟，有话好说。"他一边挣脱着，一边望向继续排练的合唱团。

"我可录了音了。"杨十月从兜里掏出手机，晃了晃。"你最好给我老实点。"说完，他照着红领带的腿狠狠踹了一脚。红领带摇晃着抱住杨十月，以免自己倒下。

杨十月把他身上翻了个遍，一串钥匙、一部旧手机、一百二十一块钱、一张公交卡。他把钱揣进兜里，又狠狠踹了他一脚。合唱团已经散了，有几个老人往这边走来。杨十月抓住他胳膊往树林深处拽，红领带回头望了望，终究没吭声。

"想好没？去派出所还是私了？"远离了人群，四周安静下来。

"兄弟……"

"少他妈套近乎。"

"我肯定做得不对，不管你是不是杨十月，我落在你手里也没话说。"

"你是不是以为我也是骗子呀？"杨十月一个巴掌甩在他的红脸上。

红领带往地上一坐，眼里流露出鄙夷的神情："你不就是想要钱吗？"

"还真让你说着了。"杨十月蹲下身，"谈谈价吧。"

"你看我这样，像有钱吗？"

"那我不管，到哪弄钱是你的事。"

"钱不是没有……要看你敢不敢赚。"他意味深长地盯着杨十月，嘴角忽然露出一抹冷笑。

二

三天以后的下午，杨十月站在电视台演播大厅的候播区，等候在化妆间化妆的"父亲"。是的，他必须试着习惯把这个人当父亲。

电视台里有了很大的变化，水泥地面变成了大理石，录制间变成了豪华演播大厅，化妆间也从一个增加到了五个——四个独立小化妆间和一个化妆候播大厅。上次来这里是三十年前，那时他还是幼儿园大班的小朋友，作为童声合唱团的一员，参与录制国庆晚会。那是一次他铭记一生的经历。他的妈妈——年轻美丽的舞蹈演员罗英美，除了在开场舞中出现外，还担任舞蹈《红色娘子军》片段的领舞，而他的爸爸——著名歌唱家浩良，是那次晚会压轴歌曲《十月金秋飘果香》的演唱者。他被人们羡慕的目光包围着，不停被其他演员用手指着确认，"那个就是浩良的儿子"。他的妈妈化完妆后，骄傲地昂着头，牵着他的手将电视台溜达个遍。

没人再认得他，电视台的工作人员都很年轻，打扮时尚。他的担心显然是多余的。这是一个周末播出的综艺节目，他从未听说过。他已经有很多年不看电视了。除了吃饭睡觉打麻将，他几乎都泡在网上，股市开盘他盯着大盘，股市收市他看财经新闻或者打游戏。作为一个私立小学英语教师的丈夫和一个七岁男孩的父亲，打麻将、炒股票是他现在的主要经济来源。这一期节目是由一个专门治疗老年病的按摩床垫赞助的，举着广告牌的观众在候播区出出进进，根本没人看他一眼。

浩良从化妆间走出来，酒红色衬衫束在米白色西裤里，一条商标特别显眼的黑色都彭皮带突兀地镶在腰间。杨十月感到自己确实需要适应，他的刚刚中过风的歌唱家父亲永远不会把自己打扮成这样。

同样没人认得他。但是他很兴奋，脸红扑扑的。"待会发劳务费，身份证带了吧?"他走到杨十月跟前，唇彩闪着油光。杨十月厌恶地把目光从他脸上挪开，看着他皮带扣上大大的"D"："皮带多少钱买的?"他下意识地用手摸了一下，不好意思地笑了："假的，没几个钱。"

节目录制得很顺利，浩良和一位过气小品演员在一首快节奏音乐的伴衬下，进行了一场关于按摩床垫保健知识的抢答比赛，结果小品演员获胜，她现场获赠了一张价值一万八千五百元的床垫作为奖品，浩良显得很失望，他得到的奖品是智能水暖电热毯，是赞助厂家的另外一款保健产品。

比赛结束后，浩良演唱了他那首著名的《十月金秋飘果香》。在他惟妙惟肖的演唱中，杨十月被剧务叫到一个角落，一个戴眼镜的中年妇女手里拿着一张纸，问他："你是浩良的儿子?"杨十月点点头。她从黑皮包里取出一个信封交给杨十月，上面写着"浩良:四千"，右下角印着公司的名称:恒友保健有限责任公司。"在这里签名，写上身份证号码。"她指着白纸上的表格，把笔递给他。杨十月的手微微抖了一下。

两个人在一家牛肉面馆坐定，浩良热情地点了两碗面、四个小菜和两瓶啤酒。"钱拿到了吧?"他热切地望着杨十月。杨十月板着脸:"你就别惦记了。""那是那是，就按说好的，头两万全归你，往后再赚的，咱爷儿俩对半分。""谁跟你爷儿俩?"杨十月夹了他一眼。"你这钱赚得也忒容易了，又轻松又露脸，还有礼品。"说完瞄了一眼地上的盒子。"这电热毯归你，给你爸用。他身体不好，用得着。"浩良给杨十月满了杯啤酒。"要说多少遍你才信呢?以前没赚过这么多钱，都是偷偷摸摸接点活，也就三百五百的。要是没有你这位真太子陪着，我哪敢上电视?稍大一点的场合，我都不敢去。""电台不是都去了吗?""可别提了。那是我求电台一个记者帮的忙，还搭了一条中南海。不宣传一下，哪有人找我呀。"他的红脸上堆满了笑容。

杨十月将面前的啤酒干掉，浩良马上又给倒满。"王春生是吧？"杨十月从里怀兜里掏出身份证又看了一会儿，"1951年，今年六十四岁，怪不得看上去比我爸年轻。"他把身份证又揣回去："周六那个活是怎么回事？""大梨树村有个度假酒店开业，村主任是我……是你爸爸的粉丝。""多少钱？""两千。""这么少？""说是村主任高兴了，额外还有赏钱。"杨十月停下筷子，盯着他看了一会儿："以后有什么活我去谈，别什么条件都答应，丢我的人。我爸爸当年……算了，说了你也想象不出来。"

三

杨十月提着水暖毯站在父亲家的楼下，忽然有一点害怕了。独自去公园会王春生他没害怕，坐在电视台演播大厅任摄像机扫过他的脸，他没害怕，甚至接过装着四千块钱的信封他也没害怕，但此刻，站在父亲家的单元楼门口，他踌躇起来。

父亲成名之后，除了团里安排的演出，从未走过穴。如果他那时肯多出去赚点钱，母亲也不会闹到和他离婚。杨十月虽然总惹父亲生气，但自从父亲中风后，已收敛了很多。当然这些事可以先瞒着他，但是上了电视，被他看见了怎么办？就算他没看见，别人告诉了他呢？他不担心其他人，他甚至不担心他的母亲罗英美，因为他们都已多年没见过父亲，不清楚他现在的样子。他只担心这附近认得父亲的老邻居。

这是一片陈旧的楼区，父亲住的这幢五层居民楼临街，比杨十月的年龄还要大。他就出生在这里，小时候，住在这里是令人羡慕的。这幢楼曾被称作"先进楼"，当年能分到这处房子的都是市里的劳动模范、先进典型。如今这里脏乱、拥挤不堪，到处贴满了花花绿绿的小广告，一楼也早被各种小店铺占据，包子铺、兰州拉面、熏酱馆、五金店、水暖器材商店、送水站、彩票出售点……当年的邻居还剩在这里的已经不多了，谁能相信曾经闻名全国的著名歌唱家浩良还住在这儿？

　　天已经黑了，一个老太太朝他走来："是十月吧？"他向前迈了一步："曲阿姨，出来溜达了？""还真是呀，这眼神一天不如一天了。过来看你爸呀？""嗯。""多过来看看。中过风，就一天不如一天。"曲阿姨是老杨歌舞团的老同事，曾是一位省内知名的民歌手。"孩子多大了？""七岁，上一年级。""真快！我就见着一回，那时也就三四岁吧，跟你和你爸，就像一个模子刻出来的。"曲阿姨双手撑在带轱辘的拐杖上，把驼着的背挺了挺，离杨十月近了一些："你妈怎么样了？还一个人呢？""挺好，大房子住着，也没什么操心。""帮你带孩子？"杨十月的手机适时地响了，他"喂"了一声，冲曲阿姨摆了摆手，拎起地上的水暖毯，别无选择地进了楼门。

　　屋里没开灯，老杨半躺在沙发上看电视，面前的茶几上有半碗吃剩下的面条，旁边是一袋敞着口的辣酱。杨十月叫了一声爸，就走到卧室，往床上铺水暖毯。老杨跟过来，站在门口："我用不着这玩意儿，给你妈送去吧。""你就别操心了，她可好着呢，啥也不缺。"老杨转身回到了客厅。

　　等杨十月坐到沙发上，面前已经多了一沓钱。"拿着吧，住院也花了不少钱。"老杨眼睛盯着电视。上次杨十月过来，说儿子乐乐新报了一门机器人的课程，一年的学费要六千多，希望老杨赞助一下。老杨当时就火了，说那么小的孩子懂什么机器人，简直是在乱花钱。为此父子两人吵了一架，不欢而散。老杨现在拿出钱来，显然是想和解。要是以往，杨十月会马上把钱揣进兜里，但是今天，他没动。"我没花什么钱，用的都是你医保卡里的。"老杨奇怪地看了儿子一眼，今天有点反常。

　　"那个骗子逮到了吗？"这几天他每天都打电话问儿子一遍。

58

"已经报案了，等信呢。"杨十月把茶几上的碗筷收拾下去，又插上电热壶烧了壶水。

"逮到了一定让我见见……"老杨咕哝着，"我要看看他到底像不像我……你说他是不是认识我？对我怎么那么了解呢？连在人民大会堂演出那次，我怎么上的台都知道。他在电台里说：'人民大会堂地毯那个软哪，我一脚踏上去就不敢往前走了，袁浩老师在后面推了我一把，我才走到台上去的。'他连这个都知道，都多少年的事了。你说他能下这么大功夫研究我，干点别的正经事好不好，干吗非要当骗子呢？"

"爸，一会儿我帮你洗个澡吧。"杨十月没有回答他。

老杨把电视的音量调小，从沙发上坐起来："是不是炒股又赔了？"

"没有，你想哪去了？"

"家里没什么事吧，乐乐挺好的？"

"都挺好，他妈也好着呢。"

老杨放下心来，和儿子一起进了卫生间。卫生间很小，两个人站在淋浴喷头下有些挤，但老杨还是很高兴地让儿子给自己洗了头、搓了背。十月小时候，都是老杨给他洗澡，那时候，两人站在这里，刚刚好。杨十月也在这一瞬间想起了小时候，每次和爸爸一起洗澡，都是他最开心的时刻，从卫生间出来，妈妈已冲好了一杯奶粉在等他。可惜那样美好的时光，小学一毕业就彻底结束了。之后的日子他不愿意回忆。母亲从这个家里搬了出去，他跟着父亲一起生活。整个初中三年，一顿早饭都没吃过。初三那年寒假，父亲下乡演出，车坏在了半路，第二天下午才赶回家，而他一个人在家，半夜开始发烧，等父亲回来已经不省人事。后来高烧转成肺炎，肺炎转成胸膜炎，他整整住了两个月医院，现在还有后遗症。那之后，他在妈妈家里住了一年半，复读一年参加中考。那也是噩梦般的一段时光，母亲的新任丈夫是个离休的军长，比她大二十多岁，最大的爱好就是在家里咆哮。他有四个儿女，两个女儿已经结婚，剩下的一儿一女都比十月大，他们脾气暴躁，心肠冷酷，连罗英美这个后妈都不放在眼里，何况是来吃白食的杨十月？他一个人住在阁楼里，夏天闷热不堪，冬天冷得直哆嗦，尽管如此，除了吃饭，他从不下楼去。他咬着牙挺到了中考，毫不犹豫地选择了一所寄宿高中。

杨十月把身体散着肥皂香气的父亲扶到床上，被窝已经热了，老杨舒舒服服地躺在水热毯上，眼里流出久违的幸福的光芒。

"爸，你现在身体不比从前了，身边需要人照顾。"杨十月在床上坐下，"有个哥们儿给我介绍了一家养老院，在小房山村，农村大院，都是平房，后面还有一片果树林，哪天有空，我带你过去看看？"

老杨的目光一下子黯淡下来，沉默了一会儿，他翻了个身，背对着儿子，用含混的嗓音说："我考虑考虑。"

四

托了朋友的朋友，拐了好几个弯，杨十月从派出所打听到了王春生的情况：身份证是真的，没有案底，本地人，1969年插队到黑龙江北大荒，后来和当地农村一个女人结婚，生下个女儿，1986年独自一人回城，无业。杨十月稍稍放下心来，这样看来，他说的话应该都是真的。

那天，在牛肉面馆，两瓶啤酒喝完之后，王春生的话多了起来。他说："我不是坏人，因为喜欢你爸爸才模仿他，从来没想过要冒充他干坏事。真的。我是觉得，他嗓子那么好，无声无息地就从舞台上消失了，可惜呀！你爸爸，好好的怎么就不唱了呢？想当年，他多红啊！"王春生望着杨十月，想得到一个答案。杨十月冷冷地看了他一眼，没吭声。他继续说："你爸爸出名以前，我喜欢袁浩的歌，《祖国颂歌》《在莫斯科遥望北京》，真好，可是我唱不出他的味来，他在莫斯科学过美声啊，还娶了个苏联钢琴家老婆，哈哈。"他端起杯子，酒已经没有了，就夹了一口小菜。

他跟服务员又要了一瓶啤酒，给杨十月和自己倒满之后，把刚才被岔断的话题又捡起来："你爸爸的唱腔就不一样了，他虽然是袁浩的关门弟子，但发声还是民族腔，我一唱他的歌别人就说学得像，尤其是那首成名曲《十月金秋飘果香》，听过的人都拍手称奇。在北大荒那会儿，有个会演哪，这都是我的保留节目。有时候参加个婚礼，也被大伙请到前面唱一首。"小浩良"的绰号就这么传开了。"

"回城那年我三十五了，身无分文，什么也不会干。怎么办？我家楼下有一个舞厅，是个小舞厅，特别简陋，我闲得没事就在里面转悠。有一天，我大着胆子跟老板说，你要不要唱歌的？老板说我这小地方请不起唱歌的。我说我可以先不要钱，要是唱得好，你赚钱多了，咱们再商量。老板看着我，就你？农村回来的吧？你会唱什么呀？我说，你这里放的舞曲，我都会唱。兄弟，我这话真不是吹牛。"王春生的眼睛红了，里面突然发出一束异样的光，"我自小就有这本事，一般的歌，听上三遍，准能唱下来。我小学的音乐老师都说我是个奇才。要不是赶上了上山下乡，没准儿我现在也是个歌唱家。"说到这里，王春生一抬手，又叫了四瓶啤酒。

"我得挣钱哪，我爸在我回城前就死了，我妈一家庭妇女，身体还不好，我得养啊。北大荒我还有一闺女，也得养啊。媳妇我可以不管，走之前我跟她说了，爱找什么人找什么人，我是不会再回来了。但闺女得给我带好。我特别卖力气，连唱歌带主持，把气氛就挑起来了。老板不是不给我钱吗？难不住我，我看准带着女人来的、穿着体面点的客人，就去问他们喜欢听什么，然后就给他们唱。他们一高兴，就赏我个五块十块的。慢慢地，就有人专门花钱点我唱歌了。我这么一弄，舞厅的人就多起来了，以前没这么弄的，别的舞厅老板就过来看，后来，我就换地方了，换了有乐队的舞厅。我在这行里，也算红极一时呀！"王春生的脸已经变成了一块红布，和衬衫连成了一体。

杨十月想象着那段岁月，也是父亲一生中最辉煌的时光。打开收音机就能听到他的成名曲，各种大型演出都有他的身影。他的足迹踏遍了大半个中国，几乎每个月都坐飞机、乘火车去演出。那也是他和妈妈最骄傲的时光。上海的连衣裙、广州的高筒丝袜、北京的糕点、新疆的葡萄干……家里就像个小型博览会，来自各地的新东西层出不穷。伟大的歌唱家父亲在他眼里就像太阳一般，是这世上最了不起的男人，而母亲，当然是最美丽的女人，她窈窕的身影像月亮一般超凡脱俗。在人们艳羡的目光中，他也毫不怀疑，这种荣耀的生活会一直持续下去。

杨十月回过神来的时候，王春生已经趴在了桌子上。他结了账，把他拎起来，费了好大力气塞进了出租车。

按照王春生迷迷糊糊的指引，杨十月找到了他的家。

这是一个单身男人的家，脏乱不堪。杨十月把他扔到床上，四下看了看。老双室格局，没有厅，窗子窄小，应该比父亲的房子大一点。卧室朝南，床对面是个小电视柜，旁边是个双门衣柜，家具的样式至少是三十年前的。白粉墙明显发黑，他注意到墙上贴着两张纸，走近细看，原来是两张奖状。一张是区国庆群众会演一等奖的，时间是1998年，另一张是黑龙江生产建设兵团文艺调演优秀奖的，杨十月仔细辨认了一下字迹，竟然是1975年。那时候自己还没出生，浩良也还没有成为享誉全国的歌唱家。他回头看了看这个人，脸扭曲着枕着一只胳膊，骨节粗壮的手指悬在床沿，已经睡着了。

周六一大早，杨十月和王春生坐上村主任的宝马X5奔赴大梨树村。王春生脸上洋溢着兴奋，想坐在副驾驶上，被杨十月推到了后座。他怕他一高兴和司机胡说八道露了馅儿。

大梨树村距市区约五十公里，是以盛产梨、苹果、油桃著称的地区，在这片区域内，很多村庄的名字和水果有关，比如桃李村、果园村，老杨的老家就在果园村，和大梨树村中间隔着十多公里。这是个杨十月可以接受的距离，离果园村再近一点，他就不敢带着王春生去了。

为了这次活动，王春生特意花三百多元钱买了双新皮鞋，衣服还是那套白西装，他再没钱添置新衣服了，像点样的西服套装都贵得惊人。不过他心情很好，杨十月给他带来了希望，以往不敢接的活，以后都不怕了。等司机的时候，他试探着跟杨十月商量，能不能两千元出场费归杨十月，额外的赏钱归他？杨十月同意了。

出了市区，不到一个小时就抵达了目的地。这是一个看起来很大的度假庄园，司机说里面客房、餐饮、垂钓、游泳、采摘、歌厅一应俱全，是村主任承包矿山的大儿子投资建起来的。

到了开业剪彩现场，他们才知道，主角并不是浩良，而是一个香港的二流明星，杨十月听都没听说过，据说参演的一部电视剧时下正火。此外，还有在某知名唱歌选秀节目中露过脸的一个本省歌手，以及省电视台的一位节目主持人。那三个人昨天晚上就到了，由村主任的矿老板儿子陪着，把度假庄园的娱乐项目体验个遍，并和矿老板一起拍下了各个场景的亲密合照，准备放大了悬挂在大堂里。两个布置现场的小服务员争先恐后跟杨十月介绍着，还展示了她们与明星的合影，说光请这几个人，老板就花了四十多万。

杨十月心里像打翻了五味瓶，看着王春生寒酸的西服，马上回去的心都有。王春生注意到他神情的变化，把他拉到一边："看在钱的份儿上，忍两个小时行不？这不算什么，在舞厅卖唱那些年，什么气我没受过？你就当是我本人在这，不是你爸爸，成不？"杨十月望着他，他的眼里流露着卑微的祈求。他的心更难受了："你自己在这吧，我到周围转转，有事给我打电话。"

他来到了湖边，湖对岸是一片果林，阳光下，成熟的果子在枝叶间若隐若现。他想起了三十年前的那个秋天，父亲带着他回了一次老家。在果园村，他们受到了隆重的欢迎。村民们都跑出来看昔日的小石柱出息成啥模样了。父亲后来站到了一个柴火垛上，给大家唱了首歌。那以后，父亲再也没回过老家。

后面传来音乐声，有人在试麦克。杨十月回头望了望，大楼门前已经聚集了很多人。想到那个以父亲的名字出现的卑微的人，他决定回到现场。

五

下午，杨十月和王春生被车送回城里。杨十月打算去父亲那儿，天黑之前带他去养老院，住一晚体验一下，父亲已经勉强同意了。之所以今天去，还有个原因，王春生录制的那期按摩床垫节目今晚播放，他得守在父亲身边，防止被他看见。这是他一直担心的事，坠在心里，像块石头。这些日子，他一直弄不明白自己，为什么和王春生一起干了这些事情毫无愧色，却偏偏害怕面对父亲。

车快到父亲家楼下的时候，杨十月接到了一个牌友的电话，说三缺一，叫他赶快过去。他看看手机，觉得时间尚早，就叫司机掉了头，兜里正揣着两千块钱呢。

杨十月手气不错。应该这么说，若论打麻将，杨十月的手气一向不错，甚至好过他炒股的手气。所以他认为上天对待自己多少还是有点儿公平的。但也仅限于有点儿。炒股为生十多年了，也只是赚了一套房子。谁让他是散户呢？散户就像庄家桌子底下的狗，要反应敏捷才能抢到他们掉下来的饭渣。

高二那年，他也做过歌唱家的梦，他的母亲罗英美在离婚五年后，第一次主动给父亲打了个电话，请求他去找一下他的恩师袁浩，疏通一下关系，让儿子能顺利考入中央音乐学院，实在不行，进沈阳音乐学院也行。杨十月觉得，这要求不算高，父亲完全可以办到，况且自己对唱歌也不是一窍不通。但父亲的回答是，袁浩老师已经不欠我什么了，十月应该凭自己本事考大学。他一气之下考了个财税专科。拿到通知书后不久，他得知，班里那个作文写得颠三倒四的孙福友，竟然被保送到了省师范大学中文系本科。他的爸爸是个靠卖绢花起家的老板，大字不识几个，却已经是市政协委员了。那个暑假之后，他就再也不相信世界上还有什么公平了。他因此在毕业之后不愿意工作，与其把命运交给领导，不如交给上天。炒股、打麻将，在别人看来是赌博，在他看来，却是一条公平的生存道路。

正玩在兴头上，电话铃疯狂地响起来。他抓起手机一看，是父亲。瞟了一眼时间，糟了，已经晚上八点多了。他把牌一推，迅速出了门。

老杨这次生气与上次不同，因为他在观众席里看到了儿子杨十月。他实在不能理解，这也太荒唐了，怎么跟做梦一样？难道儿子也是冒充的？

当杨十月打开门，小心翼翼地走进来，他马上明白了，儿子和这个假爸爸是有关系的。知子莫若父。

他用手按住胸口，试着让自己平静下来。"你给我讲清楚，到底怎么回事？"

杨十月瞟了一眼电视，已经在播广告了。"到底什么事呀？一惊一乍的，马上就要和了。"

"你少给我装糊涂！"老杨陡然拔高了声调，"合起伙来骗我，当我死了是不？！"

杨十月低下头，不吭声了。

老杨的胸口剧烈起伏着："你在哪找这么个小丑，不嫌丢人吗？啊？全市人民都看见了，我以后还怎么出门？"

"别自作多情了。"杨十月咕哝着，"全市人民现在没几个认得你，再说，那破节目也没什么人看。"

老杨抓起面前的纸巾盒向杨十月砸去："骗子！我怎么生了你这么个东西?!"他忽地站起来，"我现在就去报警，把你们都抓起来！"

"你去吧！我不拦着。活着也真够没劲的，最好把我判个十年八年的。"杨十月把脚边的纸巾盒踢远，"我也一直都搞不明白，像你这么自私的人，为什么要结婚生孩子?"

"你说什么?!"老杨愣住了，虽然他知道罗英美母子一直对他心怀不满，但亲耳听到这种话从儿子嘴里吐出来，还是有些吃惊。

"你看看你这一辈子，那么大名气，最后得到什么了? 你学生都当文化局局长了！不觉得活得失败吗?"

老杨半张着嘴，身体开始颤抖。

"记不记得我考大学时你说了什么? 要唱歌，得凭自己本事。你自己又是凭本事吗? 如果没遇到袁浩，你现在还在果园村种树呢！"终于当着他的面说出来了，杨十月觉得心里从没有过的畅快。

老杨颓然地坐到沙发上，油腻的白发凌乱地飘下来，仿佛战场上倒下的破败旗帜。

沉默像千万只白蚁在屋里啃噬着，房子好像随时会消失掉。

最终还是杨十月先坚持不住了。他悄悄走到电热壶跟前，倒了杯水，放在老杨面前。

老杨坐着没动，他感到自己离儿子越来越远了，或者不如说，从和罗英美离婚那一刻起，他就意识到，自己离这个世界越来越远了。原来在他们母子的眼中，自己是个这么自私又失败的人。儿子的话语像一把利剑，刺穿了他最后一丝尊严。可他曾多么爱那个家呀！

"爸，这事没那么严重。成龙还有替身呢，你以为那些惊险动作都是他自己完成的? 谁又觉得他是骗子了? 还不是花钱买票看得挺高兴的。只要你不说，没人知道他是假的。再说了，他也没冒充你干什么坏事，我都调查过了。你想想，他得多喜欢你才能模仿得那么像? 你就当……他是你的替身好了。这事只要你认可，就算不上诈骗。让他替你给孙子赚点钱有什么不好呢？"

老杨惊异地抬起头，望着儿子，再一次有了梦幻的感觉。自己的儿子，什么时候变得这么不真实？他缓缓地站起来，想从这种感觉中挣脱出去，可是，腿突然不听使唤，怎么抬也抬不起来。

杨十月看着在原地挣扎的父亲，一下子慌了。他费力地把父亲扶到床上，马上给妻子打了个电话。半小时以后，黄丽带着儿子乐乐赶到，一家人把老杨送去了医院。在出租车上，乐乐不停和爷爷说这说那，可老杨吐出的音，像黏在一起的糨糊，他一句也听不明白了。

六

这次出院以后，老杨直接被杨十月送到了养老院，那里有专门的护工，可以全天候照顾他。他现在走路需要借助拐杖，否则就不走直线，身体倾斜得厉害，仿佛随时都会摔倒。他登记的名字是身份证上的真名——杨石柱，人们还是叫他老杨。浩良就像一双从他身上剥离掉的翅膀，一下子飞走了，他对这个世界陡然生出一种陌生感。

杨十月的心情则一下子轻松起来，心里的石头终于落了地。父亲虽然没有明确同意他和王春生所做的一切，但也没再表示反对。他马上给自己印制了新名片，名字前只有一个头衔——著名歌唱家浩良经纪人。这个角色让他充满了新鲜感和跃跃欲试的兴奋，曾经的骄傲从他身体里又悄悄复活了。

他把父亲曾视若珍宝的各种奖状、奖杯、荣誉证书都翻了出来，摆在一块红布上一一拍照，然后以浩良的名字注册了QQ、微博和微信公众号，把照片上传上去。在头像的位置，他放上了一张王春生的演出照。

做完这些，他又把电台、电视台、日报、晚报的相关主持人、记者请到一家档次很高的海鲜饭店，体面地吃了一顿，临走，每人还赠送了一张大福源超市的五百元购物卡。长这么大，除了家人，杨十月还是第一次送礼。

没过多久，王春生和杨十月就忙碌起来。

开始是一些本市的婚礼、开业、夜总会的表演邀请，接着就有政府主办的大型活动找到他们。没过两个月，杨十月竟然接到了一单湖南的演出，是通过微信公众平台和他联系上的，他意识到了新媒体的强大威力。为了更好地维护这些网络宣传平台，杨十月招聘了一个计算机专业毕业的大学生，职务名头是宣传助理。然后他就想，等生意再好些，还可以招一个演出助理，这样他就不用在人前给那个假爸爸拎演出服了。他忽然发现，这比炒股有成就感多了。炒股的成就感是孤独的，而浩良给他带来的，除了钱，还有久违的被关注。

经过密集的演出洗礼，王春生也发生了巨大变化。首先是行头全换成了新的，人靠衣服马靠鞍，整个人的精气神马上不一样了，接着是神态、言谈、举止也发生了微妙的变化，原来的卑微、低俗之气消失了，一种带点倨傲的自信从他的体内散发出来，甚至比从前的浩良更像一个著名歌唱家。最让杨十月刮目相看的是他对表演的认真，他换了新的智能手机，把浩良的几首代表歌曲都下载下来，没事的时候就插上耳机，反复听，每个字的发音都仔细琢磨，他唱得越来越像，甚至表演时的动作、神态都和浩良越来越接近。站在后台，看着王春生声情并茂的表演，杨十月常常会产生一种错觉，仿佛又回到了小时候。他在心里忍不住对王春生生出一点敬佩。但到了分钱的时候，原来那个王春生就完整地回来了。那小市民的贪婪眼神和流里流气的语气、笑声，让杨十月心里立时充满了厌恶。让杨十月忍受不了的，还有王春生对待女人的态度。每当有女粉丝对他表达好感，他都用那双长了手一般的眼睛，色眯眯地抚摸对方的全身，并且毫不掩饰对胸部的偏爱。一旦对方与他握手，他就攥住不放。杨十月后来严厉地警告他："再让我看到你那副癞蛤蟆相，小心我揍你！"王春生这才收敛了一些。

在湖南的演出结束后，浩良接受了当地一家报纸的专访，杨十月紧张地坐在他身边，随时补充着他说话的漏洞。记者见他讲得好，就撇下浩良，跟他又聊了很多往事，包括在家里洗澡的那些温馨回忆。在杨十月的讲述里，浩良是个充满温情的好爸爸，也是个有绅士风度的好男人，现在仍和前妻保持着良好的朋友关系。王春生在旁边很配合地颔首微笑。

第二天早上，杨十月在飞机场的一个报刊零售点看到了这张报纸，文化版面用了半版篇幅刊发了专访文章，配发的照片是王春生搂着杨十月的父子合影。他买了两份，塞进背包里。

在候机厅转悠了一会儿，杨十月忽然想到应该给家里人买点什么。这样的机会不多，独自出远门，兜里有钱，也有富余的时间。以前都是和黄丽、儿子的短途旅行，每当他动了心思想买某件东西，都被黄丽制止了。黄丽常说，把你那大少爷品位收一收，不看看自己挣多少钱。黄丽是他的初中同学，两人是初恋。黄丽的父母是做小生意的，在新兴批发市场卖廉价儿童玩具。当初，老杨和罗英美都不同意这桩婚事，觉得不门当户对，但杨十月自从上了大学之后，没有一件事再听过父母的。或者不如说，父母越反对，他越要去做。而且，他觉得黄丽是个好姑娘，虽然容貌平平，却性情温厚，更难得的是作为独生女，她一点不娇气，过日子精打细算，很有持家智慧。作为一个幼师毕业的中专生，她靠着对英语虚荣般的迷恋，竟然考过了雅思，现在一家私立小学当英语老师。每当杨十月惹她生气的时候，她的口头禅总是"再惹姐，姐就不伺候了。姐出国，找个老外给你瞧瞧"。其实也就是说说，杨十月心里有底，学过点半吊子声乐的黄丽对著名歌唱家浩良的儿子，也一直有着她不自知的虚荣般的迷恋。他需要这样的女人，让他感到舒适、自由，并且温暖。他在大学期间，也偷偷试过所谓门当户对的女人，但他没有能力让她们满意，而且太累。

他看上了一条爱马仕丝巾，三千多，贵了些，但是他决定买下来。他知道黄丽一定会喜欢，但永远都舍不得买。他又给儿子买了一个进口的遥控小飞机，乐乐从小到大都没玩过什么高级的玩具，比自己小时候差远了，他常常感到愧疚。买完了这两样东西，他思忖着，也应该给父母买点什么。其实在丝巾柜台，再给母亲买一条的念头在心里闪了一下，但马上被他否定了。罗英美是见过好东西的，花多少钱都难以打动她。杨十月觉得，也没必要讨好她。于是他给母亲买了一条日本产的七星牌香烟。最后是父亲，他踌躇了很久。那些父亲曾飞来飞去演出的岁月，是怀着怎样的心情给他和母亲挑选礼物的？也像此刻一样吗？他不得而知。但他清晰地记得自己拿到礼物的那些快乐时光，通常能高兴好多天。一丝久违的感动在心底隐隐浮现。最后，他给父亲买了一条电动按摩带，可以放在腿上按摩，而且上下移动很方便。

回到候机口，他看到王春生把腿搭在拉杆箱上，头向后仰在椅子上，已经睡着了。连续的早起、乘机、演出、晚睡、再早起、乘机，他显然累坏了。一缕头发滑落到眼角，染过的黑发底部，一截白茬齐刷刷地露出来。

七

老杨住的养老院坐落在山脚下，是小房山村的两户农家院改建的，两排平房，后面有一个小果园。这里住着二十多个来自城里的老人，服务人员都是在本村雇的村民。

把父亲送到这之后，杨十月还是第一次来看他。

两个多月没见，老杨瘦了，头发理得很短，胡子也刮得干干净净。一丝喜悦在他有点僵硬的脸上闪动了一下。杨十月感到，父亲老了。这种老与身体上的老关系不大，更多的是一种精神上的老。

这种感觉以前从没有过。杨十月的心里微微有点歉疚。

"伙食还行吧？"他在父亲对面坐下。老杨把儿子从头到脚贪婪地打量了好一会儿，没说话。杨十月便没再问，心想总好过他自己一个人对付。他避开父亲的目光，这目光似曾相识，却又多了一种说不清的东西，让他很不自在。他不想去探究，直觉告诉他，那和情感有关，很多年了，他拒绝这块区域。他把按摩带从盒子里掏出来，插上电，放在父亲的腿上。嗡嗡的电机声填充了两个人之间的沉默。老杨的神情柔软下来，看着儿子把按摩带在腿上挪来挪去。

"都挺好的。"老杨终于开口了，"比住城里强。"他把目光投向窗外，窗口正对着果园。

"我就知道你会喜欢这，前前后后我看了五六家。"

"乐乐也挺好的，机器人课他挺喜欢的，下次我把他带来。"

"你没事多到外面走走。"

老杨始终看着窗外，表情几近痴呆。

"你没跟人说……你是浩良吧?"杨十月小心翼翼地问。

"什么?"他转过头来，愣愣地盯着杨十月。那神情，仿佛儿子在说一个和他毫不相干的人。

杨十月的声音低下来："别跟人说……你是浩良。"

"噢，这里没人关心这事。"

门被推开，一个五十多岁脸庞红润的女人提着暖水瓶走进来。"换水了。"声音里透着爽利。

老杨的脸上绽开笑容："这是我儿子。"他指了指杨十月，又对杨十月说，"这是红霞。""彩霞。"她纠正道，把手里的暖壶和桌上那只换过来。

"对，彩霞。"老杨有点不好意思。

"你爸在这挺适应的，就是不大爱说话，不合群。"她把手伸到老杨的枕头下，掏出一双脏袜子，"唱歌跳舞不喜欢，打麻将打扑克也不喜欢。"

"唱歌?"杨十月疑惑地望着她。

"每天晚上都唱,吃完饭,就在食堂,爱唱什么唱什么、评剧、黄梅戏、二人转、以前的老歌,可热闹了。"彩霞的嗓门很大,屋里活泛起来,"你爸不唱也不听,回屋里一个人待着,也不嫌闷!"

"我爸确实不喜欢唱歌。"杨十月忙说,"他呀,就喜欢侍弄果树。"

"可不是,有一回跟我讲果树都爱招什么虫子,讲了一个多钟头,我哪听得懂啊?"说完,哈哈地笑起来。

彩霞离开后,屋里又恢复了沉闷。杨十月看看表,和父亲告了辞。临走,他犹豫了一下,把在机场买的那份报纸悄悄放在按摩带上。

老杨送走儿子,又在院子里溜达了一会儿,直到晚饭之后才看到报纸。戴上花镜,将半页纸仔细读完,他感到好像有什么东西堵在喉咙里。他判断不出儿子是出于一种什么想法把报纸留在这里。让他了解浩良的再次成功?还是让他了解儿子心里对父亲的感情?是想安慰他,还是想报复他?他不光判断不了儿子,也判断不了自己。他觉得自己应该愤怒,可为什么竟然有点欣慰呢?他原以为早就不在乎曾经的荣耀了,可读完这篇溢美的访谈,心中竟涌起一股淡淡的失落。这些情绪在他身体里起伏交织着,喉咙就丝丝缕缕地疼痛起来。他端详着照片里的那个人,这显然是个经历过沧桑的人,笑容掩盖不了这一点;这也是个不服输的人,身体里隐藏着顽强的欲望,和真的浩良刚好相反。人们看不出来这些吗?是呀,人们怎么会看出来这些呢?他们只是要听一个叫浩良的人唱那首熟悉的歌,仅此而已。

那个人对记者说,这辈子最感激的人是袁浩老师,1971年如果当初袁浩没被下放到果园村红星林场,自己一辈子都没机会成为他的学生,也肯定成不了歌唱家。老杨把这段话字斟句酌地反复看了几遍,理解着说这话的人对自己命运的判断。或许世人都以为,我是个非常幸运的人。老杨苦笑了一下,把报纸丢在地上。

这个夜晚,他辗转反侧,想起了很多往事。

他曾经是个快乐的果农。有那么一些年，他也感激过命运，让他成为一个名扬全国的歌唱家，人生变得更成功、更幸福。但现在，他已经不这么看了，或许这想法已经生出很多年了，只是最近才被他清晰地确认。他现在觉得，如果一直是个果农，没有后来发生的一切，他的人生或许更快乐些。

　　如果红霞不是为了救袁浩意外地去世，如果红霞还活着，他们一定会生好几个孩子，因为红霞不用跳舞。以她的能干，没准儿会把果园承包下来，他们一定会经营得很好。是呀，如果他的人生在那条轨道上，现在一定在果园村安度晚年，生活富足，儿孙满堂，吃饭的时候，家里热热闹闹的。房间里回荡着红霞富有感染力的、爽朗的笑声。她一定是脸庞红润的，身材饱满的，从不考虑有关减肥的问题，让他感到踏实、温暖。

　　然而生活没有如果，1971年不会重来。

　　从死神手中被救回来的袁浩陷入深深的内疚，杨石柱也掉入刺骨的悲痛中难以自拔，人日渐消沉颓废。德庆老人的心比儿子杨石柱还要难过，善良的他对袁浩没有一句埋怨。过了一段日子，终于想出了一个主意。他去找袁浩，诚心诚意地请他教儿子唱歌。唱歌，就这样成了袁浩和石柱摆脱痛苦的救命稻草。

　　他们无比投入。从清晨到夜晚，袁浩全心全意地教，石柱忘我地学。果园里回荡着他们经久不息的歌声。歌唱，让他们忘了一切。德庆老人在繁重的劳作之余，眼里终于露出了一丝安慰。

　　1976年，袁浩恢复了中央音乐学院教授的工作。临走之前，他做了一件事，通过在省文化厅工作的同学的关系，把杨石柱特招到了市歌舞团工作。他的报答并没有就此结束。1978年，人民大会堂隆重的国庆晚会邀请他参加演出，他把这个珍贵的机会给了石柱，歌曲是他为石柱量身创作的《十月金秋飘果香》，并且为石柱取了一个新的艺名——浩良，浩是袁浩的浩，良是善良的良。他用这个名字，表达了自己对德庆老人一家无以言表的复杂情感。正是这次演出，让浩良和他的《十月金秋飘果香》一举成名。

八

　　杨十月是在卫生间的马桶上接到袁朗的电话的，当时他正在大智慧客户端看股票。这是个干脆的女子，没有一句客套，开门见山地讲了事情的原委。而在这个电话之前，他们之间素不相识。袁朗说："我是袁浩的孙女，我爷爷百年华诞大型演唱会两个月之后在人民大会堂举行，这个活动由文化部和中央音乐学院主办，我的朗润文化艺术传播公司承办，参加演出的都是国内外著名歌唱家，大部分是我爷爷的学生，央视三套和四套会在黄金时段播出演出的完整录像。现正式邀请你的爸爸浩良参加这次演出。我们是在网上查到你的电话的。你是浩良的儿子，对吧？"杨十月被这突如其来的子弹一样密集的信息连续击中，一时没缓过神来。袁朗追问："你在听吗？""在听在听。""那好，我想问一下，浩良叔叔能参加这次活动吗？""能，能参加。"杨十月紧握着听筒，不敢发出任何声响，无论如何不能让对方感觉到自己正坐在马桶上。袁朗的声音松弛下来："太好了，爷爷一定会很高兴的。我能和浩良叔叔说句话吗？""他……他不和我住在一起。""噢，"袁朗显得有点失望，接着问，"他现在还在演出，身体一定很好吧？""是的，很好。你放心，他也一定很高兴去看望袁浩老师。"听到杨十月这么说，袁朗迟疑了一下："你不用和浩良叔叔商量一下吗？""不用，这么大的喜事，我爸爸一定会去祝贺的，而且我是他的经纪人，可以做主。""要是这样，那就最好不过了。"电话那端传来袁朗的笑声，"我爷爷从前跟我提起浩良叔叔很多次，我也想见见他。我的秘书会发一份邀请函给你，后续事宜他会继续和你联系的，有什么特别要求也可以直接打电话给我，这是我的办公室电话。"

　　通话结束后，杨十月的手心里全都是汗，他几乎不记得自己都说了什么，这不是他能控制的那种谈话，从袁朗报出自己名字和身份的一刻起，他就变成了一只牵线木偶，顺着她的意图机械地吐着台词。回到客厅，他仍然感到恍惚，不敢相信这是真的。袁浩在中国音乐界的地位，如同泰斗。很小的时候，母亲就常跟他念叨，这个与他的家庭有着特殊关系的大人物的名字，几乎把他的耳朵磨出茧子来。没想到自己能有机会见到他。

他在百度上输入了"袁浩百年华诞演唱会"，互联网瞬间为他打开了一扇门。这个活动一年前就开始筹备了，由袁浩的中俄混血女儿，美国休斯敦大歌剧院女高音歌唱家袁安娜担任艺术总监，除了国内众多的一线歌唱家外，美国、俄罗斯、澳大利亚的几位具有国际声望的歌唱家也将参加这次演出。朗润文化艺术传播公司是这次活动的承办单位，也是广告招商单位。顺着链接，杨十月进入了朗润公司的官网，袁朗的大幅彩照出现在面前，这是个鼻梁高挺、目光犀利的女人，算不上太漂亮，但四分之一的俄罗斯血统，让她和中国女人在气质上有着明显差别。她1979年出生在北京，和杨十月同龄。青年时代的袁朗做过模特，后来经姑姑介绍，嫁给了一位美籍华裔富商之子，现在夫妻俩共同经商。朗润公司的经营项目繁多，除了策划承办各种演出、会展，还出品影视剧和电视节目，此外，还有一家国际青少年艺术学校，以袁浩的名字命名，专门招收八到十六岁的中国学生，毕业后可直接报考美国的艺术类大学，现在国内已经开了九家分校。看到这里，杨十月的心动了一下。紧接着，一股莫名的失落感从心底袭上来。他把手机扔到沙发上，来到拥挤的阳台，坐在矮小的方木凳上，点燃了一支烟。

随着年龄的增长，杨十月越来越多地想到命运这个词。不管他怎么和父亲作对，他们父子的命运都是连在一起的。袁浩改变了父亲的命运，把他推到了一座山峰上，但不知为什么，父亲又从那个山峰走了下来。母亲也许早就看到了这个结局，在下山的途中弃他而去，她试着攀上了另一个"高峰"，至于幸不幸福，只有她自己知道。离休的军长已在去年过世，她死守着一座一百八十平米的房子与军长的儿女们斗智斗勇，已经闹到法院去了。父亲和母亲自顾自地走着自己的路，他于是从一株备受赞美的名贵兰花变成了路边生长的野草。黄丽的家曾经给了他温暖，让他短暂地忘掉了这些不快乐，但没过多久，他就明白了，岳父母家的那种欢乐不属于他，他无法在那个粗陶的花盆里生根。他们一家三口在岳父母家过周末的时候，看着黄丽和儿子被岳父逗得哈哈大笑，他常常会心生羡慕。他其实不知道怨谁，怨父亲只是一种根深蒂固的习惯，这习惯是通过母亲一遍一遍充满结论性的讲述确立下来的。成年以后，他有时候也会想，父亲其实有权利选择自己的生活方式，但这种想法常常坚持不了多久，就在各种残酷的现实面前瓦解了。习惯性思维又占了上风，如果父亲能……那么局面或许就不同了。

开门声打断了他的思绪，儿子和黄丽回来了，屋里立刻热闹起来，充满了现实感。他打起精神回到客厅，准备下厨房做饭。得给欢蹦乱跳的小兔子做顿好吃的，那是他生命里全部的希望和欢乐了。

第二天，袁朗的秘书打来电话，希望杨十月能尽快把浩良的个人简介、照片、身份证复印件发到演唱会筹备组的邮箱里去，前期宣传、订机票、订酒店等都需要这些资料。他还说，演出定在袁老生日的当天下午，晚上会有一个盛大的晚宴，文化部、中国文联和中央音乐学院的领导都将出席，要求穿礼服，最好提前准备一下。

杨十月的心怦怦跳起来，他没法不激动。有那么一瞬间，他觉得，也许应该带父亲去看看，这些荣耀本来就属于他。但他马上就否决了这个想法。父亲已经不能唱歌了，说话也成问题，更重要的，他不会替杨十月说出心里的愿望，而王春生可以。当年如果父亲肯替他说话，也许两个月以后，站在人民大会堂唱歌的人里就有他杨十月一个了。这个机会非常难得，说不定会改变乐乐的命运。

他很快把这个消息告诉了王春生。王春生盯着他，说话突然结巴起来："我……我真的能……能去？""当然，我说能就能。"杨十月冷静地瞥了他一眼，骨子里的优越感从神色中渗透出来。王春生受到这神情的鼓舞，一下子振奋起来："你就瞧好吧，我绝对不会给你掉链子的。""先别高兴得太早。"杨十月最看不得他的浅薄相，"袁浩可是教了我爸五年的老师，你要做的功课还多着呢。""是是是。"王春生收敛起笑容，露出些许忧虑。"放心，只要有我在，你就是浩良。"杨十月说完，起身离开。王春生的声音紧跟在后面："我都听你的，你说怎么办就怎么办。"竟有些颤抖。

九

老杨这几天不爱吃饭，喉咙不大舒服，好像肿了，食物走到那里就像翻越一座山岭般困难。但这不是主要的，主要的还是心情。往事打开了闸门，就像洪水一样止不住。已经过去那么多年了，原来都原封不动地隐藏在记忆里，没有丝毫破损。红霞的音容笑貌，在他眼前晃来晃去，甚至衣服上扣子的颜色都清清楚楚。闭上眼睛，她就跟到梦里来。她把装满苹果的柳条筐很轻松地一提，放到石柱的后背上，然后扯下脖子上的旧毛巾，擦石柱的额头。石柱的脸模糊不清，红霞身上的气味却清晰无比。

他给了彩霞十块钱，让她帮着买点黄纸回来。"咋的，做梦了？"老杨点点头。"梦里说，过得不好吗？"彩霞小心地问。有一种民间说法，做了不好的梦，不能全说出来，她很迷信。老杨摇摇头，什么也没说。彩霞就不再问，买了一刀黄纸，还有一串金元宝回来，把剩下的五块钱交给他。老杨摆摆手说："不要了。""那怎么行？"不容分说塞进他兜里。"今儿晚上烧吗？"老杨又点点头。

吃过晚饭，彩霞陪着老杨出了门。远远望见十字路口后，老杨就挣脱了彩霞的搀扶，示意她回去。彩霞重新拽住他胳膊："我给你送过去再走，不打扰你们说话。"黄纸上面的表格里写着字，她已经看到了逝者的名字，明白了为什么老杨总是把她叫作红霞，也明白了老杨为什么总是雷打不动地听《枫叶正红》节目。她相信自己的猜测，这个叫红霞的女人，一定被老杨深深喜欢过。

老杨从未去过红霞的墓地，因为去世的时候还未办婚事，她被父亲葬在了自家的坟地。他其实不知道红霞在哪儿。这么多年来，他第一次给她烧纸。面朝着果园村的方向，他的心中突然感到无比愧疚。

此刻，他对着黑暗的空气，感到从未有过地真实，而歌唱家浩良的人生，就像个梦。他终于哭了出来。声音翻过山岭，从他的喉咙里奔跑出来，嘶哑，苍凉。这声音不属于浩良。

风忽然大起来，老杨用木棍死死按住燃烧的黄纸，怕它们飞走了。

回去的路上，彩霞没有说话，她把身体紧紧贴在老杨的身上，随着他的步调，一只脚向前，一只脚倾斜地把他搀回了房间。

杨十月来到养老院的时候是早饭刚过，老杨躺在床上，身体微微有点发烧。杨十月没有发现父亲的异样，进门之前，他在走廊遇到了彩霞，她告诉杨十月，老杨昨晚上没休息好。他以为父亲只是有点困。他沉浸在自己的心事中，担心着接下来和父亲的谈话会很艰难。

他习惯性地倒了一杯开水，放在父亲的床头。事实上，他从未亲眼看到父亲喝下他倒的水。但倒水这一行为本身，常常表达了他无法用其他方式表达的态度，他和父亲都懂。

然后他眼望着窗外的果树林，谈起了袁浩。他问父亲："袁浩去果园村是哪一年，什么季节，当时是上午还是下午，穿着什么样的衣服？他在林场都干什么活，平时经常唱歌吗，他怎么发现你嗓子好的，他在回忆录里说，是爷爷请他教你的，是真的吗？那段往事，他在书里提到得不多，你还记得多少，有什么有趣的事情吗？他是怎么教你的，连钢琴都没有，他给你写乐谱吗？简谱还是五线谱？我妈说，你其实不识谱，我不信，因为你的节奏感和音准非常好，小时候陪你去电台录歌，基本一遍就过了。那首歌，袁浩在果园的时候就写好了，还是回到北京之后写的？你们是什么时候断了联系的？他的其他学生你都见过谁……"

老杨看着儿子的侧脸，缓慢地回答着他的问题，他们还从没说过这么多话呢。这是他长久以来渴望的一种交流，面向过去，属于亲人间的闲聊，属于了解。在他的记忆里，儿子从不愿了解他的过去，只关心现在和将来，对，更关心将来。他和他的妈妈罗英美活得十分焦虑，紧张着未来的每一天，把日子过成了一场攀爬比赛。此刻令他享受，他甚至忘记了喉咙里的山岭。虽然果园村的岁月也有令他痛苦的部分，却是此刻他最愿意回忆的时光。

离开果园村后，踏上突然而至的人生巅峰，他一下子不知所措。他成了一个演员，站在舞台上唱歌可以，将一个新角色变成自己，却很难。他笨手笨脚地尝试了很多年，学着做一个漂亮的舞蹈演员的丈夫，学着把奶粉喝成井水，学着在开会的时候从容不迫地把政策语录融进每一句话，学着用虔诚严肃的表情尊重领导，学着做一个在政治上过硬的艺术界领袖……他终于还是失败了。袁浩老师只教了他唱歌，他至今也理解不了《十月金秋飘果香》的时代意义是什么，他只是个会唱歌的果农。然而他的失败却不是他一个人的事，他似乎面对所有人，犯下了不可饶恕的错误。

以一个果农的智商，他是想不明白这一切的。罗英美和杨十月的怨恨，曾让他相信了自己对不起所有人，对不起老父亲、对不起袁浩老师、对不起妻儿，甚至对不起红霞。但现在，一切困惑都烟消云散了。他更相信自己的心，他真正感到愧疚的只有红霞，这些年，他竟然把她忘得干干净净。

这几天，他还想明白了一件事，为什么最终从山顶又走了下来？那个模模糊糊的原因一直在他心里若隐若现，现在，他终于抓住了。那个原因就是——他不愿意踩着红霞的尸体走得太远！袁浩老师离开果园村之后所做的一切，是为了求得他内心的平安。而自己接受得越多，内心却越不安。这些不安就像路障一样，阻挡着他在浩良的轨迹上前行。他实在无法用一生去跨越！

　　杨十月没有想到和父亲的对话竟这般流畅，他感到很舒适，这种感觉，就是一直以来他羡慕的黄丽与父母谈话的状态。在他的印象中，父亲非常不善于表达。童年时代，母亲似乎就是父亲的大脑，替他表达，替他拿主意，问什么都说听你的。连他们当初确立恋爱关系，都是母亲挑明的。从人民大会堂演出回来，团长本打算把自己在图书馆上班的侄女介绍给父亲，但是被母亲抢了先。"还不是觉得我比她漂亮吗。"母亲曾经和曲阿姨在谈笑间讲过这段故事，六岁的杨十月一边玩小汽车一边听了个清清楚楚。如果没有袁浩生日演唱会的事，杨十月真希望把这场谈话进行下去，但理智告诉他，不能忘记来此的目的。没有目的的生活是脆弱和幼稚的，他从父母离婚那一刻起就明白了。现在想想，自己明白得太晚了。他曾经的同学们都比他明白得早，在他陪父母去参加演出，一个人在后台玩耍的时候，他们都在上各种补习班，他们从那时起就为了高考这个目的在奋斗。然后他们就抢在了他的前面，提前知道了各种目的地。他从不去参加同学会，当官的、做生意的男同学比着买单请客，饭店一个比一个豪华，在女同学面前显示着他们的成功。那个孙福友，在他目的明确的商人父亲的一路安排下，四十岁不到，就已经做到教育局的副局长了。他也从不允许黄丽去参加同学会。家庭是他仅有的成功。他很想去理解父亲，譬如在此刻这种氛围中。但父亲永远不会理解他内心的挣扎和酸楚。父亲似乎一直生活在另一个世界。他不希望儿子乐乐有一天面对自己，也有同样的酸楚。

　　他斩断了回忆。"爸，过两个月是袁浩的百岁大寿，在人民大会堂有个庆祝演唱会，他的家人邀请你参加，我同意了。"像被突然抽掉了床板，老杨的身体一震，想说点什么，杨十月马上拦住他，"我准备带王春生去。"预想的咆哮没有爆发，老杨把话咽进肚子里，看起来竟然很平静。"希望……你能同意。"他有点没底。

"可是……你到底为了什么呢?"父亲的声音像从遥远的地方传来。

"就当是……为了乐乐吧。"他低下头,搅动着手指。其实他一直弄不明白,为什么自己总是抑制不住地想去伤害父亲。

一阵沉默。杨十月受不了这种沉默,他站起身,准备尽快离开。

"让他过来……我要见见。"

杨十月望着父亲,想从他的表情中判断出这句话背后的含义,但没有捕捉到确定的信息。他小心地问:"有这个必要吗?"

"明天。"老杨说完,闭上了眼睛。

"也好,有些事你叮嘱一下他。"杨十月走到门口,又回过身来,"爸,无论他表现怎么样,说了什么,你都不要生气,对身体不好。"

十

第二天早晨醒来,老杨觉得浑身不舒服,他量了一下体温,仍然低烧,比昨天的温度又高了一点儿。他强打精神起来,仔细洗漱了一番,还用一个很久不用的剃须刀刮了胡子。脸被划伤了好几处,用纸巾处理了半天,还是被彩霞看出来了。她晚上不住养老院,总是吃过早饭过来。"你说你急什么,等我来了给你刮呗。咋了,今天有人来看你呀?"老杨有点懊恼,他就是不想让别人知道,才自己刮的。

彩霞看出来他不大高兴,收拾完房间就提着暖瓶走了。老杨把箱子打开,翻出一套不常穿的中山装,试了一下,发现有点瘦了。他想了想,把身上的羊毛衫脱掉,又找了件衬衫套在里面。收拾停当,他拉开抽屉,找出一片扑热息痛,就着杯子里剩下的一点水吞了下去。

九点钟的时候,他有点支持不住,躺在床上休息了一会儿。彩霞进来送水,见他穿得整整齐齐地躺着,忍不住问:"什么重要人物来看你呀,从没见你这样。"老杨从床上坐起来:"你进来,怎么不敲门呢?""敲啥门?从来也没敲过门哪。"彩霞惊讶地看着他,然后忍不住边走边哈哈笑起来。

十点半左右,彩霞的声音在门外响起:"老杨,你等的人来了。"竟然有点兴奋。

老杨整理了一下头发,在椅子上坐下。

门开了,彩霞满脸欣赏地让进一个鲜亮的人来。他一只手提了一塑料袋水果,另一只手拎着一箱牛奶。彩霞在门口流连着,似乎不想走,老杨严肃地瞪着她,她只好退出去,把门关上。

老杨打量着这个窃取了他歌唱家身份的人。

他的头发被发胶定了型,因而一丝不乱。上身穿了一件红色的西装,有点刺眼,下身是一条雪白的裤子,也有点刺眼。皮鞋倒是常见的黑色,但非常亮,几乎没有尘土。老杨想,进院子之前,一定擦过。这张脸很红润,精神矍铄。他的轮廓让老杨看到了浩良的一种可能性,或者在罗英美和儿子的心里,浩良就应该一直长成这副样子。他的眼中流露出紧张和不安,似乎还有点兴奋和好奇,但看到老杨的一瞬间,就被一种熟练的热情和自信代替了。他把东西放在门口,快步走过来,双手握住老杨的手:"浩良老师,久闻大名啊!"声音洪亮,底气十足。这是一双有力量和热度的手,和老杨看他照片时的判断相符,精力十足,欲望强烈。

老杨没说话,也没有让他坐。

他站了一会儿,气势虚下来:"十月说您想见我,不知您……有什么……吩咐?"

老杨继续盯着他看了一会儿,才缓缓问道:"你怎么想的?冒充我。"

他一愣,显然这不是他预想的话题。他以为这个问题早就翻过去了。他是抱着"汇报表演"的心来的,期待着真浩良能对他指点一二。这么久了,杨十月和他父亲还没达成共识吗?

老杨面无表情地等着。

"我……还不是因为喜欢您吗。"他似乎寻到了出口，"您一直是我的偶像，我是唱着您的歌长大的。"他恢复了语速，音调也自如地高起来，最后一句甚至伴着笑声。

老杨没有笑："你都喜欢我什么呢？"

王春生又是一愣，他收敛起笑容，思忖着如何回答这个问题。他感到，自己对这次会面的估计过于乐观。"您……平易近人、谦虚……嗓子好……"他搜索着词汇。

"运气也很好，是吧？"

"哪能这么说呢？嗓子不好，光有运气也没用啊！"他的脸上再次堆起笑容。

"我可从来都不穿西装。"

"我……我不是个子矮吗，我知道您喜欢穿民族服装，我穿西装……显得高点不是？"王春生的后背开始出汗。

"真的没人看出来你是假的？"

王春生僵在那里。

"你就不害怕？"

王春生有一点恼了，咕哝道："十月总不是假的吧？再说，歌也不是假的呀。"见老杨没吭声，便大起胆子继续说，"浩良老师，您不会不知道，现如今，假的东西多了，我这可是下了功夫勤学苦练的，您不能把我等同于江湖骗子，我唱得一点都不比您差，咱这钱挣得不容易。现在的观众多挑剔呀！"

竟然被他反戈一击，老杨瞬间有了一种荒谬感。不过提到了杨十月和钱，底气没有刚才足了。他平复了一下情绪，说道："把那首歌唱给我听听。"

这个要求在王春生的预想之内，不禁面露喜悦。他环顾了一下四周，往地中央挪了几步，又清了清嗓子，开始唱《十月金秋飘果香》，手臂挥动起来，表情也跟着舞动起来。

老杨看着他声情并茂的表演，心里涌起一股说不出的滋味。这首歌他早就唱麻木了，但从别人嘴里唱出来，还是有点新鲜。他想起第一次听到这首歌是在电话里，袁浩老师的声音充满了激情。他告诉石柱："这首歌已经在小范围内试唱过，反响极好，评论家们都说，它是一首时代需要的好歌、大歌，你尽快到北京来吧。"事实正如袁浩所预料的，这首歌最终和《祝酒歌》一样，成了一个新时代的符号。他还记得袁浩老师怎样一字一句地给他设计唱腔，让他唱出政治上的自豪感来。最后出来的效果，袁浩并不十分满意，觉得石柱对这首歌的理解不到位。即便如此，他也还是把这首歌唱红了。

"浩良老师，第一段最后一个字，我在您原唱的基础上，又拖长了八拍，听出来了吧？"他重新示范了一遍，"每次唱到这里，台下面都掌声雷动。"

老杨的思绪被王春生的话打断，看得出，他对自己的表演相当满意。"你嗓子不错，不过……唱得有点流气。"

王春生似乎并不接受这样的批评，但还是点了点头。

"你真的想唱给袁浩老师听？"他迷惑地看着他。

他眼睛躲闪了一下，马上说："是呀，我要让袁浩老师和全国人民看看，今天的浩良一点不比四十年前差。"眉宇间冲出一股锐气来，一种不属于老年人的锐气。

老杨已经丧失了和他对话的兴趣，但有句话，他还是想当着王春生的面说出来。他不再看他，望着窗外，自语般地："你们是不是都觉得，只要长相上接近，再把这首歌模仿得好，谁都能成为浩良？"不等王春生回答，他又接着说，"你们是不是还觉得，这首歌当年无论谁唱，都能一下子成为著名歌唱家？"王春生有点惊讶，不知道说什么。"你就是这么想的吧？觉得你更应该得到浩良的一切？"他向王春生投去犀利的一瞥。王春生慌忙摇头，但他不想听他说话："如果人生真的能这么简单，反倒好了。"他似乎在回答王春生，又似乎在回答自己。脸上一片苍凉。

他感到很累，也感到一种释然。挥了挥手，示意王春生出去。

王春生从房间里退出来。他感到有点憋气："你有什么资格来教训我？还拿自己当著名歌唱家呢？话都说不利索，住养老院的钱没准都是我赚来的。"正想着，彩霞奔了过来，一把抓住了他的胳膊。"浩良，真的是你呀！我说看着眼熟嘛，你刚才唱歌，我都听见了。"

　　他看着这张亢奋的红脸，不知不觉就把脸偏向老杨的房门，突然抬高了声调："啊，过来看看我一个合作伙伴的父亲。你以前听过我唱歌？叫什么名字？"

　　"彩霞，我叫彩霞，上中学的时候，你老火了！我妈可喜欢你了！"彩霞的大嗓门一嚷嚷，院子里的人迅速聚集过来，把著名歌唱家浩良团团围在当中。有人拿出手机，开始合影。

　　院子里的热闹嘈杂声把院长的媳妇引了出来，她一听说这个派头十足的小老头儿是著名歌唱家浩良，马上拉住他："浩良老师，中午说什么也不能走，在这吃饭。我要是让你走了，待会儿我老公回来准得骂我。走，到我办公室去坐。"说完，不容分说就往前拽。

　　"不了不了，我不随便参加饭局的，再说，下午我还要谈个演出的事，让人看出来喝酒就不好了。"

　　"那咱们不喝酒，咱就吃菜。"

　　"对，不能走。"一群人附和着，簇拥着，把浩良推到了办公室。

　　院长接了媳妇的电话，没到半小时就赶回来了。在热烈地表达了一番惊喜、崇拜之情以后，他提出想和浩良老师合个影。浩良警觉地看了他一眼："这合影要是挂出来宣传，我可是要收费的。"

　　院长迟疑了一下，马上说，"浩良老师，我们家三代人可都是你的粉丝，我爷爷在世的时候最爱听你唱歌了，那时候也没有电视呀，他守着半导体，一听到你的声音就不让调台。提钱，多伤感情！这么着，我给您准备点本村产的有机水果、蔬菜，还有笨鸡蛋、溜达猪肉，走的时候带上！"

　　浩良的脸上露出笑容："算了，我这人哪，就是心软。"

　　两个人于是来到院子里，在院长媳妇的指挥下，拍了若干张以养老院为背景的合影。

没过多久，彩霞跑过来说，可以开饭了。院长亲热地拐着浩良的胳膊，把他请到食堂，夫妇俩陪着进了单间。吃了一会儿，又叫了一个年轻点的女护工进去陪酒，彩霞出出进进地传菜。喝了有七八瓶啤酒之后，彩霞突然想起来，浩良是来看老杨的，应该叫老杨过来陪着才对。院长听她一说，忙挥着手叫她去把老杨喊过来。

待彩霞急急忙忙跑到老杨房间，却发现他已经躺在床上昏迷过去。往脸上一摸，滚烫。

十一

老杨被送进了医院。接到彩霞的电话后，中心医院的120急救车用了近一个小时才开到养老院，途中，它一度被车载导航仪带过了头，后来是彩霞跑到公路上，不停和司机通电话，才把它迎过来。而与此同时，著名歌唱家浩良的饭局并没有停。院长只是出来安排了一下，就又回到酒桌上。

经过复杂的检查，初步诊断为咽喉癌。医生对杨十月说，肿瘤已经开始大面积扩散，手术的意义不大了。"那么，还有多长时间？"杨十月看着医生白净纤长的手指，感到自己的心在下沉。那一定是十根灵巧的手指，也是理性的手指，它们看上去和一个钢琴家的手指没什么两样，而事实上，要冷静得多。"最多半年吧。"手指的主人很轻易地就说出了这句话，杨十月感到自己的心脏停在了一片平滑无比的冰面上。

父亲还在昏睡中，输液管里的透明液体在无声滑落着。他无法确定父亲的昏迷是否和王春生的拜访有关。他简单问了问跟着急救车过来的彩霞，彩霞说，你爸一早起来就梳洗打扮，等着浩良，两人见面应该挺高兴的，还唱歌了呢。杨十月便没再问。彩霞跟着忙活了一下午，已经走了。走之前对杨十月说，让你媳妇煲个鸡汤送来，你爸现在咽东西费力。

杨十月又给王春生打电话，但是一直无人接听。他并不知道，父亲被抬上急救车后，养老院里又发生了一件事。著名歌唱家浩良喝多了酒，没有把持住自己，摸了年轻女护工的胸和屁股，结果被女护工的男朋友，养老院里的一名男护工给打了，院长连忙把歌唱家送到附近的医院检查，这会儿，歌唱家正躺在院长办公室里睡觉呢。

晚上五点多，老杨醒过来。药物使他的嗓子舒服了很多，但他知道，那些山岭还在。黄丽从床边的椅子上站起来，叫了一声"爸"，接下去却不知再说什么，就匆匆出去找医生。医生过来看了看，把一支体温计插在他的腋下，又出去了。屋里重新恢复了安静。老杨想问问十月怎么不在，可是张了两次嘴，只发出一丝微弱又含糊的音来，他用了用力，声音大了些，但黄丽还是没有听懂。她想了想，说："爸，你是不是饿了？我这就去打饭。"说完，从包里掏出一个保温饭盒，提着出了门。

他对这个儿媳是陌生的，一年见不到几次，每次待的时间都不长。罗英美和黄丽的走动也不多，他是知道的，有时候也问问儿子，杨十月不喜欢谈论这个话题，回答得总是很潦草。他从这潦草中判断出，罗英美和黄丽都不喜欢对方。

杨十月很晚才过来，站在床边看了两眼，就坐在门口的椅子上鼓捣手机。老杨现在已经无法用语言表达清楚自己了，这让杨十月感到一点释然，从青春期开始，他和父亲之间的沟通就没有顺畅过。现在这样很好。后来他从家里拿来一本乐乐的英文练习册和一支铅笔，放在父亲的床头，告诉他想说什么就写在纸上。

两天之后，彩霞又过来一次，帮老杨拿了些换洗的衣服。进屋没多一会儿，她就开始跟老杨数落起浩良来。"我说话你别不高兴，那个浩良，可真不是东西，简直就是个大流氓，你以后别跟他来往了，丢人！还歌唱家呢，呸！"老杨吃惊地盯着她，手从被子里抬起来抖动着，示意她把话说清楚。彩霞就把酒桌上的事跟他讲了一遍，末了又说道:"你说他脸皮多厚,自己干了见不得人的事,还要跟人家讹医药费。院长没办法,给他装了一后备厢的东西,才把他打发走。"老杨听完,血压一下子就上来了,开始眩晕。吓得彩霞马上去喊医生。

一个星期之后,老杨从医生那里得知,他一时半会儿还出不了院。医生还叮嘱他,安心治疗,别想太多,少说话,坚决不能抽烟。他有了一种不祥的预感,尤其是被转了一次病房之后,这种预感就更加强烈。

新病房在住院大楼十六层的最里端,要沿着走廊走很久才能到电梯。大部分时间他都待在病房里,实在闷了,就到走廊中间的晒台上站一会儿,那下面是一个小花园。晒台是通风的,没有玻璃,只装着封闭的钢筋护栏,人站在那儿,就像站在笼中。没人的时候,老杨也会躲在那偷偷抽一支烟。

杨十月再没跟他提过袁浩寿诞演唱会的事情,但从儿子偶尔接听电话的只言片语中,他听出事情一直在进展着。最近杨十月好像在打听一个青少年艺术学校的事,还和黄丽商量,怎么找人给乐乐办一个声乐特长生证明。有一天,他整理自己的东西,忽然发现,身份证找不到了。

他在纸上写:"你拿了我的身份证?"

杨十月平静地说:"借用一下,用完了,就还给你。"

他想了想,写道:"你一定要带他去北京?"

杨十月肯定地点了点头。

他放下笔,不再和儿子说话。

大约一个小时后,杨十月准备离开。

他拽住儿子,在纸上写道:"走之前,让他来一趟,我有话交代。"

十二

王春生来的这天风很大,病房的窗子外面不时滚动过呼呼的巨响。老杨早早起床，在洗手间破旧的镜子前，仔细洗了脸、刷了牙，又用手沾了水把头发抹整齐。他已经很多天没有洗漱了，镜子里的这张面孔憔悴干枯，像一棵已死去大半的老树。他忽然就想，这个样子去了阴间，红霞能认出来吗？

回到病房，他把病号服脱下来，换上了自己最舒适的一套衣服，一条褪了色的肥大的棉质休闲裤，一件带拉链的廉价夹克衫，然后从床底下把那双老北京布鞋拿出来，套上。做完这些，他坐下来歇了一会儿，又整理了一下拉杆箱。这是彩霞送过来的，里面除了几套换洗的衣裳，还有一个影集和一个皮夹子。皮夹子里除了一些证件外，有两张银行卡。进养老院之前，卡里共有四十三万块钱，那是他全部的积蓄。他翻了一会儿影集，里面大多是十月小时候的照片，也有几张乐乐的，此外，还有他自己珍存的一些演出照。最珍贵的一张，是他在人民大会堂演出之后，与袁浩老师的合影。照片上的袁浩展露着扬眉吐气的笑容，而他则有一点拘谨。

有敲门声传来，老杨把影集放回箱子，皮夹子压在影集的上面，然后拉好拉链，把箱子推到墙角。

门开了，杨十月站在门口，把他带进来，什么也没说，又退了出去，关上门。

王春生今天穿了一套素净的西装，不知是不是杨十月跟他说了什么，但仍然系了一条黄灿灿的领带，发型也精心打理过，左眼的外眼角有一块淡淡的淤青。应该是被男护工打的。

王春生见老杨盯着他的眼角，下意识地用手遮了一下："喝多了酒，摔了一跤。"讪讪地笑了笑，然后没等老杨说话，就坐在床边的一把椅子上。

老杨拿起铅笔，在英文练习册上写道："什么时候去北京？"

"下周，下周的今天。十月说，你好像有什么话要交代，是不是关于袁浩老师的？"他的目光中满含期待。

老杨看了他一眼，写："要是袁浩看出来你是假的，你怎么办？"

"我……"王春生盯着纸上的字，琢磨着句子里的意味，心中渐渐涌起一股恼怒，他意识到，老杨并不是想帮他，和上次一样，只是想羞辱他。"十月说了，他说我是真的，我就是真的。"他抬起头，挑衅地看着老杨。

老杨并不生气，神态出奇地平和。他写道："其实，袁浩十多年前就患阿尔茨海默病了。"

"真的吗？"王春生的眼中放射出抑制不住的惊喜。"怪不得，在网上搜不到采访他的文章。他们家人瞒得可真够死的。"他舒了一口气，心想，也许错怪他了。他把两腿伸开，抖了抖："这么说，即使见到袁浩，他也不知道我是谁？"

老杨注视着他，点了点头。

王春生整个人放松下来，从兜里掏出手机摆弄了两下，是一款崭新的手机。

老杨瞥了一眼手机，继续写："你准备什么时候停止？"

"什么意思？"王春生疑惑地望着他，旋即明白了。"这得问你儿子呀，他可是个赚钱没够的主。我们俩签了协议了，现在是合作伙伴关系。我可不欠你们的。"他索性低下头去接着摆弄手机，不再说话了。怪不得杨十月说他爸爸难沟通，还真是一点不假，阴一阵晴一阵，简直就是个神经病。

外面的风呼呼地吹着。一只塑料袋在窗口飞翔了一会儿，又向更高处冲去。老杨的目光跟随着它，直到看不见。他很难理解，它怎么能飞这么高。

时间在两个人中间流逝着，老杨望着面前这个眼角浮着淤青、穿着考究、打着耀眼领带的老人，粗壮通红的手指熟练地在手机屏幕上点来点去，那种恍惚的荒谬感再度向他袭来。

他将英文练习册重新翻开一页，写道："愿意陪我抽支烟吗？"然后不等他回答，就扔下铅笔，站起身，歪歪扭扭地向门口挪去。

他坐在那，看着他移到门口，才无奈地起身，跟着出了门。

走廊很安静，一个人都没有。他拒绝了他的搀扶，倾斜着身体，用了很长时间，来到晒台上。

他潇洒地递过来一支中华。他摆了摆手，掏出自己的红梅来。两个人各自点上。风从钢筋护栏中呼啸着冲进来，把烟打到他们的脸上。

"告诉你一件事，你可别不高兴。"他吐出一个烟圈来。"袁浩的孙女说，人民大会堂的演出结束后，如果反响好，她会接着搞一个全国巡演，她那个青少年艺术学校分校所在的城市，都要去。到时候，一切按市场化操作，立体宣传、卖票，演员都拿出场费。"他很激动，脸泛红光。

"十月不让我跟你讲太多，怕你不高兴。我觉得没什么呀，我是在替你赚钱哪，用的还是浩良这块牌子。这块牌子立起来不易呀，你可能觉得挺容易的，可有多少人唱了一辈子也没人知道哇！咱们得充分利用，不用，那不是傻吗？你看袁浩的家人多精明，他都阿尔茨海默病那么多年了，人家还能轰轰烈烈办学校、办演唱会，不知赚了多少钱！我看哪，你儿子是块料，胆子大，要是早几年认识就好了。不过，也不晚。我身体还挺硬实，再唱个十年八年也没问题。这不挺好吗？你出名字、我出人，赚钱对半分。只要我们自己愿意，谁能管得着？"他的眼里渐渐透出一股真诚来。

"别老觉得这是骗人，你凭良心说说，就我的嗓子，配不配得上浩良两个字？绝对配得上！和满大街粗制滥造的假名牌比起来，咱这块牌子就是正品，我是经过你授权的！咱们就这么合作下去，多挣点钱，咱俩都能安度晚年，孩子也能跟着借光。想开点，好好养病。好日子还在后头呢。"说完这些，王春生豁达地拍了拍老杨的肩膀。

老杨默默地听着，他的逻辑无懈可击，自己几乎被他说动了。类似的话，当年罗英美也说过。也许吧，自己已经跟不上这个时代了。但他还是骗不了自己的心，在这条逻辑的路上，有些东西堵在那儿，就像喉咙里的那些山岭，是实实在在的感觉，他无法当它们不存在。他也无法理解这个只比自己小不到十岁的人，是怎么做到在这条路上畅通无阻的。难道仅仅因为命运在这条路上给他挖过一个坑吗，他就认为那些东西填到坑里去理所应当？老杨不认同这种逻辑，他觉得，坑是坑，堵着的东西是堵着的东西。就像他和他的父亲，从未因为红霞的死而怨过袁浩。那是红霞自己的命。他相信，袁浩老师也是这样的人。这些天，他一直在想，袁浩真的很想见浩良吗？这个以两个女人的生命为代价换来的名字，真的应该重新出现在这位可怜的百岁老人的面前吗？

他侧过脸，看着王春生。他的左眼角对着他，那片淤青在热血沸腾的脸上正在变紫。他沉浸在一个歌唱家的梦里，那曾经中断的梦想又找到了飞翔的翅膀。如果生命的轨迹没有被北大荒岔开的话，那双翅膀或许真的是他自己的。但正如1971年不会重来一样，1969年同样不会重来。

浩良不属于他王春生，浩良也同样不属于杨石柱。浩良本就是个历史的误会。

他深深吸了一大口烟，嗓子里的山岭发出一阵刺痛。真痛快。他望着下面，花园里一个人都没有。

"人民大会堂的地毯真的那么软吗？1966年和同学去天安门广场，人山人海，只看到个房顶。"

老杨把手搭在一根钢筋上，下面发出只有他能听得到的摩擦声，焊接点被风化，只需一推，钢筋就倾斜出去，悬到十六层的天空中。第一次来这里吸烟，他就发现了。风越刮越大。

王春生的话语轻一字重一字地飘过来："你儿子说，我的鼻头比你大，哈哈，等从人民大会堂回来，我就去整容。"

他看了看他的鼻子，一团烟雾从王春生的嘴里喷出来，将鼻子淹没，随即又被风吹散。他想象着一个白色的头颅，对着一面镜子，正一层层揭开纱布。当最后一层纱布被掀开，他看到一张和自己一模一样的脸，崭新的鼻子在阳光下闪着光亮，那张脸更加年轻、红润，所有的皱纹都神奇地消失了，让他相形见绌……

老杨把烟头扔掉，立在风中整理了一下衣服和头发，然后伸出手去，牢牢地抓住了王春生粗壮的胳膊，钢筋被裹着布鞋的一只脚推开，刺耳的摩擦声从大理石上划过……

笼子破了。

终于可以飞出去了，他想。

（《歌唱家》发表于《长江文艺》2016年第1期，后收录小说集《白熊》中，《白熊》于2020年获第十二届全国少数民族文学创作"骏马奖"。）

逍 遥 游

班 宇

    我系一条奶白围脖儿，坐在塑料小凳上，底下用棉被盖着脚，凳子是以前学校开运动会时买的，几块钱，一直用到现在，也没变形。身后是居民楼，东药厂宿舍，一楼做了护栏，扣上铁罩，远看近似监狱，晒蔫的葱和白菜垛在上面，码放整齐，一看就是有老人在住。倒骑驴拴在一侧的栏杆上，我靠着墙晒太阳，风挺冷，吹得脸疼。许福明距我十步之远，在跟刚遇见的老同学聊天，满面愁容。他见了谁都是那套嗑，翻来覆去，我特别不愿意去听，但那些话还是往我耳朵里钻。

    老同学说，你留个手机号，我跟我们班挺多同学都有联系，大家回头一起想想办法，帮助帮助你。许福明说，我哪有手机呀，都让她拖累死了。老同学说，真不易呀。许福明说，你说前两年，咱在市场里碰见，那时我啥样，现在我啥样，说我七十岁，也有人信。老同学说，那不至于，放宽心，还得面对，日子还得过。许福明说，唉，话说得没错，但问题是，啥时候是个头儿呢。

    临走之前，老同学从兜里掏出一张五十的，非要塞给许福明，说，我条件也一般，老伴还没退休，给人打更，多少是点心意。我在旁边喊，爸，你别要。许福明假模假式，推托几番，还是收下来了，从裤兜里掏出掉漆的铁夹，按次序整理，将这张大票夹到合适的位置，当着老同学的面儿。

我坐在倒骑驴上，心里发堵，质问道，你拿人家的钱干啥。许福明不说话。我接着说，好意思要吗，人家是该你的还是欠你的。许福明还是不说话，一个劲儿地往前蹬，背阴的低洼处有尚未融化的冰，不太好骑，风刮起来，夹着零星的雪花，落在羽绒服上，停留几秒又化掉，留下一圈深色的印迹。车过肇工街，有点儿堵，骑着人力车，非得占个机动车道，许福明办事一直都这样，没一件得体的。后面狂按喇叭，我有点坐不住，便吃力地翻身下车。身体太虚了，没劲儿，我觉得自己像一只趴在树上的熊，笨拙缓慢，几乎是骨碌下去的，半跪在道边，休息几秒后，起身拍了拍土，自己往医院门口走。就这样，许福明也没个动静，服了，任尔东西南北风。

医院冷清，我在长廊上等许福明。一个礼拜得来两次，在二楼做透析，护士都熟了，见我面点头打招呼，说，过来了呀。我说，啊，来了。然后问我，最近感觉咋样。我说，见好。护士还挺高兴，说，那就行，慢慢来。其实我心里知道，这病上哪儿能好哇，就是个维持。阳光从尽头的窗户里照过来，斜射在我身上，我被晃得有点睁不开眼睛。朦胧之中，看见许福明也进来了，衣服半掀着，裤脚脏了一块，不知在哪儿蹭的，连跑带颠，去窗口交钱取票办手续，来回来去，忙一脑袋汗。我想，还是医院暖气烧得足，家里要是也这样就好了。前几天看新闻，说温度不达标，能给退一部分采暖费，这钱得要，投诉电话我记在哪儿来着，我不停地回忆着，越想越困。

但一躺在病床上，又什么都忘了。像是进入另一个纯白世界，蒸汽缭绕，内心清澈，一切愿望都摸得着，想喝水，想吃东西，但吃上就吐，时间发生扭曲，像一条波浪线，起伏不定，有时候五分钟过得也像一个小时，挺煎熬。透析过后，有人活蹦乱跳，我是一点力气都没有，根本站不住，说话都累，得眯一会儿，才能稍微恢复，但也走不了几步，蹲着倒是还行，能缓一缓。挪几步，蹲一会儿，挪几步，再蹲一会儿，一般我就是这么走出医院的。许福明在身后，有几次想过来搀我，我都给推开了，不用他。他刚才是咋说的，我可都记着呢，快要让我拖累死了。

刚发现得病那阵儿，我跟我妈两人过。之前一年，许福明在外面又找一个，女的在玉兰泉搓澡，外地户口，带个小男孩。也不知道他俩咋认识的。反正许福明成天不回家，借着跑车的名义，在外面租个房过日子，怎么喊也不露面，五迷三道，好不容易过节回来一次，见面就吵架，连踢带踹，脾气见长。本来都挺大岁数了，睁一只眼闭一只眼，对付着过就得了，但他就不行，蹦高要离，魔怔了。

我妈也挺倔，还到澡堂子闹过一次，裤腰里别着菜刀去的，但没用上。回来之后，听我几番开导，心平气和去离婚，也是过够了。办完手续时，正好是中午，我们一家三口还下饭店吃了顿饺子，跟要庆祝点啥似的。许福明情绪特别好，叫了俩凉菜，筷子起开啤酒，倒满一杯，泡沫漾出来，他低头吸溜一口，然后抬手举杯，要敬我和我妈。我没搭理，低头捣蒜泥，我妈跟他干了一杯，然后说，瞅你那样儿吧。许福明笑嘻嘻，也不说话。我妈又说，小人得志。许福明还是笑，说道，多吃点，不够再要。

可能许福明自己也没料到，好日子没过几天，这场病就将我们再次连在一起。检查结果出来的时候，我刚上班不久，没啥积蓄，根本不够看病的。我妈挺要强，始终也没告诉许福明，后来把房子都卖了，我俩在铁道边上租房子住，就这样，也还没说，不指着他。但钱也还是不太够，四十平米的老破小，能卖几个钱哪，这病跟无底洞似的。

许福明还是听别人说卖房子的事儿，才知道我得病，灰土暴尘地赶过来，衣服穿得里出外进，气色也差，提溜几样水果，像是来看望不熟悉的朋友。我妈见他来了，也不说话，在厨房拾掇菜，我也不知道跟他说啥好，就一起坐着看电视，辽台节目，《新北方》，一演好几个小时，口号喊得挺大，致力民生，新闻力量。看了半天，许福明问我，咱家现在这种情况，能上这个节目不，寻求社会帮助。我气得要死，给他撵走了。出门之前，我听见他跟我妈说，你放心吧，我肯定管，管到底。我心说，你咋管哪，你能管谁呀，你是玉皇大帝咋的，管好你自己得了。

哐一声，大门关上，许福明的脚步声渐远。我妈把围裙解下来，端上桌好几个菜，还炸了鸡蛋酱，冒着热气，伙食不错。我妈坐在我旁边，我看看她，她看看我，电视里的交警大哥磕磕巴巴地聊着违章，我俩抱在一起呜呜哭。之前也没这样，都挺坚强的，这天就有点受不了。哭了一会儿，该干啥干啥，差不多得了，不然菜都凉了。

我妈走得太突然了，直到现在，我都接受不了。还没正式入冬，清早下趟楼的工夫，摔在水站旁边的井盖上，昏迷过去。我们刚搬到这边，邻居都不熟悉，看这情况也没人敢动弹，后来有人打了急救电话，这才找到我。那时我还没起床，浑身疼得不行，听到这消息，瘫在地上，站不住了，后脊梁直冒虚汗，眼前一片黑暗。

我给许福明打电话，让他赶紧过来，说我妈可能是脑溢血，情况不好，快拉我去医院。他也着急，但正值早高峰，路不好走，花了将近一个小时才过来。接我下楼之后，发现等着我们的是一辆出租车。我问他，你咋不开车来？他也没说。上出租车后，又问一遍。许福明说，想给我拿点钱治病，车就先卖了。我说，用你管吗我，该你出头时，啥也指不上你。

我嘴上生气，其实也有点心疼，许福明指着那车过日子呢，前些年蹬三轮在南塔拉日杂，后来总算攒钱买了辆二手车，四米二的厢货，这还没养两年，就又卖了，肯定是赔。我家就这样，无论干啥，从来赶不上点。别人家赚钱了，看着眼红，也跟着往里投，结果轮到自己时，一塌糊涂，人脑袋赔成狗脑袋，没那命儿。

到医院之后，我俩直转向，哪都找不到，后来一顿打听，从里面出来个大夫，直接告诉说，人不行了，没抢救过来，让准备后事。我和许福明当时都傻了，做梦似的，一样不会，别人让干啥干啥，开死亡证明，买装老衣服，遗体送殡仪馆，忙得没空细合计。为数不多的亲戚朋友过来，扔了点钱，都同情我们。许福明还挺客气，对来宾千恩万谢，净扯没用的。晚上守灵时，我实在撑不住，几近虚脱，躺在沙发上睡着了。到后半夜，起来上厕所，看见许福明还没睡，抽着烟，对着我妈的遗像嘀嘀咕咕，好像还掉两个猫崽儿，离都离了，真能整景儿。

上午出殡，看我妈最后一眼，遗体告别时，我才反应过来到底发生了啥，哭得上不来气，心脏也跟着犯抽，口吐沫子，扯着灵床，死活也不撒手，惊天动地，好几个人都拽不走。后来工作人员都过来了，好一顿劝。下午许福明带我去医院做透析，我一句话也没说，躺在床上，感觉自己也像是死了一次，都看见魂儿了。后来想想，怎么也接受不了，下趟楼的工夫，人咋就能没了呢。想着想着，又开始怨恨起来，妈你心可真狠哪，明知道我有病，怎么就能舍得扔下我自己走哇。

许福明搬回来跟我一起住，肩上扛一个包，手里拎着一个，跟他走的时候没区别，同样也是这套装备，像是报了个儿日游的旅行团，兜了一圈，又回来了，白折腾。厢货卖了，可还得活，他又买了辆二手倒骑驴，一米二的板，挺宽敞，花了三百七，礼拜二和礼拜五拉我去医院透析，平时在九路家具城拉脚，每车六十，辛苦钱，装多少都得拉，活儿俏的时候，一天能剩一百来块。

从医院回来后，许福明在厨房炒菜，尖椒土豆片，满屋油烟，租的房子没有油烟机，做饭时只能开气窗通风，不顶啥用，冬天特别遭罪，不开窗户呛，开窗户吧还太冷，还好春天马上到了。菜端上桌后，我还是没力气吞咽，只吃两口。许福明嘟囔了句啥，我没听清，便又躺着睡过去。醒来时，已是晚上八点多，望向窗外，黑暗之中，景物漂浮，那一瞬间我竟觉得十分空旷，恍惚之间，想起以前看过的两句诗："山静似太古，日长如小年。"闭上眼睛，甚至能感受山风吹拂。屋内没有声音，我就这样坐了很长时间，然后起身喝水，翻开手机，看见赵东阳给我留言了，问我最近怎么样。我回信息说，下午刚做完透析，目前状况良好。赵东阳说，过几天有空去看你。我说，没事，你家里也挺忙的。赵东阳说，也不忙，就是懒，最近跑沈北院区，一直没看见你。我说，转院了，医大二院治不起，冬天以来，都在九院做的。

　　我患病之后，社交极少，跟以前的朋友基本都断了，就跟谭娜和赵东阳还有联系。谭娜不用说了，小学和初中都是一个班的，住得也近，上学放学一起回家，连体婴儿似的。赵东阳是初中同学，当时不太熟，整个三年也没说过几句话，后来我妈带我看病，有一次在病房外面，正好走个对头碰，其实我认出他来了，但没好意思打招呼，多年不见，而且是这种场合，没啥唠的。擦身而过后，他又追上来，碰碰我的胳膊，轻声问我，你是许玲玲不。我还没想好，我妈扭头替我回答，说，是呀，你谁呀。他说，咱俩以前同班同学，一六五中的，我坐你后面，赵东阳。我说，想起来了，你也没咋变样啊。赵东阳说，是不是，保养得还行。我妈看他穿的制服，问他，你在这里上班？赵东阳说，是，给医院开车呢，依维柯，送点医用耗材啥的，几个院区来回跑。我妈说，这工作挺好，是医院的正式员工不。赵东阳说，合同工，也不咋的，赚得少，就是稳定，平时不忙，上午一趟下午一趟。我急着告别，不爱提我生病的事儿，赵东阳还非得追着问，欠儿登似的。我妈跟他讲得很细，还指着他帮联络联络，但他就是个司机，边缘人物，能力有限。看得出来，赵东阳听见这样的请求，也很为难。第二次见他时，医生没联络到，倒是给我买了不少吃的，还有大罐的营养品，白花钱。我死活不要，那也非得让我收下，其实那些东西都是骗人的，吃完啥效果都没有，我清楚得很。

　　我在医大二院做了半年多的透析，只要赵东阳当天不出车，就过来陪我坐一会儿，随便聊几句，有时候回忆同学，有时聊聊他们车队的事儿，人际关系啥的，让我帮着出主意。我能说啥，也不熟悉，就是赶着唠。他过得也挺紧，刚有小孩，媳妇还不上班，两人总干仗。我隐约记得他在上学时挺喜欢我的，但不敢肯定，印象模糊，联欢会时好像给我送过明星海报，那时候都兴这个。

谭娜来看我时，则完全认不出赵东阳，提醒了好几次，还是没想起来，也行，当新朋友处。有时候我们仨还一起出去吃个饭，都挺简单，抻面鸡架啥的，赵东阳请客，不好让他破费。吃完回来，谭娜跟我说，我看他对你有点意思呀，没嗑儿硬挤，也要跟你唠。我说，别瞎白话，他都结婚了。谭娜说，我看那眼神儿不太对，暧昧。我换个话题，问她，你咋样，又处对象没。谭娜叹了口气，说，刚处上一个，二婚的，你说我是咋了，小时候也不缺对象啊，没把握好，现在岁数一大，怎么忽然这么不值钱了呢。我说，人好就行，几婚能咋的，都得认真对待。

人品这玩意儿，没处看去。没得病之前，我也有个对象，处得还挺好呢，在环保局上班，家里安排的，平时没啥爱好，就是喜欢足球，爱看也爱踢，以前是体校的，身体特好。我跟着他去看过几次辽足，坐东三看台，视野不错，骂满九十分钟，心情舒畅，排毒养颜。完后两人拉着手去北四路吃点烧烤，喝几瓶啤酒，半醉不醉时，在旁边的小旅馆开间房，一宿能折腾好几次，第二天照常上班，精力充沛。那段时间，我不爱回家，许福明也不回家，天天就剩我妈自己，谁也顾不上她。后来听说我一得病，对象跑得快极了，百米冲刺速度，直接蹽没影儿了。我妈重新回到我的生活中央，天天数落我，有时候说多了，也心疼，就改骂我以前对象。我也跟着骂，对着空气，啥难听说啥，哄我妈高兴。但其实我一点也不恨他，人之常情，可以理解。现在偶尔想起来，也都是些美好的记忆，我挺知足的，没白处一回。

许福明回来时，将近半夜，我迷迷糊糊正要睡着，听见开门声吓了一跳。我拧亮台灯，问他干啥去了。他回答说，没事儿，你快点睡吧。我说，病历你搁哪了，在你包里没，我瞅一眼。他说，瞅啥，深更半夜，睡觉。我说，看看指标。他说，我看了，都挺好。我不信，下床去翻他包，他一把拽走，不让我看，转身躺在沙发上，头枕着包。不看就不看吧，反正肯定也是不好，我心里有数，看见了反而闹心。我上个厕所，又回到床上。租的房子不大，我睡里屋，许福明睡在过道的沙发里，经过他时，能闻到一股饭菜味儿。我知道他干啥去了，这老家伙，没有消停时候。

我是上个礼拜发现的，他又处上一个，我家以前房子附近饭店的服务员，瞅着比他岁数都大，一脸褶子，尖嘴猴腮，长相特寒。我也真是服了，许福明到底有啥魅力，一没劳保，二没长相，赚得也少，还有个生病的女儿，就这家庭条件，咋还有人往上贴呢。这女的姓啥不知道，但之前我见过好多次。我高中退学之后，到药房去上班，干收银，她戴个口罩，老过来开药，全是治妇科病的，那时候我对她就没啥好印象。

许福明这几天晚上总不着家，爱往饭店跑，那女的就住那里，凳子一搭，被褥一铺，直接睡在上面。大前天吧，许福明还从家里偷了罐蜂蜜，藏着掖着，给那女的送去了。我没吱声，那蜂蜜是赵东阳以前给我买的，拿就拿呗，反正我也不喜欢那股味道。

我躺在床上，睡不着，就捧了本书看，《诗词大全》。我上学时候就爱学语文，尤其是古文，觉得写得美，读起来有感觉，"满船明月从此去，本是江湖寂寞人"，说得多好哇，我经常也是这个心境。但可惜书没念下去，我那几年正赶上辽宁实行大综合高考，不分文理，总共九门课，全都得学，物理化学啥的，各种公式，真记不住，太难了，于是上完高二就退了，给家里减轻负担，反正也是普高，每年退学得有一半，不稀奇。但我这文化水平，比谭娜和赵东阳多少还是强点，他俩都是初中毕业就不念了。赵东阳说要去当兵，后来也没去成，考了个本开车去了。谭娜上了个中专，有阵子挺疯，夜不归宿，总去红番区蹦曲，扑热息痛似的药片子，一把一把地吃。家里人也都不管她，整天迷迷瞪瞪，身边男的总换。那阵子我俩接触得就少了，唠不到一起去。后来她也不玩了，被人害得不浅，打两次胎，伤了元气，不敢折腾了，正好她老姨在西都商场兑了个床子，她就去帮着卖裤衩袜子，一干就是好几年，我身上穿的全是她送的。成天坐在柜台后面，光动弹嘴儿就行，不累。她挺适合卖货的，也乐意干，就是运动太少，导致这两年体重长得有点快。我俩身高差不多，一米六五吧，但她现在比我得重四十斤，充气似的，走道都开始喘了。

后来不知道是几点睡着的，第二天醒来时，差不多八点。我拉开窗帘，阳光明媚，抻着脖子往外面一望，拴在栏杆上的倒骑驴不见了，许福明已经出门。饭菜在盖帘里，还是昨晚那些，洗漱过后，我自己热着吃，一口一口，嚼得很细致，跟昨天相比，我感觉基本是缓过来了。吃过饭后，在家待着实在没意思，我穿好衣服出门，想去找谭娜待一会儿。

坐上公交车，经过铁西广场时，好像看见我以前对象了，就一个背影，但我感觉应该是他。还是那么瘦，穿得立整，小鞋刷白，胳膊肘儿挎个女的，那女的背个金链小粉包，细跟长筒靴，也不怕摔。我没敢下车，有点怕见到他，状态不好，不自信，特意多坐一站，再走回商场。谭娜正在吃午饭呢，还没吃完，筷子放在一旁，我看了一眼，三荤一素，待遇挺高。她冲我点点头，然后继续向顾客展示十块钱五双与十块钱三双的质量区别。我从她与案板的缝隙之间钻进去，一屁股坐在里面的板凳上，开始摆弄手机。板凳上套着海绵垫，倚靠一堆货物，相当舒服。

谭娜将盒饭扒拉干净，一粒没剩，然后横过手背，擦了擦嘴，问我，过来咋不提前说一声。我说，懒得打电话，走到哪儿算哪儿。谭娜说，前几天看见你爸了，在那饭店里，挺晚的时候，我去打包俩炒菜。我说，他干啥呢。谭娜说，干坐着，喝水，招人烦不。我说，没脸没皮。谭娜说，是不是跟那个服务员。我说，我看着像。谭娜说，那女的也不容易，下岗多少年了都。我说，许福明就爱扶贫，也不看看自己啥德行。谭娜说，不能这么看，岁数大了，都有情感需求，你得理解，你爸这人不坏。我说，别提他了，你咋样。谭娜说，住一起了。我说，进展挺快，啥时候下一步。谭娜说，住上我就后悔了，脾气不咋的，那方面也不太行。我说，差不多得了，要求还挺高。谭娜说，说两句就好动手。我说，那可不行，不能挨欺负哇，别犯糊涂，赶紧撤。谭娜叹了口气，说，我本来也是这么想的，但我现在身边真没人了呀，只能先将就着，再说他这人其实倒也不坏。我有点急了，跟她说，谁都不坏，最后就你吃亏，再找哇，离了他还不活了咋的。谭娜说，说得轻巧，咱这条件，是要啥没啥，还能像小时候似的呀，想跟谁处就跟谁处。

我给赵东阳发信息，邀他晚上也一起吃饭，来陪谭娜喝点，她心情不好。没到四点呢，他就从医院过来了，穿一身牛仔服，歪戴帽子，远看着还行，离近了细瞅，满脸瑕疵，不忍直视。我有点违心，夸赞他说，气色不错呀，挺有型。赵东阳指了指脑袋，问我，咋样。我说，啥咋样。他说，刚剪的头发。我说，就为了见我俩呗，特意去理个发。赵东阳说，那必须重视起来，完后又回家换套衣服。谭娜说，你媳妇没问你要干啥去呀。赵东阳说，问了，我直说的，跟你俩喝酒去，能把我咋的，我这一天到晚，累死累活，赚钱养家，出去喝点小酒，有毛病吗。我说，还立起来了。赵东阳笑着说，谁还能总挨收拾呀，想吃点啥，我请，刚过完年，年终奖又发一半。谭娜说，今天谁都不用，我来，烤牛肉去，能多待一会儿，难得聚一起。

商场五点关门，我们刚要走，忽然又来了几个女的，岁数不小，打扮还挺妖，个个皮靴假透肉，要买丝袜，挑来挑去，赵东阳坐在后面，眼神挺不健康，想装作不在意，却又忍不住多瞄几眼。我觉得好笑，小声跟他说，想看就看呗，有啥不好意思的。赵东阳说，拉倒吧，太小瞧我了也。谭娜一边应付客人，一边收拾柜台，嘴和手都不闲着，卖货一把好手，弯腰装箱时，露出一截后背以及半个屁股，一圈白肉漾出来，颤颤巍巍。我上前去拍了一巴掌，手感结实，声音响亮。她不好意思地往后拽拽衣服，说，许玲玲，你能老实一会儿不。我乐得不行，来买货的都直瞅我，但我也不知道自己到底在乐啥。赵东阳有些不好意思，点支烟出去了，说在外面等我们。

待到我们出门时，天色已晚，沿着后街走几分钟，来到小六路的千里马烧烤，正是饭点，人还挺多，我们在最里面占了一张桌，贴着墙坐，赵东阳蹭了一身白灰，使劲扑落也不掉，挺狼狈。谭娜点一桌子菜，全是肉，腰子熟筋鸡脆骨，就一个拌花菜是素的。我光看着就有点饱，她好像特别饿，吃得很快，烤得半熟就往嘴里塞，还指使赵东阳从门口拎过来好几个箅子，自己烤自己换，万事不求人。我得这病，不能抽烟喝酒，不然就更严重，只能看着他俩互相吹。谭娜酒量特好，从小练出来的，那是美酒加咖啡，一杯又一杯。赵东阳不太行，两三瓶下肚，脸就红了，喘气都带着酒味，眼神发直，话也说不利索。我俩跟小学生似的，听着谭娜一顿大白话，从商场到夜场，从首都到沈阳，政策形势，情感关系，瓜果皮核，分析得头头是道。天南海北，谭娜最美，不服是不行，前提是这事儿里没有她，要是她自己的事儿，那是怎么都捋不清的，混沌一片，小糊涂仙儿。

喝到晚上十点多，就剩两桌了，火炭烧尽，屋内逐渐变凉。不知道怎么聊到旅游，谭娜说她想出门转转，好几年了，铁西区都没出过，我说我也想去，赵东阳说那咱今年就走一趟啊，来个春游。我说，费用得均摊。谭娜说，你俩相好的，还摊啥呀。她一喝多就这样，满嘴胡咧咧，我也不挑。赵东阳说，到时候借个车，我开着去，看看大海，放松心情。我说，可惜我不能走太远，两天就得回来，还得去医院。谭娜说，近的也行，大连那边好几个岛，我老姨年前去的，风景都还行，不贵，吃住一条龙。我和赵东阳也觉得不错，是个好提议，可做备选。聊得正高兴，谭娜出门接了个电话，回来时满面红光，身边多了个男的，介绍说是她对象，在家不放心，特意来接她了。整景儿呗，饭店离他对象家就几步道儿的距离。她对象长得有点儿老，干巴瘦，头发快掉没了都，鹰钩鼻子，戴个眼镜，穿了件起球的绿毛衣，看着像她叔，反正跟我们不是一代人。谭娜有点儿喝多了，依偎在他身上，脸贴着她对象的胳膊，姿势极不协调，看得出来，她对象也挺难受，不方便夹菜。谭娜说，老公，他们要带我出去玩。她对象说，好事呀，你去呗。谭娜说，那你跟我去不，我可不想当电灯泡。她对象夹了一块烤煳的肉，塞进嘴里，然后说，上哪儿啊，一起去呗，全我安排。我一听这话就特别反感，拉了一下赵东阳，说，你差不多得了，明天还得上班呢，喝完这个就回家，不然又得跟媳妇干仗了。赵东阳挺聪明，点点头，提了一杯，跟谭娜对象说，初次见面，来日方长，杯中酒了兄弟。

　　谭娜和他对象住得近，互相搂着往家走。赵东阳送我回去，路上空车少，先陪我走了一段。灯光昏暗，几乎没有行人。昨天还飘雪花，今晚仿佛直接进入春天了，一步到位，这季节总令人产生幻觉。没有风，温度适宜，天空呈琥珀色，如同湖水一般寂静、发亮，我们俩步伐轻快，仿佛在水里游着，像是两条鱼。想到这里，我忽然问赵东阳，我们像鱼不。赵东阳说，啥意思，没吃饱咋的。我说，不是，就是天气挺好，周围没有障碍，身体也还行，有劲儿，走路轻松，自由自在。赵东阳说，像啥都行，只要你好就行。我说，要是能选的话，我想当鲨鱼，前几天看新闻，北大西洋里发现一条，格陵兰睡鲨，五百多岁，是目前为止发现活得时间最长的动物。赵东阳说，那是啥朝代生出来的。我说，可能是明朝。赵东阳说，成精了。我说，这几天我一直在想，你说它每天是啥心情。赵东阳说，什么啥心情。我说，五百多年，别人都活好几辈子了，它这一生还没过完，世间的那些事，反反复复，看了多少遍，曾经的同伴都已静静沉入海底，只剩下它自己，离岸几千米，似睡非睡，缓缓前进，守护着越来越多的时间，这么一想，又有点替它难过。赵东阳说，难过就别想了，给自己增加负担，你得先养好身体。

走回大路，月光洒下来，地面湿润，我们站在道边等出租车，侧方忽然有奇异的浓烟冒出，我们走过去，发现是一棵枯树自燃，树洞里有烛火一般的光，不断闪烁，若隐若现，浓烟凶猛茂密，直冲半空，许久不散。我们眯着眼睛，在那里看了很久，直至那棵树全部烧完，化为一地灰烬，仿佛从未存在。

四月份结束供暖，屋内更加阴冷，我的身体一天不如一天，经常处于睡不醒的状态，起来活动一小会儿，就又要犯困。上次大夫跟我们说，方便的话，一个礼拜来三次也行，我心说，我倒是方便，时间有的是，但钱不方便哪。看这病只能报销一部分，剩下的还得自己承担，当然，主要是许福明承担。他听完这话后，当场也没有表达看法，默默蹬车带我回家，回来也没动静，假装没听着，黑不提白不提。啥人吧。

有时候我挺来气，有时候又挺同情许福明，这辈子过的，没少挨累，啥都折腾，但到头来啥也没成。到他这岁数，不说那些有大能耐的，就是以前厂子的普通工人，都找人办个提前退休，坐家里享清福了，他还在这奋斗呢，肩扛背驮，冬练三九夏练三伏，着实不易。走在路上的时候，我脑子里反复合计这些事儿，觉得也挺对不起他，拖累，但是一到家里，见他那副德行，今天搞破鞋明天偷蜂蜜的，又气不打一处来。

最近身体状况不好，跟谭娜他们也没怎么联系。有天半夜，她忽然给我打电话，哭得不行，告诉我说让那男的撵出来了，两人又动手了。我说，撵出来挺好，以后也别回去了，少给自己找罪受。谭娜问能来我家对付一宿不，我说那有啥不行的。快十一点吧，谭娜敲门进屋，眼睛红肿，脸色苍白，被泡过似的，没有血色，手里提着一盒草莓。我在厨房洗草莓，她就在屋里愣神。许福明披上衣服出门了，还挺觉景儿，估计是又偷摸去饭店住了，最近他总不在家里睡。

谭娜说，擀面杖。我说，草莓真好吃，好几年没吃了都，你说啥。谭娜说，他拿擀面杖打我。我说，你没还手哇。谭娜说，还了，我给他推桌子底下去了。我说，推得好。谭娜说，然后他跳起来，龇牙咧嘴，照我脑门儿就是一下子，给我干蒙了，站不稳了都，现在感觉脑袋里头还嗡嗡的。我说，太不是人了，你千万可别跟他过了。谭娜说，这回肯定分，再处要出人命。我说，那不至于，你看他那熊样，打仗拿擀面杖，都不敢动刀，也是个窝囊废。谭娜说，不是说他，是我，我怕自己出事，现在有的时候，我看见他睡着了，想起来以前的一些事儿，想起来他是怎么对我的，就想直接上厨房取刀攮他，好几次了。我说，我的天，千万控制住。谭娜顿了一下，盯着我说，九九。我说，姐你喊谁呢，别吓唬我呀，我许玲玲。谭娜说，草莓，丹东九九的，可贵了，你给我留点啊。

有天赵东阳要来给我送点日用品，从医院顺的口罩洗手液啥的，装在一个黑塑料袋里，见到我时，先问我一句，准备啥时候出去玩，不是周末的话，他要提前请假。我本来都忘了旅游的事情，但他这么一提醒，还真提起兴趣了，我把谭娜的事儿跟他说了，然后说我自己最近也不好。他说，那正好哇，一起出去散散心，咱们赶在中下旬，找个方便的日子，"五一"假期人就多了，人多玩不好。我说，行，回头问问谭娜，她工作都不干了，天天憋在家里，情绪很差，我也担心。赵东阳说，先担心你自己吧。

那天正好是周六中午，赵东阳说要请我出去吃饭。我翻翻冰箱，还剩了点切面，就说别下饭店了，留着钱出去玩多好，中午我给你做炒面，对付一口。赵东阳说，那行啊，我就愿意吃炒面。他出门买了香肠和咸菜，还换了瓶啤酒，挺不拿自己当外人。我打了两个鸡蛋，还有点菜叶子，搁陈醋酱油，炒了一大锅，面是炒完了，大勺端不动，盛不出来，胳膊没劲儿，最后还是喊赵东阳帮我倒出来的，装了两大盘。我又拨给他不少，屋里挺凉，但他还吃得满头冒汗，我看着高兴，没白做。

许福明拿钥匙开门时，不知为啥，我心里还紧张一下。赵东阳起身打招呼，说，叔。许福明看着他，没反应过来，说，来了哈。赵东阳说，啊，过来送点东西。许福明说，啊，我回来取点东西，马上就走。赵东阳说，啊，东西放这了，我也走，回家。我说，你着啥急呀，刚吃完饭。许福明说，是，多待一会儿呗，再待一会儿，回家不也是待着吗。

许福明刚关上门，我就开始笑，控制不住。赵东阳特别不好意思，说，你乐啥呀。我憋住笑，说，没啥，我看你还挺尴尬。赵东阳说，早知道就不换啤酒了，你不说你爸白天不回来吗，这多不好哇，连吃带喝的。我说，那怕啥。赵东阳说，影响我个人形象。我说，我还没说影响我呢，你有个屁形象啊。赵东阳说，唉，也是。

收拾完碗筷，我俩坐着看电视，总共就能收到三五个台，没好节目，全是不看广告看疗效。我给谭娜打电话，跟她说想一起出去旅游，谭娜听后很高兴，说她都好几天没出门了，我说那你就赶紧准备起来，下个礼拜五，我去医院透析，休息一晚，咱们礼拜六早上出发，礼拜天晚上回来，正好赵东阳还不用请假。谭娜说，那行啊，定好地方没。我说，刚跟赵东阳说呢，觉得秦皇岛挺好，有山有海，离得也近，来回方便。谭娜说，没问题，正好我还没去过呢，我得想想出去玩穿啥。我说，你想吧，好好琢磨，提前一天来我家住，早上咱俩一起走。

我跟许福明要了五百块钱，说要出去旅游。他有点犹豫，但还是给我了，都是零钱，一张一张铺平叠好，我看着难受，有点打退堂鼓，这种家庭条件，还要出去玩，确实不太合适，但是之前都定好了，也是真想去，看看风景，这时再反悔可就太扫兴了。许福明将钱小心翼翼地递给我，然后问，啥时候去呀。我说，过两天。然后他又问，五百够不哇。我点点头，没有说话。

谭娜拖了个半人多高的大箱子来找我，知道的是去旅游，不知道还以为要搬家。我说，总共就走两天，用得着这么多东西吗。谭娜说，能想到的，我都带着了，准备了好几天，东西是越装越多。我翻了翻她的箱子，问她，你带泳装干啥，这才几月份，下不了水，没到时候。谭娜说，万一能呢，我备着，这套是去年新买的，一次都没穿过呢。

原本说是开车去，结果赵东阳那边没借到车，我们决定坐火车去，其实正合我心意，开车去费用太高，又是油钱又是过路费的，光让赵东阳自己掏，那过意不去。火车票不贵，五十多块钱，对谁都没负担，K1024次，早上五点多出发，九点多到山海关，啥都不耽误。

谭娜兴致很高，定的闹表，三点就醒了，梳妆打扮，我还是困，透析完就是累，怎么都起不来床，最后谭娜硬生生把我拽走的。我俩四点出的门，站在路边打车，冻得直哆嗦。我穿帆布鞋和牛仔裤，上身是卡通帽衫，轻装上阵。谭娜穿了一套豆沙色的衣裤，挺严肃，看着像要去招待所开会，臃肿的身体被困在其中，极不合适，选了一个多礼拜，咋就穿这套出来呢，不理解。

凌晨温度很低，像是又回到了冬天，空气里有烧沥青的味道。我迷迷糊糊，想起以前许多个冬天，那时候我和谭娜跟现在一样，拉着手，摸黑上学，一切都是静悄悄的，但走着走着，忽然就会亮起来，毫无防备，太阳高升，街上热闹，人们全都出来了，骑车或走，卷着尘土；有时候则是阴天，世界消沉，天边有雷声，且沉且低且长，风自北方而来，拂动万物，一天又要开始了。

我给赵东阳打电话，光响也没人接，都开始检票了，他还没到，也不知道到底是去还是不去，没起来床还是咋的，没个动静，心里有点急。谭娜笑话我说，咋的呀，惦记上小情人儿了。我说，你那嘴能闲一会儿不。谭娜说，爱来不来呗他，咱俩照样玩。我说，问题咱不都提前定好了吗。谭娜说，可能又跟媳妇干起来了。我说，没准儿真是。谭娜说，他给你说过没，媳妇管他老严了，各种控制，还总拿孩子要挟他。我说，他自己娶的，赖谁呀。

我们正聊着，赵东阳从后面跑来，步伐很大，踩得地面咚咚作响，背了个黑色双肩包，头发蓬乱，眼睛没睁开似的，一看就没睡好，呼哧带喘，跑到我俩跟前，说，起来晚了，差点没赶上车。我说，心挺大呀，也不知道回个电话。赵东阳说，一路小跑来的，呜呜这顿蹽哇，哪有工夫看手机。

我们坐的是绿皮车，主要图便宜，车厢里一股腐败的味道，很难闻，硬座是卧铺改的，没有隔挡，坐着不太舒服，不得靠也不得躺，视线也窄，没法施展。刚上车我就有点困，谭娜让我坐在最里面，我也没精力吃东西，披头散发趴在桌子上，没一会儿就睡着了。他俩在旁边说话，声音很吵，我做了好几个梦，都是一闪而过的片段，不成体系，这一觉睡了两个小时，报站说马上到锦州了，我才醒过来，揉眼一看，谭娜和赵东阳也不聊天了，闷头一顿狂造。谭娜昨天买了一只板鸭，这时候正拆了分着吃，还配着几听罐啤，挺会整，见我起来了，谭娜指了指桌上的残骸，跟我说，味儿还行，特意给你留个大腿。赵东阳说，有点咸其实，就大米饭正好。谭娜说他，你咋那么多事呢，白吃都堵不上你的嘴。

窗外都是石山，形态陡峭怪异，巨大且锋利，谈不上是什么景观，但也让人看得入迷。我想，要是这几个小时的车程，能无限延长就好了，哪怕是极短的距离，你仔细观察，反复体会，总能发现不一样的东西，无法穷尽。山脉过后，又是一片水潭，静止不动，看不出到底多深，我们仿佛驶在桥上，一阵大风吹过来，火车轻轻摆荡。

赵东阳忽然来了一句，掉下去就好了。我说，这是啥话。谭娜跟我说，刚才你睡着了，没听他讲，又跟媳妇吵架了，不愿意让他来，他非得来。我说，那就别来呗，至于吗。赵东阳说，早上还给我下最后通牒，说我今天要是出门，回来就去办手续。谭娜说，吓唬你呢，都是路子。我说，你这么一说，我真有点后悔出来了。谭娜说我，这时候你装啥好人，跟谁一伙儿的你。赵东阳说，那后悔啥，咱该咋玩咋玩，我算看透了，我跟她是过一天少一天。谭娜说，话说得跟放屁似的，你跟谁还能过一天多一天是咋的，那不符合自然规律。赵东阳低着头，不吱声了。我捅了捅谭娜，她瞅我一眼，又找补一句，说，我也没别的意思，咱既然都出来了，就好好玩，别老跟冤种似的，有啥问题回去再解决，来，再开一罐。

火车略有晚点，我们从山海关站出来时，已经将近十点。空气好像比沈阳还凉，水分大，能闻到一点腥味，不重。眼前是深色城墙，倾斜而上，巨人一般矗立，砖缝之间有白沿，不知道有多少年历史，也可能是后来修复的，无所谓，气势还在。我跑过去，展开双臂，抬头眯眼，让他们帮我拍了张照。别白来一趟，虽然目前的状态不好看，但也要留个纪念。背后的城墙凉涔涔，我踩在湿软的泥地上，有雨的气息环绕周身。这边很少有高楼，放眼望去，心旷神怡，远处还有风筝在飞，摇摇晃晃，像是从海里面升起来的。

谭娜记了个地址，带着我们走，非要去吃一个什么包子，当地特产，她都吃一路了，咋还能吃下去呢，我也是纳闷。七拐八转，终于找到了那家饭店。门脸挺大，刚一进去，我就一阵犯恶心，满地油污，手纸筷子都粘在地上，走道发黏，我找了个位子坐下，赵东阳和谭娜去点包子。旁边的服务员大姨走过来，用嘴咬开一袋陈醋，挤入桌上的调料瓶里，我不知道该说啥好。不一会儿，谭娜和赵东阳端上来两大盘包子。我是一点胃口也没有，只喝了半碗粥，包子尝了一个，不爱吃，油太大，他们俩吃得不亦乐乎，但最终也没吃完。倒也行，午饭就此解决了，不耽误时间。

我们先去的天下第一关。刚进去时还挺凉，几乎没有游客，一切尚未苏醒，过了一会儿才逐渐暖和起来，有摊位在卖烤肠和苞米，没精打采，锅里连热气都不冒。我走在最前面，跑上台阶，谭娜在后面喊，你慢点啊。我说，你这咋还不如我这个病号呢。谭娜说，吃撑了，迈不动步，直冒虚汗。我说，那我在顶上等你。我爬上去之后，半天也没看见谭娜，赵东阳也磨蹭好一阵儿，才赶上来，跟我说，谭娜在底下坐着呢，歇一会儿，不到这顶上来了，我们一会儿下去找她。我说，啥体力呀，这也没有多高。赵东阳说，是呀，没多高。我说，但不上来也行，没啥损失，景儿也没多好。赵东阳说，是呀，没多好。

虽然景色一般，但我还是愿意多望几眼。近处有红黄标语，扯在树间，远处是土黄与青黑的结合，松柏成林，颇有秩序，回首望去，山脉连绵不断，其间有几趟平房，在云的深处若隐若现，规模不小，不知道是什么人住在里面。

我们下来之后，看见谭娜正在打电话，表情严肃，走得慢悠悠。我也不好偷听，便跟赵东阳走在前面，她在后面跟着。我小声问赵东阳，你猜，跟谁打电话呢。赵东阳说，那我上哪儿猜去。我说，肯定不是啥好人。赵东阳说，谁说的，净瞎扯。我说，看表情就能看出来，她有啥都写脸上，多少年了都，藏不住事儿。

果不其然，谭娜挂掉电话后，追上来跟我汇报，以前对象打的电话。我说，又要干啥呀他。谭娜说，没啥事，问我过得咋样。我说，你咋说的呀。谭娜说，我说挺好，在外面玩儿呢，不用你操心。我说，然后呢。谭娜说，他说他挺想我的，以前是他不对，会逐步改，让我再给他一次机会。我说，你是不是又要犯糊涂。谭娜说，有点心软，但也没定，我说我得想一想。我说，想啥，挨揍没够咋的。谭娜说，那万一他真改了呢。我说，狗改得了吃屎吗。谭娜想了想，说，也对，好悬又让他忽悠，我也发现了，现在有时候心太软，前些年真不这样，那时候多潇洒呀，平地一声雷，爱谁谁，平地一声屁，爱咋咋的。我说，这话对，咱可不能越活越回旋哪。

我们从第一关出来后，坐25路去老龙头，我数了数，一共九站，十来分钟就到了，路上车少，车开得也猛，路过个什么工人医院，还有一个中学，我还没坐够呢，就到站下车了。关里关外就是不一样，景致建筑都有差别，沈阳还比较萧条，没从冬天里彻底挣脱出来，但这里就已经很葱郁了。到了老龙头门口，赵东阳买了三张套票，附带个景点，孟姜女庙，说有空也一起去看了。我要给他钱，他怎么也不收。谭娜在一边说，人家不要，一片心意，你非得硬给啥。听她这么一说，也只好作罢，但谭娜不明白我的心理，我主要是不想欠谁的，尤其是这种情况，别人倒是都不计较，但自己总犯合计，尤其夜深人静时，算来算去，没法还，压力很大，心情也受影响。

老龙头景区不小，刚走一半，我就有点累，想休息片刻，谭娜正相反，大概是消化得差不多了，体能逐渐恢复，一边埋怨我没有长劲儿，一边也陪着我坐在凉亭里。旁边有两门假石炮，也有几个油漆味道很重的房间，用来展示当年驻守军队的日常物资和生活状态。不远之处，有人在烧香，香炷高大，烟雾向上盘旋，到一定高度后，又轻盈散去，录音机放着诵经的声音，咝咝啦啦地传来，始终不停。我听得入神，想起很多事情。当年我妈卖房之后，又租下现在这个铁道边的一楼，她最相中的一点是，原来这间屋是位老人在住，有个小佛堂。搬进去后，她也供了一尊菩萨，摆在架上，不知道从哪请来的，天天拜，烧香供果，念念有词，旁边放唱佛机，一刻都不带停的，特别虔诚，说是在给观世音菩萨建道场，能为我化解业障，但是我的还没化解开呢，她就先走一步，这上哪儿说理去。不过对她来讲，倒也算是一种解脱。后来我爸搬回来，好一顿收拾，这些东西都不知道被他撇哪去了。

天又有点转阴，我们跟着一个旅行团，蹭导游的讲解听。她说在老龙头，景色最好的地方是澄海楼，有古诗为证，"长城连海水连天，人上飞楼百尺巅"，有一截长城伸展到水里，世界奇观，万里长城的起点，长城蜿蜒，如蛟龙一般守卫此处，"东临碣石，以观沧海"，说的正是这里。我听着很心动，但一打听，要上澄海楼，又得额外花钱，于是有点犹豫，我问谭娜和赵东阳，要不要上去看，他们都没啥兴趣，但也看出来我挺想去的，就又说可以在下边等着。我想来想去，决定花钱上去看一把，下次再出来旅游，指不定是啥时候，得尽量不留遗憾。

我继续向上爬，飘了点雨，谭娜和赵东阳停在城楼的暗间里，我走上几步，回头一望，赵东阳点了支烟，正在抽着，谭娜手里也夹着一支，冲我挥挥手，笑容灿烂。我情绪颇佳，一鼓作气，登上楼顶，出了一身汗。钱没白花，风景确实不一样，面前就是海，庞然幽暗，深不可测，风一阵阵地吹来，仿佛要掌控一切，低头是礁石，有卷起来的浪不断冲刷，极目望向远处，海天一色，云雾被吹成各种形状，像水草、骏马，也像树叶，或者帆船，幻景重重，甚至耳畔还有嘶鸣声。我忽然想起以前背过的一篇古文，里面有一句："野马也，尘埃也，生物之以息相吹也。"当时不懂，现在身临其境，体验到了，就感觉写得真是好。雨丝落在身上，浸湿头发，风也硬，轻松将我的衣服打透，让人时常要倒吸一口气。我站了很长时间，冻得瑟瑟发抖，但仍不舍离去，有霞光从云中经过，此刻正照耀着我，金灿灿的，像黎明也像暮晚，让人直想落泪，直想被风带走，直想纵身一跃，游向深海，从此不再回头。

赵东阳给我打电话，问我怎么还不下来，怕我有啥事。我说，能有啥事，一切安好，就是景色太美，挪不动步。赵东阳说，没事就好，那你再待一会儿也行，我们原地等你。我说，不了，看够了，这就下去。

雨还在下，但不大。谭娜和赵东阳仍在暗间里，背靠着墙，姿势跟我走时没啥两样，只不过每人手里都多了一个塑料兜子。我问他们，拎的是啥。谭娜说，看我半天也没下来，在景区逛了一圈，买了点纪念品。我说，给我看看，都买啥了。谭娜逐件掏出来，说，买了两件旅游纪念衫，有一件是给你的，还有印画的水杯，回家自用，带脸谱的唱戏小人儿，摇头晃脑，你看好玩不。我翻了一遍，觉得没有特别喜欢的，问赵东阳说，你买啥了。谭娜替他回答说，买了个烟灰缸，死老沉，石头雕的，倒是挺好看，一条龙盘着天下第一关，转圈是长城，还买了一把伞，怕你挨浇。赵东阳挠了挠脑袋，将烟灰缸展示给我看，做工挺糙，但意思到位，另外他还给孩子买了一堆小玩具。我说，花不少了吧。赵东阳说，没多少，东西不贵。我说，还行，知道惦记孩子。赵东阳说，唉，要不咋整，回家不得管我要哇。我说，现在这种情况，要是你一回家，看见媳妇带孩子跑了，能受得了不？赵东阳想了想，说，还不至于，没到这一步呢。

我们又在里面转了半圈，山谷里看见有人在驯马，紧拽勒口，鞭子抽得极凶，人和马离得很近，几乎是四目相对，马的双蹄翘起，驯马者不断呵斥，双方像是在台上进行搏斗。我有点看不了，心里不好受，那几鞭子，也像是抽在我身上。谭娜没见过这个，还挺好奇，不愿意走，赵东阳也不看，背过去又点支烟。我这才想起，之前在澄海楼上听到的，也许正是这匹马的叫声。

我们从老龙头出来时，已经接近下午四点，都有些累，毕竟起来得太早，精神头儿有点不够用。接下来是孟姜女庙，出门一打听，离这儿还有点距离，十几公里。但票都买了，不去也可惜，于是我们坐了个三轮车，一路晃悠到孟姜女庙。刚一进去，就有点后悔，这里十分冷清，一切都是新的，装修味道很重，而且里面也不大，除我们之外，很少有其他游客，十几分钟，我们基本就逛得差不多了。谭娜一个劲儿叨咕着，上当了，上当了，这回可上当了。我说，其实也不算，反正里面没啥消费项目，烧香啥的都是自愿的，就当溜达了。赵东阳也说，是，我看这里还挺好，也长见识，不到这儿来，我还一直以为孟姜女跟小白菜是同一个人呢。

115

庙的深处，辟出几间屋子，拉着横幅，上面写着"中华巧女手工艺展览"，我们进去一看，墙上挂的全是剪纸，各式各样，十二生肖，蝴蝶燕子，四季与儿童，都有，但剪得也没啥稀奇，算不上精美，底下都写着标价。在最后一间屋子里，我们看见了一位妇女，四五十岁，戴大耳环，围着一条纱巾，黑瘦，穿得很落伍，像是附近村里来的。她握着一把剪刀，极其专注地工作。谭娜凑过去问，你是叫巧女，对不？她没说话，只是微微点头。谭娜跟我说，看，上当了吧，处处是陷阱，看外面的标语，中华巧女，还以为是一群女的，都心灵手巧，结果就一个人，她的名字叫巧女，这扯不扯。我笑着没回答，跟着他们走出门，那位妇女放下剪刀，起身相送，这时，我们看见，她满身的红色纸屑，轻盈，细碎，纷纷扬扬地落了下来。我们继续往庙外走，她到门口就停下来，抬头望天，像是刚刚破茧而出，抖落躯壳，还不知要飞去什么地方。

按照赵东阳的计划，我们今晚住在北戴河，一来这边不是旺季，价格便宜，二来据说海景不错，明天早上看日出也比较方便。但我并不知道北戴河距离山海关还挺远，我们换了两三趟公交车，总共坐了近两个小时，才到达目的地。我在车上醒了又睡，睡了又醒，觉得浑身冷，一直哆嗦，怕是要发烧。等到我们在刘庄下车时，已是晚上七点，天都黑了，人也很少，三三两两，气温比白天低好几度。

赵东阳说，这边都是家庭旅馆，这个季节不用提前订，都有床位，我们往里面走一走，还有更经济实惠的。谭娜搀着我的胳膊说，都行，找一家就行，赶紧让她歇会儿吧，你瞅她，困得滴哩当啷的。我强打起精神，说，没事呀，缓过来一点儿了。

赵东阳向路人打听两次，带我们走进一个胡同，两边都是二层小楼，家庭宾馆，还挺别致，一楼挂着牌子，上面写的是"休闲小屋"，我挺好奇，想看看都是怎么休闲的，往里面看一眼，结果发现是麻将社，都在那噼里啪啦打牌呢，屋里满员，烟雾缭绕，跟清冷的街道形成鲜明对比。

我们选了一家顺眼的住，那家底下的标语写着：环境优美，空气怡人，装修静雅。我说，这家好，听着素净。女老板扫一眼我们的身份证，也没登记，帮我们开了一个三人间，位于二楼中央，八十块钱一晚，设施虽然有点简陋，但着实是不贵。水泥地面，摆着三张单人床，彩电、桌椅、衣架都有，室内还带卫生间，能洗淋浴。我躺在中间的床上休息，谭娜守着窗户，又把她那大箱子掀开，开始翻腾东西，还去厕所换了套新衣服，真没白带。赵东阳洗了把脸，然后站在门外，扶着栏杆，跟楼下的女老板聊天，问她附近哪家饭店最好，人均多少钱，哪道菜值得一点。

八点半出的门，没走几步，就是女老板推荐的烧烤店。谭娜十分亢奋，进去菜单全点一遍，各种肉串，扇贝，烤气泡鱼，麻辣烫，锅烙，上来一大桌子，味道确实还可以，锅烙我吃了半盘，韭菜鸡蛋馅，有鲜灵劲儿。他们还叫了两提溜啤酒，各自开战。谭娜撸起袖子，唾星四溅，又是一顿猛白话，边讲边喝，直接对瓶吹。看得出来，她也是太郁闷了，压抑够呛，说着说着还哭了，我听着也特别心疼，然后还管赵东阳要烟。谭娜抽烟的间歇，赵东阳开始倒苦水，也不知这都是咋的了，媳妇丈母娘这那的，鸡毛蒜皮的屁事儿，但最后搞得矛盾还挺大。其实我不咋爱听，他们的这些问题，总归会有一个解决办法，要么你进我退，要么我进你退，或者各让一步，我的问题就比较难了，基本无解。也可能正是这样，我从来都不爱一次又一次地去讲，没啥必要，自己难过就自己受着呗，往好了说，是不愿意给别人添堵，其实从内心里来讲，是不愿意成为别人日后的谈资或者素材。我活着可不是为了丰富他们的阅历的。所以生病以来，我跟很多亲戚朋友都不怎么来往了，每次听到他们假装关切的询问，我都想说，请收回你的怜悯并且要点脸吧。我也知道这种心态不对，但又调整不过来，总觉得自己委屈，凭啥呀，非得是我摊上，越想头越疼，到后来，我干脆也破了戒，跟他们干了两杯啤酒，挺爽口哇，久违了。

喝到半夜，谭娜不再兴奋，情绪平复过来，并开始发蔫，眼皮打架，只听赵东阳一个人在说，他今天还挺出息，酒量见长。趁着上厕所的工夫，我悄悄去结了账，这一天都是他们俩在花钱，挺过意不去的，服务员给打了个折，二百八十元，连吃带喝，贵是不贵，但给钱时又有点心疼。我和赵东阳一起扶着谭娜出的门，她嘴上说没事，其实脚步踩不稳了。酒劲儿上头，我也有点迷糊，赵东阳喝得正精神，眼睛冒光，走着走着，还唱起一首老歌，我们也跟着他一起唱："只怕我自己会爱上你，不敢让自己靠得太近，怕我没什么能够给你，爱你也需要很大的勇气。"各种走调，唱完就傻乐，整条街都有回音，但也不要紧，反正这里没人认识我们。我记得初中时，这首歌和那个电视剧都特别火，一转眼这都多少年了，那些演员好像还是那么年轻，而我们现在却比他们要老得多，真不可思议呀。

我躺在床上，伴着谭娜起伏的鼾声，一整天的回忆泛上来，我努力记起更多的细节，留待日后回味，可惜实在精力不济，没过多久也睡着了，最后醒着的几秒里，我仿佛听见浪涛的声音，由远及近，奔涌而至，太阳苍白，晒在上面，晃得人无法睁眼，然后我便彻底进入梦乡。还是场景片段，一截一截，没有逻辑，开始好像是梦见我和我妈，我那时还挺小，左手拉着她，右手拿着一支雪糕，天气很热，雪糕化得特别快，化掉的奶油不断地往下滴，我心里很着急，然后身边的人忽然变成了谭娜，我也长大了一些，她趴在耳畔跟我说了一句什么话，我没听清楚，让她再说一遍，她很着急，又讲一遍，我还是没听清，然后她就被几个戴面具的掳走了，情绪很激动，表情慌乱，气喘吁吁，像是被绑架了。我心里着急，也不知道该去找谁帮忙，到处都找不到人，急得要哭出来，心头一紧，忽然就醒了。我是侧着身子睡着的，睁开眼后，映着窗外的幽光，发现谭娜的那张床是空的，被子掉地上一半，而轻微的喘息声从我背后传来，显然，它不仅存在于梦里。

　　他们做得很小心，动作幅度不大。我猜，谭娜应该是捂着自己的嘴，或者是赵东阳用手堵住的，总之，能听出来，她是在尽力克制，不让自己发出声音来，但却更难听了，十分怪异，不堪入耳，估计脸都皱在一起了吧。刚听见时，我一动不敢动，心里委屈，还有点恨他们，出去不行吗，再开一间不行吗，但听着听着，又有点不忍，我很担心他们发现我已经醒过来了，那以后互相该怎么面对呀。做完之后，我听见谭娜下床的声音，蹑手蹑脚，踩在水泥地上，去了趟厕所，撒了一泡很长的尿，好像又冲了一下，然后回到床上。我使劲闭上眼睛，但是泪水还是流了下来，一开始是几滴，后来变成啜泣，我咬住嘴唇，但还是出动静了。我心里说，对不起呀对不起，实在控制不住，也不知道为啥。谭娜和赵东阳反应过来后，都吓坏了，分别坐在床上，不知怎么办是好。后来赵东阳穿上鞋出门了，但也没远走，就在走廊里，靠着栏杆抽烟。谭娜坐过来，摸着我的头发，断断续续地说着，喝多了，对不起，当啥也没发生，行不，求你了，我现在连死的心都有，对不起，玲玲，你接着睡吧，好不。我一把打掉她的胳膊，坐起来接着哭，怎么劝也停不下来，我为什么要这么做呢，为什么要这么对谭娜，理解不了自己。我明明一点都不怪他们，相反，我很害怕，怕他们会就此离我而去。我害怕极了。

　　我不知道是怎么睡过去的，起来时也不知是几点，睁开眼睛，只觉脸皮发紧，大概是泪水浸的，头也痛，昨天真不该喝酒。屋内很亮，我翻了个身，发现只有我自己，起身下床，想找双拖鞋，但怎么也找不到。这时，谭娜推门而入，满脸笑容，腆着肚子，好像什么都没发生过一样，跟我打招呼说，起来了呀，早饭给你搁桌子上了，鸡蛋饼和豆腐脑儿，还热乎呢，你洗把脸先吃饭。我说，几点了。谭娜说，九点不到。我说，对不起，起来晚了，没看成日出，你们去了吗。谭娜说，没去，那玩意儿看不看能咋的，谁还没见过太阳啊。我说，赵东阳呢？谭娜说，去旁边的海鲜市场了，买点干贝烤鱼片啥的，这边儿的好吃，还便宜，我让他给你也带了点。我说，不要，到时你都拿走吧，我不吃。

我洗完脸，坐在桌边吃饭，豆腐脑儿很好吃，又嫩又滑，鸡蛋饼也香，里面还有火腿肠，但我实在没啥胃口，也没心情，只吃两口，便觉得都堵在嗓子眼里，我拧开一瓶白水，喝了几口，想往下顺一顺。谭娜把电视打开，来回调台，又掏出车票，跟我说，晚上六点半的车，估计十点半能到沈阳，时间都来得及，今天咱是啥计划来着。我想了一会儿，也没记起来，胃却开始不舒服，总往上返，我跑到厕所里，呕吐起来，吐得还挺邪乎，昨天晚上吃的也都交待了。谭娜吓坏了，冲进来扶着，一个劲儿地给我拍后背，问我，没事儿吧。我也没回答，吐完之后感觉轻松不少，但浑身没力气，也冷，便躺在床上，盖了两床被。

赵东阳提着好几包东西回来，进屋之后，跟我说，咋还不起床了呢。谭娜在旁边接话说，刚吐了，正难受呢。赵东阳听后有点着急，东西放在地上，非要带我去医院看看。我说，没大事儿，不去医院了，走不动路，就想早点回家。赵东阳看了谭娜一眼，谭娜也说，早点走吧，还等啥，不然也不放心。于是赵东阳又去车站，改签车票，临走之前，跟我说，鱿鱼丝特别好，排队买的，你要是嘴里没味儿，可以尝一尝。我点点头，把被子拉过头顶，谭娜搬了把椅子，坐在我身边，手背碰碰我的脑袋，又碰碰自己的，动了动嘴唇，却啥也没说出来。

赵东阳打车去的车站，没过多久就回来了，动作挺快，中午没票，只能改在下午，四点出发，还是动车，一百多块钱，我有点心疼，但仍起身掏钱，赵东阳还是死活不要，他这一天话都很少，情绪也不怎么高。我让他们俩别管我，附近玩一玩，等到时候再一起走，别因为我白来一趟。但他们谁也不去，就在屋子里守着。出发之前，我跟谭娜说，你买的那件旅游纪念衣服呢，咱俩穿里面吧。

谭娜听了很高兴，拍起手来，又把那个大箱子捅开，拿出来递给我，我俩换上衣服，又肥又大，不太合身，质量也不行，互相看着乐，像是往身上套了个面口袋。

我跟谭娜坐在一起，赵东阳的座位在另一节车厢，不方便换过来，跟我们说，有啥情况赶紧给他打电话，随时待命。我觉得状态有所恢复，刚上车就吃了一碗泡面，汤都喝干净了，谭娜看我吃完，也舒了口气。我靠在窗边坐着，胃里有底，精神就好一些，但这一路上也没怎么跟谭娜说话，不知道该说点啥，只好望向窗外，火车开得很快，景物急速飞过，让人来不及仔细辨认。路程过半，暮色降临，远处忽然有浓烟出现，火光在其中萦绕，连成一大片，烟尘浓密，滚滚袭来，不断变幻，仿佛有野马正冉冉升起，飞向天际。谭娜看了半天，挎紧我的胳膊，轻声地问，这咋还着火了。我说，可能是在烧荒，但季节又不太对，也搞不清楚。谭娜没有继续说话，转回身来，闭上眼睛，将头搭在我的肩膀上。

我们到沈阳北站时，六点钟刚过，晚高峰还没结束，一派繁忙景象，人们来来往往，细密如织，看着眼晕。谭娜提议一起再去吃点东西，赵东阳没有接话，我连忙摆手，说现在只想回家，好好休息一下，明天还要去医院，不想再折腾了，你们去吧，我就不陪着了。谭娜赶紧说，没有你，我俩吃个啥劲儿啊。好像还有后半句，但话说到这里，又咽回去了。我说我自己回去就行，但他们执意要送我到家。

公交车上的乘客很多，人挤着人，赵东阳与谭娜一左一右，为我隔开一片空间，坐了几站后，我催赵东阳下去换车，时间还早，没必要非得送我到家，绕很大一圈，不值。临走之前，他将一个塑料袋塞在我手里，说都是零嘴儿，特意给我买的，在家边看电视边吃。我不太爱要，想还给他，但他一转身就没影儿了，喊也没有回应。袋子很沉，我有点拎不动。

下车之后，谭娜陪我走回铁道边上，我说，你赶紧回去吧，我到家了都。谭娜说，都走到这儿了，送你进屋。我指着我家的窗户对她说，看见了吧，亮着灯呢，许福明在家，放心吧，几步道儿，没问题的。谭娜有点不舍，拉着我的手说，那你没事就过来找我。我说，肯定的呀，不然我还能去哪儿。

我目送谭娜离去，穿过楼群，消失在转弯处，然后一步一步往家里走。离近时，我才敢确认，家里正亮着两盏灯，厨房一盏，隔着塑料布也能看见许福明的身影，大概是在炒菜，卧室拉着帘，但也有光从缝隙里钻出来。许福明过日子很仔细，只一人在家的话，是绝对不会点两盏灯的，更不会炒菜，从来都是对付一口就完了。我想了想，许福明还不知道我提前回来了，走之前他问过我，大概几点到家，当时我说的是，十点多到北站，回家肯定要半夜了。

我没有进屋，还有一点时间，是要还给许福明的。我绕到窗户后面，看见倒骑驴锁在栏杆上，我将东西放上去，一路拎在手里，越发沉重，勒得生疼，然后也搭边坐在车上，背后楼群的灯火逐一亮起，有风经过，还是冷，延绵不断的冬季，似乎仍未结束。我缩成一团，不断地向后移，靠在车的最里面，用破旧的棉被将自己盖住，望向对面的铁道，很期待能有一辆火车轰隆隆地驶过，但等了很久，却一直也没有，只有无尽的风声，像是谁在叹息。光隐没在轨道里，四周安静，夜海正慢慢向我走来。

（《逍遥游》发表于《收获》2018年第4期，班宇于2021年获中华文学基金会第四届茅盾新人奖。）

呼尔达河有珍珠

陈萨日娜

一

世界上最蠢的事情不是无知，而是自以为无所不知，成年人就很容易犯这个毛病。这也不能怪他们，毕竟年龄的增长确实会给人一种万事皆晓的幻觉。带着这种幻觉，大人们看着当年又黄又瘦的我，觉得我就应该那样耷拉着头，胡乱琢磨些没有意义的事情。

是的，在我沉默的大多数时间里，我的心都在撒野。

尽管我的脑中掀起了一场暴动，但我发誓，我不是坏孩子。我只想躺在阿拉盟赤金色的芦苇荡里，枕着呼尔达河的水，盖上红艳艳的晚霞，抱紧她的身体，再沉沉地吸气，将她的体味灌满每一个肺泡。

她是我的同桌，塔娜。

班主任穆老师排座时，大概是参考了数学书里"首尾相加"的计算技巧，把班里最高的塔娜和最矮的我安排成了同桌。那时候，我虽然已经十岁，看起来却只有六七岁，站起来勉强到塔娜的肩头。

我还是全班唯一没退完乳牙的同学。在我口腔深处，有一颗悬而未决的实牙，它拖泥带水，死皮赖脸拽着牙床。同学们都笑我，叫我"小破牙"。为了摆脱这个烦人精，我每天都用舌尖舔那个位置，舔到舌根都酸了，乳牙仍旧纹丝不动。我问妈妈，我啥时候能像别的同学一样掉完牙？妈妈忙着写教案，参加讲课比赛，没有理会我。最后还是塔娜给了我一个解释，她说蒙古族有一个传说，每颗牙都是个骑兵，每个骑兵守卫你的日子是有定数的，时候到了，它自己就走了。她的话像一个熨斗，有那么一刻，我皱巴巴的心，平整了一些。

我还知道一个秘密：塔娜的肚皮很暖和！有一次，我家的暖气坏了，搭在上面的袜子没有干。早上起来，爸爸妈妈都已经上班走了，我一个人在冰凉的房子里，翻了又翻，也没找到多余的袜子，只好露着一截脚脖子，迎着刀片似的北风，往学校硬走。进到教室，我哭了，头拱到课桌下一声声抽泣。塔娜不知什么时候走到桌边，趴下来，脑袋贴着水泥地，钻到了我的脚边。我没忍住，被她的怪样子逗笑了，"噗"一下，鼻涕眼泪一起淌进嘴里。塔娜坐回板凳，看看我通红的脚脖子，一把撩起衣服，溜圆的肚皮像剥了皮的鸡蛋，从衣服里弹出来。塔娜说："来！把鞋脱了，正好我热得慌，给你暖暖脚！"见我没有动弹，她直接抬起我的腿，两下拔掉鞋，身子向前一顶，我的脚心就抵在了她的肚皮上。一阵浓稠的暖意，流淌开去，我像是踩到了洒满阳光的云朵，那么热那么软。它托着我，包着我，含着我。脚上的刺痛很快不见，我渐渐松弛下来，舌尖惬意地舔着最后一颗乳牙。心就那么消融了。

塔娜的鼻息总是又重又热，身上有股膻腥的气味。塔娜比我们大两岁，肩膀几乎和大人一般宽，两臂一伸，多沉的东西都能抬起来。每当班里抬个水桶、搬个桌子，老师和同学们就会像站在马厩、牛栏边一样吆喝声："塔娜——"然后，塔娜就会一颠一颠跑过来，哼哧哼哧干完活，留下一股膻腥味。

我不知道，是不是只有我认为塔娜好看，反正她好看死了。她的好看，跟气味相关。我最喜欢在塔娜出汗时靠近她。那时候，她身上膻腥的味道总是格外浓郁。贴近她结实的脊背，热烘烘的气息，就会向我的脸涌来。在这种温度和味道的笼罩中，我看到塔娜越来越大，而我越来越小。变到后来，我恍惚看到塔娜像一匹半卧的母马，我是依偎着她的幼崽。那膻腥的味道随着距离的缩进，也一层层剥离。最后穿过复杂的气味，我的鼻子能直达它原始的、隐秘的内核，嗅到一股乳香！

　　是的，塔娜身上有乳香。她的乳香是博大的，是聚拢的，是向心的，是有胳膊的。即使我与她远远相隔，只要我能闻到她的乳香，我就感到自己被紧紧环绕、拥抱。那么踏实，那么安稳。就算是世界上最穷凶极恶的人、最孤苦伶仃的人，闻到塔娜的乳香，也会心甘情愿、心安理得地，在这种气味里做一个婴儿。我使劲往鼻子里吸，近乎是贪婪地吸，吸得上气不接下气。

　　吸累了，我就一边舔着我的乳牙，一边趴在桌上看塔娜。看她上挑的眼梢，像两只自由的飞鸟，翱翔在天南地北。或许是她早就告诉过我，"塔娜"在蒙语里是"珍珠"的意思，所以即便她不白皙，我还是觉得她周身镀了绵柔醇厚的光泽。

　　塔娜真的很厉害，全世界只有她能给我持续不断的惊喜和笑声。上珠算课，她告诉我：算盘不是用来算数的，算盘是一种旱冰鞋。她把我俩的算盘，翻过来绑在鞋底上，趁老师不注意，溜到走廊，煞有介事地做出滑旱冰的动作。全校音乐会演，大家在台上合唱"大鱼小鱼，我钓到许多鱼"这句歌词时，她突然勾住我的脖子到她怀里，模仿歌中钓到鱼的小猫。上语文公开课，教育局领导来听课，老师让大家用"某某某像是某某某"造句，同学们都说"红领巾像是烈士的鲜血染成的。"或者"天气像娃娃的脸说变就变。"塔娜举起手说："大蒜像是化作白骨的橘子。"惹得哄堂大笑，公开课差点砸了。

　　我们班的成绩是全校最好的，我们的班主任穆老师也是全校最好的。她连续获得五次"金城市优质课大赛"冠军，还得到过"金城名师"的称号。在穆老师手下就没有教不会、学不好、管不严、捋不顺的孩子。她有一句名言:给学生上课,就是我最大的幸福。可塔娜的出现,让穆老师不再幸福。本来她学习就很吃力,单单两位数加减法就学了两个学期。穆老师课上没少拎她,课下又不厌其烦地单独辅导,塔娜还是不会进位、退位。光笨也就得了,听话的笨蛋是不讨人厌的。可塔娜偏偏又是顽皮的,她的活泼超标了,每天不是在调皮,就是在被惩罚。管理者最在乎的是秩序,整齐划一能带给管理者最大的舒适,而塔娜最常做的就是打破这种集体性的秩序和工整。我听到过穆老师绝望地做出这样的总结:没个整!单亲家庭的孩子没个整!

本来塔娜是应该在草原上生活的。塔娜的爸爸是科尔沁右翼前旗的草原医生,家中世代行医。科尔沁右翼前旗划分进金城后,他被调到金城造纸厂的医务室,后来遇到了塔娜的妈妈,就在金城安了家。塔娜三岁时,爸爸不幸车祸去世,留下塔娜妈妈一个人抚养她。为了挣钱,她妈妈一边用跟她爸爸学来的蒙医的手艺,给邻居看点小病,一边起早贪黑上街蹬倒骑驴。倒骑驴是东北早年间主要的人力交通工具,类似于三轮车,车斗在前,骑车人在后,所以叫作"倒骑驴",绕着金城骑一圈才十块钱,风里来雨里去,非常辛苦,连男人都受不了。穆老师教育塔娜最多的一句话就是:"你再不好好学习瞎嘚瑟,长大了也上街蹬倒骑驴你就老实了!"

被批评多了,塔娜偶尔也会哭,但有点什么好玩的事,哪怕是窗户飞进来一只金龟子,或是捡到了一小截粉笔,她就能马上忘记伤心。塔娜才不是一天到晚抹眼泪的女孩呢,她少有的伤心只是为了让快乐歇一会儿,只需要歇一会儿,她就又充满喜悦了,变回热烘烘、香喷喷、肉头头的塔娜了。

一个星期三,我过生日,之前一个月爸爸妈妈就答应陪我去游乐场。我的爸爸妈妈是金城科大生物工程系的老师,都非常了解生物,所以对我这个生物就再没有好奇去了解,一周我只能见到他们三四回，其余多数时间都是在不同的亲戚家借宿。果然，到了生日那天他们又变卦了，一个要参加会议，一个要做台实验，早上随便塞给我一套四大名著说是生日礼物，就匆匆出门了。

来到学校，我瘪着嘴，趴在桌上怄气。塔娜走过来塞给我一个包子，皮是烫面的，馅是奶豆腐和野韭菜。她知道我早上经常没有饭吃，总给我带一口她妈妈做的早饭。要是平时，我早就拿过来嚼了，但是那天我无比低落，塔娜递了又递，我还是丧着脸，没有接。

"小朋友，我是你的月亮姐姐，欢迎你和我说说心里话。"塔娜捏着嗓子，学着学校电台里主持人的声音对我说。

扑哧，我板着的脸上，终于撕开了一个笑容。

塔娜凑上来，带着那股乳香，她问："小朋友，你到底是怎么了呀？"

"我今天过生日，爸爸妈妈早就答应我，带我去游乐场，结果说话不算数，就给我一套四大名著，其实他们忘了，去年过年已经送过我一套了。"我越说越委屈，眼泪簌簌淌下来。

塔娜什么也没有说，静静地坐在一旁看着我。这种由成年人造成的创伤，谁能指望让一个孩子来帮我康复呢。

过了一会儿，她问我："你去过阿拉盟吗？"

"没有。"

"那你去过呼尔达河吗？"

"也没有。"我说。

"你成天都干些啥呀？"塔娜说，那口气像听了"我从来没吃过饭"或者"我从来没穿过衣服"一样惊讶。

我说："难道你都去过？"

"对呀，离得很近，我总去。"想了想，她又说，"这样吧，我带你去阿拉盟探险吧！我听说珍珠是从水里长出来的，我们去呼尔达河里挖一挖，看有没有珍珠吧！"

我们金城，地处黑龙江、吉林、内蒙古自治区三地交界，近百年来在这三地之间不停变换隶属关系，被划分进过这三个省，也吸纳过这三省中的县镇。一会儿说它属于嫩江平原，一会儿说它属于科尔沁草原；有些时候叫"金城"，也有些时候叫"扎摆浩特"。它的命运有点像我，因为父母太忙，在黑、吉、蒙这三个亲戚家轮着住。境内八条大河与七百多个湖泡，是它这些年来吞进肚里的眼泪。阿拉盟就是其中一个沼泽地，由于有珍稀鸟类常年栖息，这些年成为国家自然保护区。父母无数次承诺带我来看这里的呼尔达河，当然，从没兑现。

一路，正午的太阳明晃晃照着我的眼，我越走越热，喉咙干巴巴地发紧。

在我就要坚持不住的时候，一阵清凉的风贴上了我的脸，这风非常解渴，里面饱含潮湿的水汽，还有一股复杂的植物香味，有的来自树叶，有的散发自蕊。我被这醒脑的清风牵着，转过一丛低低的矮树，豁然就看到了一片春天。老天爷是多么偏心眼儿啊，现在金城市内，只有零星几棵胆大的小草伸出绿苗。可在这里，在矮树的怀抱里，竟然藏了一个完整的春天。

还不到五月，野花已经开了很多，鹅黄的、水红的、月白的花瓣高高低低错落绽放，大的像碗，小的如豆，每个花茎上还生了四五个花苞，鼓溜溜的，像吹起的泡泡糖。花丛之间均匀地插着嫩绿的青草，一束束细挑挑的，齐刷刷仰着腰，悠扬地招摇。在这些我不知道名字的植物围绕下，是一条只有在梦境里才流淌的河，清澈得能看见河底游荡的水草。柔软的风抚摸过，阳光慷慨地铺满河面，令它看起来像一条飘在空中的丝绸。几十只苍鹭坐在河上，随着水波起起伏伏。上方湛蓝的天空中，白面团似的云朵，被风捏成各种形状。

我们蹲在河边，拿着两根树枝，挑开所有能够得到的石块，仔细翻找珍珠。河里的淤泥被我们的树枝搅起，惊跑了石头下的小虾，水底像掀起了一场暴风，透亮的河水变得一片浑浊。我们沿着河岸找了快一百米，连珍珠的影子也没看见。我一屁股坐在地上说："塔娜，呼尔达河也没有珍珠哇。"

塔娜也累坏了，鼻尖、额头都是亮晶晶的汗珠，身上的乳香又拱出来了，鼻孔喷着淡淡的白汽。但她没有坐下，挂着树枝站在那里，望着河水。

忽然，她拽起我的胳膊，拉着我激动地说："快看！快看！天堂！"

我惊奇地盯着平静的河水，什么特别的东西也没看到。塔娜仰望了一眼天空，指着河水说："你看，天和云映在水里，像不像另外一个世界，像不像天堂！"

我这才注意到河面上确实有一层光影浮动，那是天空投下的映像，站在河岸俯瞰时，层层叠叠的流云，像极了铺在脚下的鎏金阶梯，空中的云有多高，河里的阶梯就有多深。顺着阶梯走到最下面，就是天空做的舞池，世界上所有幸福的人，都能在那里相会。

塔娜指着河里那片荡漾的世界说："看见那朵云了吗？圆的，像不像珍珠？现在我宣布，这朵珍珠云是你的了！"

我说："你看见那朵像大马的云了吗？我宣布，它属于你了！"

塔娜还想再封赏给我一朵云，可一阵风滑过，水里的世界散了，云朵也像打在汤里的蛋花，飘碎了。

可我还是幸福地闭上嘴，用舌头拨弄最后那颗乳牙。我已经非常满足了，我是拥有两朵云和一座山的人了。

我告诉自己，在学校我要当塔娜的同桌，长大了我要当她的丈夫，结婚了我要当她的儿子。下辈子她当牛，我就是牛犊；她变成桃，我就是桃核。不管"以后"以到多后，我都要永远跟在塔娜身边。

二

我多希望所有人都能像我一样喜欢塔娜，跟她一起笑，闻她身上热乎乎的味道。可惜不是这样的。

最初同学们不爱跟塔娜玩，是因为塔娜的力气太大，闹起来没轻没重。玩老鹰捉小鸡，塔娜当老鹰，她揪住的"小鸡"总会被拽个大跟头。塔娜当小鸡呢，"老鹰"抓住她时，往往又会被她猛一甩身，绊个狗啃泥。平时大家互相打闹，塔娜只要轻轻推一下，别人身上就是一大块瘀青。

塔娜的神力还差点让她失去我这个唯一的朋友。

那时候我们流行一种叫"小饭桌"的托管服务，就是把父母没时间照看的小孩放学接走，再提供一顿晚饭。有一天，塔娜对我说，她妈妈要开"小饭桌"了。

我一下兴奋起来，我受够了放学之后不是被塞到奶奶家，受比我大五岁的堂哥欺负，就是被带到实验室跟爸爸妈妈一起加班，晚上吃食堂的大锅饭，什么菜都是一个味道。而塔娜家，简直就是个欢乐园。

我曾经去过一次塔娜家。那时正是盛夏，塔娜妈妈没有钱给塔娜买凉鞋。她就带着我们"剪凉鞋"。我们在一双破旧的白胶鞋上画出星星、苹果、天鹅，然后用剪刀按着图形，剪出一个个小窟窿。塔娜举世无双的凉鞋，让我羡慕了很久。

妈妈本不同意我去塔娜家的"小饭桌"，她说开家长会的时候，跟塔娜妈妈聊过，发现她竟然从没给班主任穆老师送过礼，也完全不懂这方面的"礼节"，何况她家闺女疯疯癫癫的，觉得这母女俩都有些不可理喻。我央求了好几天，妈妈才答应。

那段时间，我每天一放学就飞奔出去，跳到等着我们的"倒骑驴"上。塔娜妈妈在后面吱呀吱呀蹬着车，我和塔娜坐在前面又笑又唱，川流的汽车与我们擦身而过，连汽油味都变得欢快起来。

在塔娜家我吃到了许多从没见过的查干伊得，汉语叫作蒙古族奶食。香脆的奶皮子、切成厚条的奶酪、新鲜软糯的奶豆腐、馥郁弥香的牛奶酒。明明就是一汪白色的液体，没有任何出奇的地方，可在塔娜家里，它们总能变出花样来，填满我那没见过世面的胃。每天临走时，塔娜都会给我揣上许多风干酪，她说多吃点硬东西，说不定我的乳牙就能被硌掉。

我没有嚼风干酪，我最着迷的，是大石缸里香醇浓郁的"策格"，也就是酸马奶。为了发酵均匀，每隔几天，就需要打开石缸，用木棒搅动一下。这种简单重复的力气活，很适合有劲没处撒的小孩子，塔娜和我都抢着干。白花花的酸马奶，随着木棒翻动，滚滚流泻，乳制品特有的膻气和酸香喷薄出来。我忽然发现那味道，和塔娜的体味如出一辙。酸马奶就是塔娜体味的根。

令我大开眼界的还有塔娜妈妈的医术：有邻居伤风发热，她会拿出一根三棱针，对准病人的后背扎几下，挤出暗红色的血水。有邻居崴了脚不敢下地，她让我们按住伤者的腿，然后含住一大口酒，喷在痛处，同时迅速掰几下他的脚腕儿。不管多复杂的毛病，塔娜妈妈一律只收五块，还搭送许多自己配制的蒙药。

我对她喷酒整骨的技术很好奇，甚至暗暗羡慕过那个崴脚的人，憧憬自己也能被那样神奇地掰几下。没想到这个愿望居然很快实现了。

有一天，我突发奇想，要塔娜摔跤给我看。塔娜就走上来，双手抓起我的肩膀，用力将我的身子向右一拧，呼地把我提了起来。我的双脚离开地面，被高高地悠起，下面的水泥地眼看着旋到天上，失去重心的快感刺激得我刚要叫出声，胳膊就咣一下重重撞在了地上。

与其说我是疼哭的，不如说我是吓哭的。我看到小臂在中间没有关节的地方折了过去。

塔娜妈妈闻声跑出来，看到我的样子，忙叫脸色煞白的塔娜拿来医药箱，指挥她按住我的手肘，告诉我别害怕，然后含上一大口酒，喷向我的手臂，同时嘴里爆发出"吱——"一声口哨似的动静，随着化成水雾状的酒精，响亮地盘旋在我头顶。我望着这套操作愣住了，一时间忘记了哭。塔娜妈妈趁我没反应过来，使劲向内一扭我的断骨，咔吧一下把它掰了回去，整个过程不到两分钟。我呆在那里，塔娜妈妈忙忙乎乎从药箱里翻出毛毡、布头，和三双筷子一起缠住我的手臂，这才咣当一下坐在了地上，口中不住念叨："吓死了，吓死了。"

我妈妈是在接到电话后很久才赶到塔娜家的，她看着我胳膊上包扎的筷子和毛毡，脸色嫌弃极了。她没有理会塔娜母女的一声声道歉，把我拉到医院，愤愤地拆下了我胳膊上的东西，按部就班地让医生给我拍X光片、打石膏。

此后塔娜妈妈和塔娜曾提着水果，到家里来看望我。塔娜低着头向我道歉，表情绷着，是少有的窘迫。塔娜妈妈也向我一再道歉，还说她们家的"小饭桌"停掉了。我妈妈嘴上说着"没事"，送走了她们却跟我爸爸抱怨道："这妈当的，连礼都不给老师送，现在哪有不给老师上供的？尤其是你们穆老师，最吃这一套。塔娜她妈呢，她就敢从来都不表示，可见这人管没管过孩子！给咱儿子摔伤了，我真的一点也不意外。"说完又警告我，"我和你爸爸都在申请日本的博士，你要是再跟那个疯丫头玩，我们就把你自己扔在国内。"

我转过身，眼泪落了下来，心想：就算全班同学都不理塔娜了，我也要永远抱着她的乳香，我也要永远跟她玩！

那一年金城的冬天不冷，过了冬至都没有下雪，风也特别面，刮起来窝窝囊囊的。终于"二九"那天，第一场雪到了。迟来的大雪为弥补之前的缺席，携着北风，呼啸而至。一上午过去，地上的积雪已经没过膝盖了。

我们的心太刺痒了，连最乖的班长也忍不住上课时抬起屁股，朝外张望几眼。终于熬到午休，同学们一起蜂拥到操场上，揉雪球、打雪仗、堆雪人。大家兴奋地在雪里打滚儿，谁也没有看到，班主任穆老师站在楼上，沉默地注视着我们。

等我们全都回到教室，上课铃已经响了，穆老师仍然一言不发地站在讲台上。大家的情绪还浸泡在刚才的嬉闹里没人去阅读穆老师的沉默。

　　班长伸着胳膊问我借手纸，擦她的白鞋子。就在转身的一瞬间，她的余光瞥见了面沉似水的穆老师。班长立刻被电击一般缩回了胳膊，背过双手，端端正正地坐好，迅速把自己调整到和穆老师一样的沉默中。

　　她的调整很快被更多的同学注意到，接着副班长、宣传委员、组织委员、纪律委员、卫生委员等"中层干部"，陆续停止说话，背手坐好，加入了沉默。最后，整个班级都沉默下来了，气氛陷入了凝重。

　　过了好久，穆老师开口了："我五十岁了，干了一辈子人民教师，我就没见过你们这么散漫的学生！"她的声音不大，语气也并不激烈，但在鸦雀无声的教室里，有足够的威慑效果，我们都低下了头，为自己是穆老师任教生涯里最差的一届学生感到深深的羞愧，尽管我们并不知道错在哪里。

　　穆老师接着说："我掐着表，从上课铃响，到刚才最后一个同学坐好，你们整整花了二十分钟！我就不说话，我就要看看你们到底还有没有廉耻心！"我们的头低得更深了，为我们的麻木忏悔。

　　"谁允许你们出去玩雪了？"穆老师扫了一眼教室，又中气十足地说，"我允许你们玩雪了吗？"没人能回答上来这个问题。但这种拷问，强化了我们的自责。同学们逐渐认识到：不能天然地认为，下雪就可以出去玩，未经老师允许，出去玩雪是种过错。

　　穆老师不愧当了一辈子教师，她想的做的，总在我们意料之外。

　　在我们被训得不敢抬头时，穆老师从讲台的桌子里，拿出一副折了把儿的扫帚和簸箕，是那种市场上最常见的塑料头、薄不锈钢管的扫帚簸箕组合，平时值日生用它打扫地面。

　　穆老师举起断了的把儿说："是谁损坏了班级的共同财产？"

这句话厉害了，这句话是能够定性的。这个同学造成了损坏，损坏的是什么呢？是财产。是什么财产呢？是"共同财产"。是你的，也是我的；是男同学的，也是女同学的；是好学生的，也是坏学生的。总之，是每一个人的，每一个人都遭殃了。这个同学像一只耗子，在全班每一位同学的利益上，都嗑了一口。揪出他，那是为民除害。揪不出他，那是遗臭万年。

教室里一片死寂。大家刚才都只顾着在大雪里快活，没人注意这副扫帚和簸箕是否被拿出去，更没有人知道是谁损坏了它。

穆老师又问了一遍："是谁损坏了班级的共同财产？"她的语速很慢，放大了其中的威慑力。教室里仍旧鸦雀无声，虽然每个同学都确定不是自己，但穆老师情绪递进式的质问，让大家感到莫名的心虚。我也害怕极了，表面上规规整整地坐好，嘴里却忙叨着，大张旗鼓地用舌头翻腾最后那颗乳牙。心跳的节奏总算能平缓一些。

"好，很好。"穆老师轻轻点着头说，"不是没人承认吗，好的，全班五十二个人，每人赔班级一副扫帚和簸箕，明天带来！"她说"带来"两个字的时候，手在空中一挥，像是交响乐团的总指挥，是总结，是不容置疑的总结。让人信服，让人服从。可不就是嘛，既然是公共财产被损坏，那么揪不出"耗子"，可不就应该我们每个人都对这样的结果负责嘛。惩罚是块面疙瘩，能找到犯错的人，就把面疙瘩砸在他身上。找不到犯错的人，就把面疙瘩擀成一张饼，平铺在集体上。

第二天，每人都上交了一副扫帚和簸箕，教室后面堆成了座小山。后来小山不知道什么时候不见了，再后来我们就很快忘记了这件事。

一天，塔娜在阅读课上偷偷递了一张字条给我。塔娜总因为上课讲话被老师批评，后来她发现班长和其他班干部，也偶尔说说闲话，只不过他们是悄悄递字条，没被老师发现。我刚要去接，一只冰凉的大手拍在桌上，将字条截获。

我和塔娜吓得抬起头，看到穆老师阴沉地瞪着我们，她下意识地拿起字条看了一眼，神情忽然就乱了，眼袋也跟着抽搐了几下，脸上又惊又恐又羞又愤，说不好是什么。她没有说话，平时很善于发言的穆老师，此刻成了个笨嘴拙舌的人，话在胸口起伏了几下，没说出来，被硬生生地吞掉了。

下课我问塔娜字条上写了什么，塔娜非常骄傲地对我说："你怎么不问穆老师为啥不批评我呢？"她学着电视里的侠客，潇洒地甩甩头说："因为，我保护了穆老师！"然后坐下来，重新写了张字条，郑重地放在我手上。

字条上写着：昨天薛叔叔和我说，他有一天蹬车送穆老师去小商品批发城，说咱穆老师是坏人，我把他批评了。

薛叔叔是塔娜家的邻居，人很热心，经常来帮衬一下她们娘儿俩。

塔娜说，那天妈妈要给她做饭，薛叔叔就出去帮她妈妈蹬一会儿"倒骑驴"，正好碰见我们学校的老师，说要拉点东西去小商品市场，问薛叔叔能不能上楼帮她搬一下。薛叔叔上楼后，发现是一堆扫帚和簸箕，他来回了四五趟才搬完。薛叔叔顶着风，把她和一车货送到了小商品城，那个老师却反悔了，明明谈好了七块钱，她偏说是五块钱。薛叔叔只好吃个哑巴亏，正要离开时，看见小商品城里出来一个摊主，递给那个老师二百块钱，收走了扫帚和簸箕。

"薛叔叔说这个老师不像话，讲好了钱又不给，还不好好教书，跑去小商品城倒卖。"塔娜噘着嘴说，"我问他，那个老师是矮矮胖胖戴个眼镜吗？他说是。我说你不许那么说她，那是我的老师，穆老师当了一辈子人民教师，是最好的老师。"说完，塔娜又露出了骄傲的神情，仿佛捍卫了什么珍贵的东西。

周围的同学很多，大家都听见了塔娜的话，都用异样的眼神看着她。我知道，他们和我一样，羡慕又有点嫉妒塔娜。为什么我们的妈妈不出去蹬倒骑驴？为什么我们没有一个替妈妈蹬倒骑驴的薛叔叔？为什么我们没有机会听到穆老师的坏话？为什么我们没有机会保护穆老师？

后来，我越来越嫉妒塔娜，因为穆老师真的对塔娜充满感激，她突然不批评塔娜了。塔娜再犯错误，她只是让塔娜去教室后面罚站，一句教育的话都不会说。再后来，我感到有些奇怪：穆老师突然瞎了，她看不见塔娜了。叫全班同学轮流起立背课文，她会直接跳过塔娜；塔娜举手想回答问题，穆老师从来都不会叫她；塔娜数学考零分，穆老师也不批评她。就连塔娜在走廊里问"老师好"，穆老师也会把头别过去，像没看到一样。

很快，同学们也察觉到了这种信号。没有比小孩子更敏感的生物了。看得懂小孩子的复杂，才是真的不简单。

于是同学们对塔娜的态度，也产生了微妙的变化。最先做出反应的是塔娜的发小冯秀竹，她们住在一个楼，经常一起玩。自从穆老师"瞎了"以后，不知道哪一天起，冯秀竹也瞎了。塔娜找她跳皮筋儿，她不说"好"也不说"不好"，就直直地从她身边绕开，找班长她们去玩新游戏。新游戏是古装版的过家家，班长是皇额娘、组织委员是皇贵妃、体育委员是大阿哥。冯秀竹扮演班长的贴身丫鬟。班长是全班学习最好的同学，也是权力最大的"中层干部"，长得漂亮，又受老师喜欢。同学们都说她爸爸是大老板，她妈妈是个明星。我想冯秀竹也是做了很多努力，才能给班长当丫鬟的。她跪在班长脚下，手举过头顶端着一团空气说："皇后娘娘，求您吃了药吧！皇上看到您这样会心疼的！"

我看到塔娜拎着皮筋儿，远远地望着冯秀竹，她一定困惑极了，冯秀竹怎么就瞎了呢。

她更困惑的是，瞎竟然是种传染病，渐渐所有同学都看不见塔娜了，他们聚在一起做游戏，把塔娜像孤岛一样甩在远处。

附带着，这种对待也波及我身上。学校足球比赛，班里男孩子们都参加了，可我连个替补也不是。他们说，"小破牙"你牙都没退完，少跟着乱，窝塔娜身边去吧！

三

转眼又是一年春天，春风抚摸过的一切都焕发出蓬勃的光辉，青草一层层染上碧绿，桃花一夜间缀满了树枝，燕子和蜜蜂热闹地忙碌。最后那颗乳牙依旧磐石般稳坐在我的嘴里，毫无离开的迹象。我的身体似乎终止了生长。

然而，在这一片明媚盎然中，塔娜的身体却变了。

一开始，她只是看起来胖了，本就壮实的身体变得更厚了，前面的衣襟微微翘起一块。后来她的胸前有了两个小小的突起，像破土的嫩笋探出头。等到春天过去，夏天到来，知了开始站在树上吵吵嚷嚷，塔娜胸前彻底出现了和我妈妈一样的起伏，如同两座平地而起的小丘陵。

我们还是会像往常那样嬉闹，可每当我和塔娜在操场上相互追逐时，她胸前就像坠了一对小兔子，随着她奔跑的脚步，在身上蹦蹦跳跳。塔娜欢快的步伐那时就会慢下来，直到变成踟蹰。脸上的笑容也变得无所适从，最后她飞扬的眼睛总会纷乱地瞟来瞟去，像一对惶惶的蛾子，躲闪着和我说："我们来玩下棋吧。"或者："我累了，想坐会儿。"

那时我们五年级，大家只是隐隐约约知道一点生理常识，并没有同学身体这么早开始发生变化。而在集体中，与众不同本身就是一种原罪，任何突出，都得压制。

慢慢女生们开始议论塔娜，我听到她们说得最多的词语就是"恶心"，我能感到她们是发自肺腑这样说的，因为女生们谈到塔娜时，都会忍不住皱一下鼻子，似乎塔娜的胸部是一种霍乱的病菌，是世界上最不洁的东西。

我当然不会相信女生们的话，可我的鼻子多管闲事了，我的鼻子竟然先相信了。因为，我发现我闻不到塔娜身上的乳香了。不知是我的鼻子作妖，还是她的气味也变了，总之当塔娜出汗时，再也没有了能供我依靠的乳香，我无法得知那乳香从哪里来，同样我也说不清它去了哪儿。

当时我们流行玩跳绳，跳绳的手柄是一个十厘米长的空心硬塑。班长有一天突发奇想，把那根空心硬塑套在了中指上。她的侍女冯秀竹立刻扑通一声跪倒在地，说："恭喜皇后娘娘，您的九阴白骨爪终于练成了！"班长也很骄傲，她决定找点什么施展一下她新练就的武功。

不远处，塔娜孤零零站在楼下，等我做完值日跟她玩。班长擎着具有功力的那只手，朝她走去。很久没有同学主动靠近塔娜了，她看着班长一步步走近，先迟疑了一下，然后拿出皮筋儿问："你要一起玩吗？"

班长没有说话，她继续向前走着，走到塔娜面前时，突然用套着跳绳手柄的手指，冲塔娜的胸前狠狠地戳了一下。

塔娜捂着胸口，蹲在了地上。我站在楼上看不到她的脸，只能望见她不住颤抖的后背，蜷缩得越来越小。

操场上的同学都看到了这一幕，大家"哄"的一声笑开了，笑得前仰后合，笑得趴在地上。这简直太有趣，太有创意了。班长在那一刻无疑成了精神领袖，她把一个令人讨厌的同学的一个令人作呕的器官，开发出了娱乐属性，可以说她那个富有创意的举动，缔造了我们班级全民狂欢的时期。

从那时开始，我们班最流行的事情，就是偷袭塔娜的乳房。大家不局限在跳绳手柄，铅笔、筷子、钢尺、竖笛都捅上过塔娜刚刚发育出的娇嫩双乳。每当有同学袭击成功，班级里都会爆发出一阵夸张的哄笑，接着那个人就会受到一阵短暂的拥戴，跳皮筋时可以当"烧火"——也就是能一直玩，永远不用扯皮筋。

刚开始只有女生这样做，很快男孩子也加入进来。那些学习不突出，又没有特长的同学，通过塔娜的乳房，斩获了在课堂、运动会、文艺会演中不曾拥有的关注。是的，以往在我们班级被大家羡慕，你得学习好，或者能唱歌跳舞，或者能买得起自动铅笔。而这一次，成为焦点的成本空前低廉，就是用一种新的工具偷袭一下塔娜的乳房。便宜的东西当然是受欢迎的，于是同学们你争我抢去体验当焦点的感觉。

后来，大家看腻了，偷袭赢得的笑声与关注越来越少，便有人直接用手掐塔娜的乳房。洗手间、体育课、做眼保健操时，塔娜的胸前都会被不知来自何处的手掐上一把。

最难以解释的是，我也想掐塔娜的乳房。

第一次冒出这个念头时，我吓了一跳。我怎么能这样想？那是塔娜呀！可当我看见塔娜的胸部，在同学们的手里捏、按、掐、挤、推，柔软的两坨肉被重塑成各种畸形的样子，我的心底总会生起一种舒适。这舒适太见不得人了，只有我看得见，它在阴暗的泥土里破芽，虽然纤细，却钢针一样尖利，刺破团结向上、刺破尊老爱幼、刺破明礼诚信、刺破乐于助人，吱吱地、嗖嗖地、唰唰地，带着火星子往上蹿，一直蹿上云霄！

我不能懂得我自己，看到同学们掐塔娜时，我的手在痒，我的筋在痒，我的肉在痒！是我的肉想掐塔娜，我管不了我的肉哇！

必须承认，在那段时间里，我为了解痒，真的纯粹为了解痒，经常攥着拳头，在脑海里想象着用最狠的力道掐塔娜。

我不是没有理由去袭击塔娜，很多次体育课，老师带领我们玩"喊数抱团"的游戏，就是我们沿着操场跑圈，老师突然喊出"三""五"等数字，大家就迅速就近抱团，按老师喊出的数字抱好团，最后剩下的人就要被惩罚。我讨厌死这个游戏了，被甩出去的人总是我。经常我明明已经和同学们组好团了，又被他们推出去，换成其他人。他们说，全班只有我没掐过塔娜，只有我去掐塔娜一次，才能跟大家抱团。

有不少次，在人多的地方，我对着塔娜，手已经抬起来了，最终又一次次放下了。我不敢，可也不知道自己在怕什么。

到了桃花都谢了的时候，伤害塔娜在我们班已经成为一种风尚。

天气一天比一天热，塔娜却穿得越来越多，看得出她想用这样的笨办法，掩盖住身体内的生长。可生长是一件什么力量也按压不住的事情，不仅塔娜的胸没有藏住，连很多说塔娜恶心的女生，胸前渐渐也隐现出了两座小丘。

接着奇怪的事情出现了，那些同样有了乳房的女生，成了袭击塔娜最积极的群体。如果一个女生一段时间内开始密集地袭击塔娜，那基本可以判断她开始发育了。仿佛塔娜就是她们的乳房，是她们外化的不堪的秘密，打击塔娜就是和自己恶心的乳房断绝关系，从此她们就能站到对面拥有洁净身体的队伍中去。

集体和个人的关系有时很像泳池和游泳者，如果说集体是一定需要去融入的话，那游泳者站在岸上，用力蹬一下跳台，获得跳入泳池的反作用力，就是融入集体的必备条件。而塔娜在那个时候，就是人人蹬一脚的跳台。

塔娜不是没有反击过，但她出手太重，穆老师只当是她欺负别人，反倒最后写检查、挨批评的是塔娜。我问她，为什么不告诉老师打人的原因，塔娜把头勾下去，忧伤地看着胸口说："这怎么说呀……太恶心了。"

最后塔娜决定回家跟妈妈说，可塔娜的妈妈习惯了用一种善良的逻辑思考问题，她听完问塔娜："为什么同学们不欺负别人，只欺负你？你还是要从自身找原因。"塔娜愣住了，她大概怎么也没想到，善良也可以是把伤人的刀。

从那以后，我的欢笑源泉干涸了。塔娜再没有没心没肺地大笑过，她飞扬的眼睛里蒙上了一层忧郁的雾霭。一有同学靠近她，她就神经兮兮地捂紧胸口，露出提防的眼神。我也再没见过她奔跑，在走廊里走路，她会小心翼翼地贴着墙根儿，像个老鼠似的小步溜过。她总是佝偻着腰，肩膀朝内扣，恨不得把自己缩成一团。无论多热的天气，里面都要穿两件衣服，来把乳房尽可能地裹住。

转眼到了下学期，学校举办"眼保健操标兵评选"活动，每班派选一名同学参加比赛，奖品是一块香皂。最先代表我们班级参赛的是穆昱仲，他虽然不是学习最好的同学，也不是班干部，但他是穆老师的孙侄。

奖品发放完的第二天，穆老师照例进行放学前的叮嘱和教育，她讲了这样一番话："最后，我要说一件事情，昨日穆昱仲同学代表我们班级圆满地完成了眼保健操比赛，并且荣获了学校颁发的奖品———一块香皂。可昨天发放奖品时，穆昱仲同学生病请假了，他的奖品就放在了课桌上。令人想不到的是，他的奖品竟然被人偷走了！更可怕的是，这个人就是我们身边朝夕相处的同学。昨天我清清楚楚看到了这个同学所做的一切，就在我的眼皮子底下！但我不想说他是谁，你们还小，我当了一辈子人民教师，我不想看到我的学生有任何一个走向堕落。这个周五之前，我希望这个同学能主动来找我承认错误，否则，我将把这个同学扭送公安机关，立案查处，还穆昱仲一个公道！"

班级里顿时嗡嗡地议论开了，我们的集体中竟然出现了一个小偷。在一片嘈杂声中，我的心剧烈地跳动着，因为我知道这个同学是谁。

昨天放学以后，我走出校门很久才想起忘带语文作业，于是折回班级去拿。一开门，正好撞见班长站在穆昱仲课桌跟前，手正伸向那块香皂。我傻站着，不知该进还是该退。班长则保持着领导干部应当具备的镇静，毫无表情地把香皂揣进衣兜，用不容置疑的口气对我说："这块香皂本来就应该属于我，穆昱仲有什么资格第一个代表班级去比赛？"

我还是站在那儿，不知道该说什么好。班长又掏出香皂，放在掌心，问我："喜欢吗？"

我点点头。她又说："你不跟任何人说今天的事，下周我就推荐你去参加比赛。"

那天穆老师讲完话，我偷偷找过班长，紧张地对她说："你快去找穆老师自首吧，穆老师都说看到你了。"

班长没有看我，说："不可能，我特意看着穆老师走出校门的，她那是诈我们呢。"

我说："那到了周五，没有人去找穆老师，这怎么办哪？"

班长用一边嘴角笑了笑，用大人一样的口气对我说："这是你该操心的事吗？"

此后的几天，我过得无比忐忑，整天魂不守舍，不知道在担忧什么。嘴里拼命地搅动，舌头躁动地来来回回舔最后那颗乳牙。班长倒是像什么都没发生一样，每天帮老师管纪律、收作业。

到了周五，我的不安却缓和了一点，那天早上阳光还好好的，第二堂课下课，突然就乌云密布，接着电闪雷鸣，暴雨倾泻直下。没一会儿，天色竟然暗了下来，上午九点钟刚过，窗外就陷入了如同傍晚一样的昏暗。狂风大作，朗朗乾坤下，太阳丢了。

我望着这异常的天象出神，忘记了香皂的事情。塔娜也被这罕见的雷阵雨吸引，我们都无声地看着外面阴沉的天空。

下课了，穆老师走到讲台上，敲敲黑板说："今天天气不好，课间操取消，正好利用这段时间，我说点事情。"

同学们立刻背手坐好，我看到自己校服上的拉链环，随着心脏的狂跳，颤巍巍地抖动。

穆老师背着手在讲台上边踱步边说："大家还记得香皂的事情吗？今天是周五，我没有等到这个同学来找我，这个人没有珍惜机会。那我只好将这个人公布于众。在公布之前，我要先问问同学们的想法。"她叫了声，"班长。"

我的心一悬，舌根抻着，舌尖顶着乳牙，把腮帮子顶出一个鼓包，乳牙达到了它稳定的极限。

班长昂着胸脯站起来。穆老师问她："你认为是谁偷了香皂？"

班长微微一惊，眼睛扫了一圈地面。她自信穆老师不会怀疑她，可她没想到自己要说出一个嫌疑人。她默不作声地站着，身为班干部这么久，还是第一次遇到这种境况。

穆老师说："我知道你心中有答案，大胆地讲出来，不许说不知道，说！"

班长咬咬嘴唇，用很小却足够清晰的声音说："塔娜。"

同学们立刻唰地回头看向塔娜。塔娜错愕地抬起头，目光如同被烫到一样，大声喊着："不是我！我没偷香皂！"

我惊得张开了嘴，抽出背着的手，我要告诉穆老师，香皂是班长偷的！

可手抽到半路，斜前方突然朝我射出一道目光，那目光是锋利的，是带刃的，是能射出钉子的，那目光将我的手牢牢钉在了座位上。那是班长的目光。犯错的明明是她，不敢对视的却是我。她和穆老师一样，代表永恒的权威、永恒的正确立场，任何与之相对的反抗，都是一种犯上。我迟疑了很久，终于穆老师吼我，让我背手坐好，我才收回举了一半的手。喉咙像堵了一块抹布，又噎又想呕。

这时，穆老师似笑非笑的表情延展了一些，对塔娜说："我说是你偷的了吗？你如果真没偷，这么大反应干吗？"外面的天空更暗了，黑夜几乎就要席卷而来。

塔娜飞扬的眼睛迫降下来，她没想到穆老师会这样说，只能干瘪地重复道："我真的没偷！"外面的雨点噼里啪啦地砸在窗户上，像在围观屋里的这场审判。

穆老师靠近窗户，居高临下盯着塔娜，一言不发。她就那样沉默着，穆老师是善于沉默的，她能用沉默搅起一道旋涡，将人推进旋涡中心的深渊。

终于，她说："不如让我们听听同学们的看法吧。"她又叫起班长后面的同学，让他说谁偷了香皂。那个同学平时从不惹是非，内向乖顺，一时间成为大家的焦点，非常紧张。看得出他想尽快结束大家对他的关注，便对付地说："塔……就塔娜吧。"

"起立！到前面站着！"穆老师突然对塔娜大喝。塔娜只好起身，非常慢，非常慢地向前走，嘴里用微弱但依然坚定的声音说着："我真没偷。"

穆老师干巴巴地笑了声，没有言语，然后随便点了一个同学，让他猜是谁偷了香皂。那个同学很聪明，他立刻明白了穆老师想听什么，看懂了趋势所在，很干脆地说："我认为是塔娜。"

穆老师又接连叫了一排同学，个个都说是塔娜，声音一个比一个坚定，像在课堂上轮流起来熟练地背诵课文。

塔娜再也忍不住了，她大声辩白道："他们瞎说的，我没偷！"

"你没偷？"穆老师声音拔得很高，抡起胳膊在空中画了个半圆说："一个同学说是你，两个同学说是你，十个同学都说是你！"

她看着我们，非常庄严地说了句让人听不懂的话："同学们，你们要牢记，群众的眼睛是雪亮的！要时刻依靠群众，发动群众！"

然后穆老师又展示了一段精彩的推理，她说："除了你，谁能稀罕一块香皂？谁都知道，咱班你的家庭条件最不好，你妈妈天天在外面蹬倒骑驴，连双凉鞋都买不起，给你穿的胶鞋上头全是窟窿眼儿，你自己说说，咱们班，除了你，谁能稀罕一块香皂？"

塔娜这时说了一句绝不该说的话。她猛然抬起头，周身战栗，眼睛通红，冲着穆老师喊道："你不许那么说我妈妈！"我从没看过塔娜那样气愤，怒火把她燃烧成了一副我辨认不出的模样。

全班同学都震惊了，从来没有一个人，敢这样对穆老师讲话。这可是"金城名师"穆老师呀！

穆老师也没有料到，塔娜竟敢这样直接顶撞她。"谁允许你这样跟老师说话的！"穆老师吼道。这句话非常具有分量，不管什么原委、不管谁的责任，只要大人在与小孩子对峙时，说出这句话，就能马上制服后者，把真正的矛盾避开，将战场转移到"尊敬"的问题上来。而在"尊敬"这个问题上，小孩子是十分被动的，因为判定权在大人手中。

穆老师背对着窗，身体成了一个浑大的暗影。一道紫色的闪电，在黑暗的地平线撕裂，随后咔嚓一声，空中巨雷炸开。她的话语，伴着隆隆的雷声，滚滚而来，如同来自天庭的问遣。

穆老师不愧当了一辈子教师，她的想法总是那样深刻，她指着最左边小组的第一排同学说："来，现在每个人上来踢塔娜一脚。"

同学们都愣住了，这个做法太新颖了，大家还从来没参与过实施惩罚这种事情，这从天而降的权力有点超过我们的接受能力，没有人敢动弹。

穆老师见班级鸦雀无声，更生气了，说："怎么？我说话不好使了？第一个人，赶紧的！"

第一个同学是个小个子女生，平时唯唯诺诺的，她磨磨叽叽挪着小步走到塔娜跟前，轻轻抬起脚碰了一下塔娜的裤子，塔娜的裤子就粘上了个灰色的鞋印。小个子女生见穆老师没有说话，迈着碎步赶紧坐回了座位。

穆老师一挥手，对后面的同学说："你们，赶快过来排队。"

大家的屁股从凳子上抬起又坐下，最后观望着，撅在了半空。终于在第二个同学缓缓起身带领下，走上前，排起了长队。

这条长队看起来是那么平凡，好像我们平日里打饭、做操、上体育课的队伍。上去踢塔娜的同学，有的象征性地碰一下，就匆匆走开。有的则很有表演欲，特意后退几步，射门一样咣地踹上一脚。但不管怎样，我能感到同学们的心情都是轻松的，因为有一个人站在我们所有人的对立面，这个人的一边叫作"坏"，而成为"好"很容易，就是上去踢她一脚。

没过一会儿，塔娜的裤子上就全是灰色的鞋印了。我偷偷抬起头，看了一眼她，塔娜双手垂放，紧紧攥着拳头，飞扬的眼睛降落下来，噙着大颗的泪珠，无处停放。同学们一个个从她面前走过，她深深低着头，像是故意不愿看到面前那一张张平日里熟悉的脸。塔娜的身体随着同学们或大或小的力度，左摇右晃，仿佛狂风中的树苗。她只能将手死死地把在讲桌上，努力让自己不要跌倒。

快轮到我这一组时，同学们的心情不再那么紧张。仿佛等待一次例行的活动，于是开始有人小声说话。

"你说小破牙能踢塔娜吗？"

"不能吧，他牙都没退完，还敢踢塔娜？"

"对呀，他到现在都没掐过塔娜的那个！"

"你们别说了，问问不就知道了！"

后面的同学伸手怼了一下我的背。"哎，等会儿你去不去踢塔娜？"我装作没听见，无声地坐着。舌头推着乳牙，几乎要把腮帮子撑破了。这明显是个我不敢想，却又马上要面临的问题。我恨死后面的同学了，用得着你问？

"别问了，有啥好问的。小破牙还得上塔娜怀里吃奶呢。"

不知是谁说了这么句话，我的耳后立刻爆发出哧哧哧的笑声。那些笑声强忍着，控制着音量，却更加深了里面那种不堪的意味。

我直感到太阳穴发胀，脸上一阵阵发烫。这句话太阴险了，太恶毒了，仿佛是一桶农药，哗一下从头到脚泼在我身上！我看见自己身体里那根纤细的幼芽，一瞬间裂开了，变粗、变硬、变成了一只青筋暴起的手臂。这只手臂在背后推动着我，让我浑身聚起了巨大的力量。这力量要炸了，就要炸了，再不把这力量使出去，我的身体就要炸裂了！

几乎是小跑着，我冲上了讲台，带着这股助力，朝塔娜狠狠踢了一脚。

这股力量太突然了，塔娜都已经松开了扶在讲桌上的手，她怎么也没想到，我这里会有最狠的一脚。塔娜一声不吱地倒下，水泥地发出一声沉闷的咣当。

就在那个时刻，我的身体中飞升出了奇异的快感！比挠痒痒舒坦；比拉屁屁畅爽；比抠鼻子过瘾；比撕痂皮痛快。我感到每一块肌肉都在欢呼，每一个关节都在尖叫，我的体内仿佛炸开了礼花。我看着跌坐在地的塔娜，又一次抬起腿，狠狠在她的胸口跺了一脚。

塔娜没有丝毫挣扎，她的脸像石像一样木在那里，什么表情也没有。只是眼里一直噙着的珍珠大小的泪滴，忽然掉下来，碎了。

那天以后，我再也没去过学校。我为了让自己受伤，爬到了最高的单杠上跳下来，成功地崴了脚。后来脚快好了，我又开始偷吃洗衣粉，为了让自己呕吐。总之我就是不想去学校，我宁肯死掉，都不想去学校。我也不明白为什么，每次一想到校门，我就感到呼吸困难，四肢发麻。

我就这样在家赖了快半个月。开始，妈妈还带我去医院，让我好了赶紧回去上学。第四天开始，她一反常态，没有再提上学的事。等我实在吃不下去洗衣粉，又开始琢磨其他装病的办法时，妈妈忽然告诉我以后不用去上学了，她和爸爸申请到了日本的生物学博士，手续全部办好，下周我们一起飞往东京。

晚上，我辗转了很久也没有睡着。快到凌晨，才闭上眼睛，可没睡一会儿，又醒了。

睁开眼，我感觉不大对劲。一小块腮帮子往里嗫着，嘴里还黏糊糊的，有点发腥。舌尖便习惯性地去舔那颗乳牙，却只触到了光秃秃的牙床。

我的乳牙掉了。

四

父母在日本，科研成果频出。博士毕业后被爱媛县一所大学聘请，没用太长时间，就双双升为教授。

在这座靠近濑户内海的城市，我见到了真的珍珠，它们饱满晶莹，包装华丽，一颗上好的珠子能卖到上万。我依从父母的规划，读书、上学，之后进入了一家科技教育公司，三十五岁的时候，熬到了部门主管。用流行话讲就是成为"社畜"，畜生一样在社会上摸爬，被别人压榨，也压榨别人。

三十多年，我们三口人只回了四次国，忙是一方面，主要是父母不愿意跟亲戚来往。母亲把他们一律叫作"蝗虫"，说平时都没有联系，一回国全都嗡嗡地糊上来了，不是问你借钱，就是要跟你去日本打工，再就是想来日本旅游，到你家蹭吃蹭喝。总之想尽了办法占便宜。

我也不爱回国。我并不留恋日本，也不讨厌那些亲戚，可就是本能地不想回去，没有为什么。

工作闲暇，我谈了几场恋爱，每当女方谈到结婚问题时，我们就分手了——我懒得操持婚礼，懒得养育孩子，懒得柴米油盐，更不愿意凭空出现一份责任，把一生套牢。父母对我非常不满，他们不能理解，从小到大规规矩矩的儿子，如今生活怎么就脱轨了。我们没有强烈的争吵，但双方都没有妥协的意思。就在这当口，国内打来电话，奶奶去世了。我和父母只能停下一切事情，回国奔丧。临行前，母亲一再叮嘱我，不要聊太多工作上的事，穿的戴的都不准是名牌，实在露出牌子了，一定得说是假货。谁请吃饭也不要去，谁给特产也不准拿，谁问电话也不准给，反正一个"蝗虫"也不许带到日本。

老人的葬礼本质上就是用死亡给儿孙们提供最后一次相聚的机会。活着的时候，人总也聚不全，死了，眼闭上了，人倒是全了。我们孝子贤孙一大帮，摆了二十多桌。按着辈分，我坐在离父母很远的席上，身边都是久未谋面的亲戚。大家你一嘴我一嘴地打听我干啥工作的、结婚没有、一个月挣多少钱。我含含糊糊地说，给人打工呢，也没对象。亲人们听完，对我的态度并没有什么落差，还是很热情。尤其是小时候欺负我的堂哥，大家到了这个年纪，小时候的打打闹闹都成了下酒菜，一见面反倒最亲切。他勾着我的脖子，喝了一圈之后，非劝我留下来，在东北多待一段时间。我想正好已经跟公司请了年假，回日本还得听父母催婚，真不如在金城眯几天。索性趁着酒劲，把机票退了。

堂哥没咋念书，中专念完，就出来跟嫂子开了家熟食店，两人早出晚归，天天就围着店里转，生意还不错。

住了几天，堂哥说让我帮他办点事情。他的儿子大宝在幼儿园跟小朋友玩，不知道闹了什么矛盾，把一个小姑娘打哭了。堂哥说："你大侄儿啊，我这边辛辛苦苦挣钱给他买学区房，他那边净给我上眼药。人我也揍了，电话里我也道歉了，还给小姑娘捎去俩猪蹄子，结果那边家长就是不干哪，非让我当面去跟她道歉，要么就报警。你说这不扯吗？我店里是真离不开人。老弟你是华侨，镇得住场子，帮哥上幼儿园道个歉。"

我在家闲着，没法推托，只能到幼儿园去"擦屁股"。去往幼儿园的路上，我第一次有机会贴身地、切肤地观察金城。它的变化太大了，牙缝大小的地方，街上扩得全是八排道马路，新建的小区挨得密不透风，也不知道是不是真有那么多车开、那么多人住。溜光的柏油路、锃亮的办公楼之间，早已挤不进一辆倒骑驴。

老师见到我，还算客气，说不好意思，我们没调解好，让你跑一趟。其实都是小事，谁家孩子没个磕磕碰碰呢。看样子她也被这事烦得够呛。据老师说，对方家长是个单身母亲，对孩子格外上心，一点委屈也不能受。孩子手指划破块皮，她都要来调监控。一有点不满意，回头就报警。这个单亲妈妈开了个诊所，有两下子，园长的妈妈腰椎间盘突出，就她能治。所以不管她咋闹，幼儿园都得供着她，谁让园长用得着人家呢。

正讲着，门开了，老师赶紧迎上去说，托娅妈妈你来了，大宝的老叔正等你呢。

我转过头，一个人影在门口。我顺势朝她的面孔打量，看到的是一双熟悉的眼睛，世上不会有第二双这样飞扬的眼睛。它们好像一双鸟，在我的梦里睡了一个很长的觉，现在醒了，张开翅膀又飞起来了，似乎一直在等着我。而我和那双眼睛对视的一瞬间，目光像被烫到一样，迅速地弹开，本能地躲闪，接着唯一想做的，就是逃跑。

那是塔娜的眼睛。

但我无处可逃，四周的空气像一盆遇冷的油，慢慢凝固，不再透明。站在屋子一端的我，和站在另一端的塔娜，都被封冻在这时间里了。过了很久，才慢慢化开。我听到塔娜哑着声音轻轻地说："是你？"

幼儿园老师看看我俩，说，怎么？二位家长认识？

最终，这场道歉从幼儿园转移到了边上的咖啡厅。正是上班点，咖啡厅没啥生意，就两对穿校服的学生，在旮旯儿里黏糊。我跟塔娜一人握着一杯水果茶，无声地对坐。我期望这一刻有客人滋事打架，或者吊灯突然掉下来砸坏桌子，或者飞进来一只大雁满屋扑腾。总之，出现点什么意外吧！来搅和一下，来分散一下，来打断一下。我祈求节外生枝，我祈求画蛇添足，我祈求多此一举！这样沉就不再默，尴就不再尬，窘就不再迫。这样塔娜就看不见我，世界就看不见我，我就看不见我了！可没有任何戏剧性的情节发生，我依然低着头，不敢抬眼，默默坐在塔娜对面，心里慌张极了。我不想探寻这慌张的来源，我试图平静地和这慌张相处，但咖啡厅的沙发依旧像审判席一样，我坐在上面，手心不停地冒汗，握着的玻璃杯，和汗津津的掌纹摩擦出刺溜刺溜的声音。茶是瞎点的，味道还有点馊，可我还是不停地往肚子里灌，好像饮料能填满这该死的空白。

我趁着仰头喝尽杯底的水果粒，瞄了下塔娜。午后的阳光灿烂得响亮，铺张地洒满她的头顶。塔娜烫了每个中年女人都会留的鬈发，不粗不细，披在肩膀，有几绺毛茸茸的耷拉在两侧，捧起她的脸。除了公平地从时光那里，领取到一些皱纹，她的五官基本没什么变化，一双眼睛还是高高地挑起，肥厚的唇瓣依然像噘着嘴。这种长相在当下好像很流行，叫啥"高级脸"，小姑娘都特意用化妆品把自己涂成这样。塔娜还是又高又大，差不多是卡在单人沙发里。不过身段是有的，全身上上下下峰回路转，唯独她有点抠肩膀，背也驼。但这反而显得她羞羞答答，低眉垂眼的。这样的一个人坐在那儿，不说话，谁也想象不到她是幼儿园里动不动就要报警的惹事家长。

最后还是塔娜先说话的，她抬起眼，清清嗓子，问："这些年你一直在日本？成家了吗？"

我飞快地望了她一眼，又埋下头说："嗯，在日本，在。没成家，没，遇不着合适的。"

"那你做什么工作呀？"

"哦，就是给人打工的，打工。"我倒不是有意提防塔娜，只是母亲的叮嘱一直绷在我脑子里，这套话不自觉地就说了出来。毕竟心里虚，我不想多聊自己的事，赶紧把话题推到对面去。我说："听说你现在自己开诊所呢？挺好的？"

塔娜说："是，跟我姑姑学的蒙医。诊所就在呼尔达河边上。"她抬眼望了下我，想起了什么似的，问："你还记得呼尔达河吗？"

我说："记得，记得，在阿拉盟。"

她低下头，眼睛落在茶杯里，笑了笑。那种笑是向内走的，是拘谨的，是腼腆的。

回到堂哥家，我讲了一遍今天的巧遇。堂哥听完惊讶得不行，反复问我："你大侄儿打的是塔娜大夫家的闺女？你和塔娜大夫是同学？"

堂哥说，塔娜大夫的蒙医诊所在跟前这一带，没有不知道的。她配的蒙药，药材都是自己回内蒙古带来的，真真正正"纯天然"，治得好，还便宜，十块钱感冒、头疼立马没，十五块钱湿疹、脚气去无踪。塔娜大夫最厉害的还得说是整骨了，崴脚、扭腰、别胳膊，你就找塔娜大夫掰几下，不开刀不手术当场就让你能走能蹽。

151

业务方面的介绍完，堂哥开始介绍感情生活了。

塔娜大夫原来跟药监局的一个人在一起，两人好了两三年，一直也没领证，结果塔娜大夫生完孩子半年多，这个人就跟别人结婚了。这些年，塔娜大夫也一直想给她闺女再找个爸爸，平时一有空就去相亲。你去菜市场，卖鱼的摊主可能正准备今晚跟塔娜大夫认识一下；你去打车，出租车司机可能上周刚跟塔娜大夫见过面；你去买房子，带你看房的中介，可能正酝酿怎么谢绝塔娜大夫。这么些年过去，塔娜大夫也没找着合适的。也是，一个女人，拉扯个孩子，出一家进一家，哪那么容易呢？

我不太能适应"塔娜大夫"这个叫法，多年前那个与我在河边嬉闹的小姑娘仿佛是一个风筝，平放在地上，一阵风吹过来，风筝有了骨架，它立体了，它飘起来了，越飘越远，是我熟悉，又不熟悉的样子。我撑着下巴，尽量表现得像个好听众。心思却飞去了呼尔达河畔的诊所。我忽然很迫切地想回到呼尔达河边看一看，确切地说是去窥探一下。这样的认识，令我出了一头冷汗，因为这样的行为跟好奇无关，这样的行为和心虚有关，这样的行为，让我想起法制栏目中作案后的犯罪分子，由于害怕，在作案后回到罪案现场反复检查。我不想追问自己，究竟在躲避什么，直觉告诉我这个问题如同一片沼泽，一旦踩进去，就会陷落，然后窒息。好在有多年的习惯，我的思维已经可以非常熟练地规避这个区域。这让我平静了一点。可不管怎么说，我总是希望塔娜过得好的，无论从哪个角度讲，我都真心希望她过得好。于是我对自己说，去吧，去看一下吧，躲在一旁，别让塔娜发现，看一眼就走。

实话实说，当我站在诊所前，心里是微微失望的。这个我记忆里隐秘的乐园，没有被花草、河水捧在手心里藏好，反倒暴露在一片吵吵嚷嚷当中。院子里、门厅里，坐满了患者。有的拄着拐，有的躺在担架上，有的脖子上箍着矫正器，有些一看就是大老远从乡下赶过来的，脚下搁着一麻袋核桃或者一串辣椒，一片"哼哼呀呀"。我隔着人群，看到诊室里面躺着个大娘，捂着腰"哎哎"叫着，疼得满头是汗。她的家人围在身边，眼巴巴望着一个穿着白大褂的人。白大褂在大娘身上来来回回按了几下，走到了床的另一侧。刚才还闹闹哄哄的诊所，这下都静下来了。

我看到塔娜对患者家属说："第四、第五节腰椎错位。"然后拿起杯子，喝了一口什么。接着一手摁在大娘的胸脯上方，一手放在胯骨下面。不等大家准备好，对准腰部随着"吱——"一声鸣响，口中喷出一笼薄纱似的水雾，同时两只手迅速朝相反方向用力，大娘的身体像个麻花似的拧了一下，嘎巴，她痛苦的呻吟像被人拔掉了电源，一下子就不叫了。大娘试探地坐起身，转了转腰，眉开眼笑地下床了。一边笑，她一边问塔娜："姑娘，你喷的那是啥呀？他们都说你那是神水，你就靠那个神水治病的。"屋里的患者一起拢过来，似乎都很关心这个问题。塔娜说："哪有神水呢，阿姨，这就是普通的白酒，喷一口主要是图个心理作用，是为了转移你的注意力，让你放松肌肉和关节，这样才能更准确地矫正。"人群还是安静的，但那种安静的内容丰富了，包含了惊叹和好奇。

我从人群中抽出身，来到院子里，一个人到处乱走。那一套整骨操作对我而言是那么熟悉，塔娜妈妈当年用同样的方法给我接上断胳膊，似乎就是昨天的事。

我四下张望，看见一辆生锈的倒骑驴靠在院子角落。不用说，这是塔娜妈妈的那辆倒骑驴。如今，它也退休了，退休了还闲不住，又找了份工作，从交通工具变成花盆了。倒骑驴的车斗里装了满满的土，里面栽了好几株三色堇，黄盈盈的花瓣像是偷偷匿了些夏天的艳阳，此刻，在秋日微寒的北风中，开得恣意，开得自我，开得目中无人。我不由得一阵恍惚，我看到我和塔娜，放学之后坐在倒骑驴上，冲着风，咧着嘴，嘻嘻哈哈。后来，我俩就钻进土里，生长成了这片明亮的花。

"啥时候来的？"塔娜不知什么时候站到了我旁边。院子里的患者已经走得差不多了，她脱下白大褂，从塔娜大夫变回塔娜。

"你来了，怎么也没说一声，没吃饭吧？"她一边叠着白大褂，一边对我说，是那种招呼老朋友的语气。

我说："没事，正好溜达到这，你忙吧，我真没事，我先走了。"正要转身离开，大腿却被一股小小的、暖暖的力量抱住了。我低下头，惊讶地看到一个小女孩拦在我身前，她仰起头，一双飞扬的眼睛望着我眨了眨说："叔叔，陪我去放风筝吧。"

塔娜赶紧抱起了小女孩，数落她用刚玩完泥巴的手摸我的裤子。小女孩嘻嘻笑着，朝我招招她的小脏手。塔娜说："对不起呀，给你裤子弄脏了，这是我女儿，托娅。"

这句介绍多余了，恐怕就连动物也能看得出两人的关系。小托娅简直就是塔娜童年的复刻，是她还每天挂着明亮的笑容，眼睛高高地飞翔时的复刻。惊叹之余，我意识到，我又想多了，思绪又要踏进禁区了，不能再往前走了，我得命令自己站住。

塔娜摸摸托娅的脑袋，对我说："来都来了，要不一起去河边走走吧，托娅好像特别喜欢你。"小托娅还站在那里，热盼盼地看着我，一直冲我笑。我顿时从她笑盈盈的目光中感受到了一股浪花，是晶莹的、透明的，却足够使一个成年人丢盔卸甲的浪花。在这股浪花的拍打下，我发现自己失去了说"不"的能力。看着小托娅这张熟悉的小脸儿，我竟一个"不"字都说不出来。

一路上小托娅在前面蹦蹦跳跳，我们跟在她身后，绕过诊所，走上一条树林中的木栈道，快到尽头时，我听到了复杂而热闹的声音。再走，眼前出现了一片广场。曾经长满野花、幽幽曲曲的小路，已经被水泥封住，抹得光洁平整。广场上有小声拌嘴的恋人、骑着自行车直摔跟头的小男孩、架着钓竿却一无所获的老人、手脚不协调的广场舞阿姨。阳光白花花的，有点晃眼，照得每个人的面目都模糊了，我的回忆也看不清了。眼前这座广场，可以是世界上任何一座广场，可我不知道它跟我童年的那条河有什么关系。大家沐浴在阳光下谈笑，但你与我、我与他、他与你之间却又是绝缘的。他们是人，却又是一个个体积的堆积，没有脸孔，没有生命感。

这时，小托娅蹦跳着扑到我的大腿上，拉着我往河边走。我在她的牵引下，站到护栏前，终于看到了河水。秋日的阳光下，呼尔达河格外清澈澄冽。因为凉所以透亮，因为透亮所以更凉。河水依然碧蓝，但河面却没有我记忆中那样宽，它萎缩了，消瘦了。风起了，河水的脸皱了皱。我在心里说，呼尔达河，这么多年没见，你也老了呀。

秋风很好，不大也不小，我们的风筝一会儿就成了广场上飞得最高的。小托娅拍着手，像只小鸟，笑得叽叽喳喳。不知为什么，宽阔的广场上，我只觉得小托娅的笑容是笑容，其他人的笑容只能算得上是"表情"。小托娅的笑被阳光照着并不突兀，反而融洽、和睦，阳光就像是从她的笑容里生长出来一样，也可以说，她的笑就是阳光本身。

我和小托娅拽着风筝跑了好几趟，小托娅还是勃勃的兴致，我却跑不动了，累得和塔娜一起坐到了长椅上。人一累，倒也松弛了不少。我问塔娜："院里的倒骑驴是你妈妈的吗？还留着呢？"这还是我第一次主动跟塔娜说话。

她点点头说："不光留着，我还骑过呢。"

塔娜说，她升上初中以后，念了一年就不想上学了，老师讲的都听不懂，也没有朋友。那时候塔娜妈妈每天上午去别人家当"钟点工"，塔娜就趁这个时候，从学校偷跑出来，回家像模像样地扎上腰包，戴上手套，蹬着倒骑驴上街拉活。她虽然人小，但是一身蛮力，路又熟，还拉得下脸，见着提着东西的行人，都要撵上去问问人家去哪儿，坐不坐车。金城本来就小，她这样满大街地转悠，没几天全城人都知道了：有个十多岁的小丫蛋子出来跟老爷们儿抢生意，蹬着倒骑驴嗖嗖跑，三蹦子都撵不上她。

塔娜妈妈很快也知道了，给塔娜揪回家，问她为啥要这么做？

塔娜说，她就是喜欢蹬倒骑驴，蹬起来的时候，一会儿像在天上飞，一会儿像在水里游。那天塔娜妈妈捂着脸，蹲在地上，哭着一个劲儿喊自己对不起塔娜爸爸，整个楼都听得见。

邻居们都出来劝她，劝得唾沫都说干了，塔娜妈妈还在哭。最后薛叔叔拍着她的肩膀说，别难为孩子了，能蹬动那倒骑驴得多有劲啊，有这么大劲儿，不如送回去学整骨吧！

塔娜就这样回到内蒙古，跟姑姑学习蒙医。就像有些土豆适合种在沙地，有些土豆适合种在泥地，在学校一无是处的塔娜，对蒙医的悟性却很好，不到一年已经可以诊断些小毛病，第二年已经能够出诊。之后，塔娜又回到了金城，用这些年和妈妈攒的钱开了间小诊所。因为手艺过硬，收费还低，小诊所口碑一直不错。唯一的遗憾是，塔娜妈妈正打算跟薛叔叔领证，下半辈子享享福，结果查出肺癌，挣扎了三个月，还是倒在了幸福的起跑线上。塔娜一个人又得开诊所，又得自己带孩子，所以只能上午看病，下午照料家事。日子不穷不富，别出大事，就还算过得去。

阳光镀在河水上，秋风一拨，碎成了零零星星的光斑，映上塔娜的脸，她的脸随着水中的波光一齐摇荡开。

塔娜的话，大部分是我想听到的，也有几处是我不想听到的。但就那么一两处我不想听到的，成了个泥坑，绊了一下我的心，我的心在泥坑里崴了。更要命的是，那些"泥坑"，使我发现自己像一株植物，在塔娜面前，叶片卷曲起来了，连根茎都佝偻了，我直不起腰，也抬不起头。至于原因……可以了，够了！我及时勒住回忆的缰绳，没有多想。

五

我完全可以就这样回日本，偏偏临走时，小托娅对我说："叔叔，你能帮我个忙吗？"我蹲下来，说当然可以。小托娅说："我还有个大风筝，我妈妈放不起来，叔叔你明天能来帮我放风筝吗？"

第二天一早，我又出现在了诊所门口。塔娜看到我喜出望外，脸上开出了笑容，可声音却是歉疚的，她怨着我说："看你，小孩子的话，你也当真，还特意跑一趟。"

"都答应托娅了。"我说。

那是一个燕子风筝，展开将近三米。我牵着线，小托娅举着燕子尾巴，一前一后在河边迎着太阳奔跑。风也来凑热闹，在空中撒欢儿，扯得风筝摇摇摆摆，我和托娅跑了一上午，还是没放起来。可托娅还是很开心，回家的路上，一直抱着燕子，跟它叽叽咕咕说着悄悄话。

回到家，塔娜已经下班。她迎出门，递给我和托娅两只碗，说给我们准备了好吃的。我们来到后院，塔娜走到一个大石缸前，掀起盖子，一股浓郁的酸香立刻喷薄出来。我一下闻出那是策格，是酸马奶，带点腥带点膻，混着乳香，就像塔娜童年的体味。渐渐地，小时候我和塔娜在石缸边，你争我抢用木棍捣酸马奶的情形，浮动在我眼前。我忍不住埋怨我的鼻子，你何必多管闲事？脑子都不愿意想起的东西，为什么你偏偏来提醒我？小托娅就像我们当年一样，也对搅酸马奶充满兴趣，她踮起脚站到塔娜身边，非要参与。塔娜就把她揽在怀里，握紧她的小手，一起用木棍在石缸里捣入又拔出。一个个圆圈，围绕着木棍不慌不忙地扩展开去，像个洁白的陶瓷工艺品。那么多圆圈，在缸里从出现到淡去，从清晰到模糊，保持着固定的距离，彼此追逐，不断循环。

我看着如今已是母亲的塔娜和她怀里与她神似的小托娅，这对母女，这场生命的循环，心里悄悄地潮湿了。潮湿的地方是适合新生的。像是一直压在胸口的石头搬开了一样，我忽然高兴起来，塔娜的乳香得到了安放，它安放在了托娅身上，那么我心里的死结，便一样可以在托娅身上打开！

我将手放在托娅的肩膀上，轻轻晃着她说："托娅，叔叔以后天天来陪你放风筝好吗？叔叔给你买好多风筝好吗？"

我这没头没脑的话弄得塔娜一愣，她连忙摆着手说："你来陪托娅玩，都够给你添麻烦了，你可千万别花钱哪，你挣钱也不容易。"小托娅却乐开了，拍着手蹦得跳起来。

此后的十多天，我一早起来就去诊所找小托娅，带她放风筝。还寻遍了门路，给她买来了各式各样的风筝，有软体的，有夜放的。后来我开始送托娅迪士尼的毛绒娃娃、奢侈品牌的童装、上千块的脚踏车、手工定制的小书包，我甚至花高价从日本空运来一条新鲜的金枪鱼，只为了让她尝一尝正宗的生鱼片。我几乎不是在花钱，我是在撒钱。塔娜虽然不知道礼物具体的价格，可从那些精美的包装上也能猜个大概。她几乎是张皇地，告诉我不要再买了，说我也是工薪阶层，哪能这么花钱呢。我安慰她说日本工资高，这些东西日本卖得也不贵，都是给孩子的，客气啥。

我的感觉好极了，我从没花钱花得如此舒服！钱已经不是钱了，是斧头和凿子，我的心口曾经像压了一块巨石，如今，我花一千块钱，巨石就砸出一道缝，我花一万块钱，巨石就敲落一个角。这样花下去，压着我的巨石很快就会灰飞烟灭了！

于是我不满足于送托娅礼物，我还从日本买了一条七万块钱的极品珍珠项链，送给了塔娜。塔娜一开始坚决不要，架不住我拼命硬塞，还骗她说没有多贵，她才不再跟我争。

后来，她小心地问我，这么好的东西，她可不可以送给幼儿园老师，别的家长都给老师送礼，都得捧着供着，她一直也没给老师送过什么像样的东西，怕老师欺负托娅。我心里一阵刺痛，稳了稳心神儿，赶紧说："给你了就是你的，你想做什么就做什么吧，用不着跟我商量。"

塔娜要给我钱，我当然没有收，她只好做了很多奶豆腐、干奶皮，每天都让我带一包回家。堂哥不明就里，问我好几次，是不是对塔娜动心了，想给小姑娘当后爹。我懒得解释，随便别人怎样误

158

解吧，反正我需要托娅。每次她被我逗得嘎嘎大笑，或者高兴地在河边蹦跳，我都觉得心里那株枯萎的植物，获得了一些浇灌，她笑一下，我心里的枝叶就舒展一点。

很快侄子大宝就听说了我带小托娅放风筝的事，吵着要我带他一起去。我告诉了塔娜，说明天想再带个孩子过来。塔娜没有说话，这些日子里一向温和的她，脸色忽然沉了下来，冷冷地问："就是幼儿园里打托娅的小男孩吗？"我这才意识到自己提起的是一件多么理亏的事，心里懊丧死了，连忙说："不来了，不来了，我才想起来，明年那孩子还得上课外班。"塔娜背过身，低下头，指甲一下下抠着桌板，用非常微弱的声音说："不好意思。"傍晚我要走时，她搬出一个半米高的密封桶，把家里剩下的酸马奶都倒进去了，非要给我带上。我不肯拿，她就像匹倔马一样挡在门口，不吭声，也不让步。直到我答应拿走满满一桶奶。

这件事的直接结果，是惹哭了侄子大宝，他因为不能一起去放风筝，闹了一晚上。最后，他提出原谅我的条件是，把手机下好游戏，再充上十块钱游戏币，留给他玩。

第二天傍晚，我从诊所回来。一进屋，就看见堂哥窝在沙发里歪着嘴冲我笑，侄子大宝学着堂哥，也朝我歪嘴笑。我说："你爷儿俩干啥呢，都中风了？"

大宝没绷住，哈哈哈乐开了。堂哥"哼"了一声，说："你还不老实交代，说，瞒着我们什么了？"

我以为又是塔娜的事，靠到沙发里说："没有的事啊，我俩就是同学。"

堂哥却一下子坐直了，看着我说："不是塔娜的事，你再想想，瞒着我们什么了？"

大宝在旁边早就憋不住了，还不等我回想，他就抢着说："今天我正打游戏呢，老叔你电话就响了，我就替你接了，完事就一个人说话，是外语，我说我听不懂，你再说一遍，然后他就改说中国话了，他说找你，还管你叫经理。然后爸爸就把电话拿走了，完事那个人又跟爸爸说了好久，完事爸爸就挂电话了，完事爸爸跟我说，老叔是个大经理！老有钱了！在大公司当领导哇！"大宝跟背课文似的，几乎不喘气，把这段话说完了，看样子，他已经不知道第几遍复述这件事了。

我忙拿起手机，原来是秘书有事找我。秘书在电话里又讲了一遍今天的事情，秘书会几句蹩脚的中文，他为他今天这几句外语交流感到很得意，完全没有想到为我带来了多大的麻烦。

我非常缓慢地放下电话，在心里飞快地想着怎么跟堂哥解释。堂哥对我真是实实在在的，好吃的好使的都先给我。这些天我总会自责，也想找个机会，把实情委婉点说出来，可没想到秘书的电话先来了。心里正打鼓呢，堂哥的大手已经拍在我肩膀上了。

"你小子，从小就这损样，就瞎谦虚，能考一百分，非说就能答个九十分。都这老大人了，还这毛病！你瞅瞅你，经理就经理呗，怕啥呀，说呗，俺们也替你高兴高兴啊！"

我说："没有，没有，真的就是给人打工，啥经理不经理的。"

"嗨嗨嗨，差不多得了，你就别瞎谦虚了，你那个鬼子秘书电话里都跟我们说了，你们是世界五百强企业，是干教育科技的不是？"

"是，是……"

大宝在地上突然一蹿老高，"耶"了声，喊道："我说对了，我说对了！"

堂哥说："你大侄可以你为骄傲了，今天在店里，来一个顾客他跟人讲一遍这事，讲得详详细细呀，你叫啥名，在日本哪上班，公司是干什么的。那家伙，赶上个喇叭了。"

很显然，我们低估了大宝的宣传效果，也低估了金城的城市规模。第二天，居然来了一位尊贵的客人。

傍晚，我回到熟食店。进门，看见一个男人坐在椅子上。说"看见"，是因为店里大部分顾客你是看不见的，他们手里拎着菜，贴在柜台上，询问今天肥肠新不新鲜，猪耳朵打不打折，脸和玻璃柜里粉红色的灯光融在一起，都油汪汪、红亮亮的。而椅子上的男人，在熟食店里，就像水里的油星，进入却不融入。他戴着金丝边眼镜，条纹衬衫外套着利落的西服，双手环抱着，后背挺得溜直，好像故意离椅背远一点，屁股也只粘了个椅子边。手边还有一个板凳，上面放了个纸杯。

见我进来，堂哥一步跨出收银台："你可算回来了！校长都等你半天了！我要给你打电话，校长非不让，说不打扰你，就在这等着。"说完转向另一边，客客气气地说，"校长，水凉了吧？给你换一杯吧？"男人没有看堂哥，他微笑着起身，向我伸出了手。

"老同学，'小破牙'，还认得我吗？"

尊贵的人是轮不到做自我介绍的，堂哥马上接过话："认得，认得，哪能不认得。"说完，抓起我的手，递到男人的手上说，"穆校长，穆昱仲校长嘛！"

听到这名字，我顿时像脚底踩空了一样，脑子里空白了一下，接着恨不得马上扭头逃走。我明白，眼前这场相遇，如同一个瓶塞，瓶子里装的都是不堪，我向前一步，这瓶塞就要拔出，然后那些不堪就会泼我一头！

我强作镇定，微笑着回应了必要的寒暄。

穆昱仲说："老同学，这你就不够意思了，回来了，都不通知一声，怎么？看不起老家的老同学了？多亏你侄子外向、聪明，昨天我家做饭的阿姨来买肉，听你侄子讲了一遍接越洋电话的事，回家又学给我们听。我一听名字、年龄都符合呀，这才知道你悄悄回来了。这样，这样啊，明天，明天下午五点半，河畔湾酒店808，我给老同学接接风，一定赏光啊。"

我刚要推托，堂哥又抢先说："一定，一定，我亲自送我老弟去，校长放心！"说着，沾着荤油的大手要往穆昱仲胳膊肘拍，穆昱仲巧妙地往门口一闪，简单地告别了一下，离开了。临走时，他折回身对我说:"塔娜如果愿意的话,欢迎二位一起来坐坐。"

穆昱仲一走,我的火上来了,埋怨堂哥多嘴,瞎替我答应。饧饧完一通,才发现堂哥猫腰萎在了椅子上,蔫巴得像个烂菜叶。他没有抬头,用鞋尖在地上左画一下,右画一下。老半天,说:"对不住了呀,老弟。你哥没出息,就希望大宝好好学习。想让他上最好的恩和小学,又买不起学区房。今天你那个同学突然来找你,说他是恩和小学的副校长,听说你也是搞教育的,想跟你聊聊,叙叙旧。我寻思也不费什么事,就吃个饭嘛,说不定就给事办了。一分钱不花,能上恩和小学,多好。早知道你这么不想去,我肯定不能替你揽哪。"他干咳一声,一口痰从嗓子眼儿里磕磕绊绊地吐出来。

我一下子难受起来,又不知道讲些什么好,只能拍拍堂哥的肩膀说:"放心吧,我肯定去。"

六

河畔湾酒店在呼尔达河的东岸,808包房是酒店视野最好的一间,朝向河水的那堵墙,直接建造成了一面玻璃,河水蜿蜒的身躯一览无余。深秋,六点半天已经黑透了。夜晚的风,没有白天的光滑,粗粗拉拉的,很有颗粒感,幽幽沉沉的河水在乳白色的月光下,有了一种磨砂的质感。

我的面前,光是杯具就摆了好几套,有高脚大肚的、直上直下的、矮矮胖胖的、瘦小精明的,分别对应着不同种类的酒,虎视眈眈地站成一排。前方餐桌上的电动转盘,托着一桌好看的菜,悠悠地旋转。

我被让到了上座,穆昱仲给我依次介绍了席间作陪的几位宾客,有区教育局的小领导,也有年轻漂亮的女老师。然后穆昱仲双手撑了撑桌子,说:"这个,咱们就开始吧,好吧?"然后举起高脚杯说,"这个,第一杯酒,我要先批评我的老同学。"说完佯装嗔怪地看了我一眼，"我要批评我的老同学，为人太过低调，年少出国深造，而立衣锦还乡，竟然没有通知我们，这怎么对得起我们的思念呢？同窗情是人生最美丽的风景，老同学是人生最宝贵的财富，来吧，我们一起举杯，欢迎我的老同学回家，敬我们珍贵的同窗情！"在穆昱仲的号召下，一个个晶莹剔透的杯子，高举起来，朝一个圆心，簇了上去。

穆昱仲敬完，轮到作陪的那几位敬酒了。这时候，桌上就出现了一条很微妙的恭维链，作陪的几位宾客像在打台球，表面上向我敬酒，实际上我不过是桌沿，恭维的话，朝我滚过来，最终都是为了巧妙地弹到穆昱仲身上。说什么优秀的人都是相互吸引的，优秀的人才会和优秀的人相遇。

他们口中优秀的穆副校长，每天和七百多名学生在同一食堂吃饭，就坐在学生中间，一边和孩子们谈心，一边督促孩子们多吃青菜。穆副校长还会在每天上学、放学时站在校门口，亲自迎送孩子们，在每个孩子的头上摸一摸，天凉时叮嘱大家记得加衣服，寒来暑往，风雨无阻。穆昱仲挥挥手说："都是应该的，我只能说，我还算是不辱家风。老人家生前，把能得的奖都得了，为金城教育事业做出的贡献，是有目共睹的，是有口皆碑的。我只不过是继承了老人家的教诲。"他所说的"老人家"就是穆老师，七年前已经去世，生前也是恩和小学的校长，还得到过"金城市道德模范"的称号。

不知不觉，已经推杯换盏了好几圈。我的脑袋开始迷瞪，眼皮子一个劲儿发沉。酒一多喝，酒就不再是液态的，它开始变薄，变锋利，刀片一样，顺着肠子划下去，一直划开我的心，心里那些淤积多年的话，那些不敢去追溯的事，一下子淌了出来，呼啦啦都堵到了嗓子眼儿。我忽然很想跟穆昱仲聊一聊，好好聊一聊。

这时候，其他宾客都"很懂事"地喝多了，有的借故去洗手间，有的靠在远处的沙发上不省人事。桌上只剩下我和穆昱仲。

"老同学，来。"穆昱仲又对我端起酒杯，他说："这没外人，就咱俩，老同学，咱俩好好唠唠掏心窝子的话。"

我痛快地干了，然后把杯子往桌上一蹾，说："老同学，我问你个事，这些年你过得好吗？心里轻松吗？"

穆昱仲一饮而尽，喝完，他伸出食指做了个"嘘"的动作，嘴角吊了吊说："知我者，老同学也。轻松？哼！我混在孩子堆里，跟他们一块吃午饭，我吃了三年哪！我风里来雨里去，站在校门口迎送学生，我站了六年哪！怎么样？还是个副的！一换届，局里就空降。我不怕你笑话，我都熬走三个校长了，我还是个副的。"

我刚想说话，穆昱仲做了个制止的手势，接着说："我知道你想说什么。老同学，你啥也不用讲。我知道，我们需要机会！我们得自己闯出条路子！老同学，这没外人，我跟你直说了吧，我都想好了，你不是日本教育科技公司吗？咱俩就来个中日联合办学！专门开展假期夏令营。你负责联系日本学校，我负责国内生源，就一假期三万块钱，有的是人来。咱中国老百姓没别的优点，就是舍得往教育上砸钱。到时候咱再买几个专利，科技局那边我都沟通好了，然后让学生做几个实验，就说是咱这个项目的成果。咱这项目就得越来越火。你回来，这叫什么？这就叫天意呀！"穆昱仲的声音是压低的，但却是澎湃的，眼睛一圈也泛起了红晕，像蓬勃的日出。"你知道咱俩这叫啥不？"他向我抛出一个根本性的问题。"咱俩，叫教育的探索者、改革者！是旗帜、是火把！咱们金城的孩子从此就走向世界了！再也不用圈在金城这屁大点地方，听几个老师照书本念那点破玩意儿了。咱俩叫什么？"他把中指和食指并在一起，在桌沿上干脆地一敲，"叫引路人！"

穆昱仲设计的宏伟蓝图，与我想聊的东西完全不挨着，我没有及时表示赞同，张着嘴长长地"啊——"了一声。穆昱仲似乎有些不悦，说："其实呢，想和我做这件事的人很多。比方说班长吧，咱班班长，现在也是一个留学中介的小主管，她想找我做，我都没答应。咱们这关系，我就跟你说实话吧，我看不上她。你可能不知道，她当年不总吹她爸爸是大老板，她妈妈是明星嘛。都是她编的，快毕业了，我们才知道，她爸妈都是残疾人，低保户。啥人吧，你说说，虚伪！太低档了，跟她合作，掉价。你和我，咱们都是书香门第，咱们才是一路人哪，咱们应该抱团儿啊，我的老同学！"

迷糊劲儿又上来了，我能看见穆昱仲一张一合，听到的声音却断断续续的，我摆摆手说："不是……我是想问你，塔娜……"我的手被穆昱仲按了下去，他用掌心拢住我的双手，说："你啥也不用说，我的老同学！你哥都告诉我了。祝福，祝福哇，我衷心祝愿你们幸福！"

我想解释，我和塔娜什么也没有，一阵恶心突然席卷过来，嗓子眼儿里的话和复杂的胃内食物，被我一起强咽了下去。

穆昱仲的喉结也暗涌几下，翻了个白眼之后，眼圈上的"日出"弥散开了，是彻底地升起来了，整张脸都涨红了。涨得穆昱仲的声音开始发飘："我多说句话，老同学，你别生气呀！塔娜呀……也就是你，你有胸怀，你才能接受她。我跟你说，塔娜在咱们同学当中……"他没有用语言表达在当中怎么了，而是撇着嘴，摇了摇头。"塔娜呀，是个好大夫，但是人情味，差着点。平时，聚会聚会她不来，校庆校庆她不来，老人家走的时候，咱班同学，在金城的，全来了。就塔娜，连最后一程都没来送送！当年穆老师给她补多少课呀？她那个加减法最后怎么学会的呀？"他的巴掌啪啪拍在桌上，震得桌上的杯子一惊一乍的。

既然往事把我堵到了死胡同里，既然话说到这了，我还有什么怕的呢？我拽过酒瓶子，直接灌了一大口白酒。一股蓝色的火焰在我的身体里燃烧起来，我看到自己像个一直被追杀的逃犯，如今无路可逃了，反而就义无反顾了！

我用手在胸口比画了一下，问穆昱仲："你记不记得全班同学，都抢着捅塔娜的那个？"

穆昱仲对这个问题毫无防备，他的手在空中停了一下，说："还有这事？有吗？"

　　我又问："那你记不记得咱们轮流上去踢塔娜，一人一脚，穆老师让的。"

　　穆昱仲说："好像有这么回事吧。"

　　我问："你觉不觉得，我们对不起塔娜？"

　　穆昱仲对这个话题明显没什么兴趣，他把赠送的果盘转到面前，用牙签扎了两个草莓，说："哎呀，不就怼一下、碰一下嘛，谁小时候不淘气呢？老同学，我记得那回你也上去踢了吧，还挺使劲。"

　　一串嗝儿打上来，穆昱仲伸长脖子，努力给嗝儿提供一个笔直的通道，然后长长地"呃"了一声。这声嗝儿真是好听，嗝儿出了风轻云淡、不足挂齿的超然，嗝儿出了"谈笑间樯橹灰飞烟灭"的从容，胃里这团混合着酒精和饭菜的气体，喷射在空气里，消散了。

　　就是这么没头没脑地，酒局结束时，我想起了塔娜的体味。那种腥膻的，夹着乳香的味道。很绵很厚，像晒过的一大床被，扑上去，把头埋在里面，你就能睡一个这辈子最安稳的觉。我忽然很想贴在她旁，用鼻子找回那种乳香，在那乳香里痛快地哭一场。

　　司机要送我回家，问我怎么走，我说了塔娜的地址。

　　塔娜看到我醉得歪歪斜斜，吓了一跳。我站在门口，说不好意思，打扰你和托娅了，我就是有点急事想问你，问完我就走。

　　塔娜赶紧把我搀进来，脚步失措地来回忙叨，一会儿给我倒热水，一会儿给我湿毛巾，还为我端来一碗酸马奶醒酒。

　　熟悉的酸香萦绕出来，我感到浑身都软了，也累了。于是就用头去找塔娜的肚子，一下把脸拱到她的小腹上。这个冒冒失失的动作，吓得塔娜一动不敢动，喘息也变得乱七八糟的。我顶着她的肚子，就像漂在起起伏伏的浪里，眼前是童年时她掀起衣服给我暖脚的那一天。我说："塔娜，你的肚子还是那么好。"一股热泪，就这么淌下来了。塔娜没有推开我，她静静看着我流下的泪，喘息慢慢平稳了。她轻声问："你不是有事要问我吗？"

我说："塔娜，你恨不恨我们小时候欺负你？"

空气这时僵住了，塔娜沉默了几秒，扶起我靠到沙发上说："你喝了多少哇，说些啥呀这是。"

我说："塔娜你告诉我，我就想问你这一句话，你恨不恨我们，你今天不说，我就不走。"说完，我便涌上一股强烈的恶心，哇一声就要吐。

塔娜赶紧给我递上纸巾，一边不停地拍打我的后背，一边念叨："哎呀，恨什么呀，都是小孩，都不懂事，都过去了。过去了呀，过去了。"

我重复着："对不起，我失态了，打扰你了。"走出了门。秋意渐浓，才十月，金城的天气已经是透着心儿地凉，落光了叶子的枯树枝，穿穿插插，伸在路灯的上方，远看像一团飘在空中的乱头发。塔娜一直送我到门外，在转角的暗影里站了很久。

七

那晚的酒，喝得实在太多，第二天醒了之后，我迷迷糊糊想起自己借着酒劲儿，在塔娜家出的洋相，感到像被扒光了，扔到大街上一样，又羞又悔。并且我发现自己更没法面对塔娜了，那些往事没人提还好，没人提，我就可以藏在罩子里，可以假装什么没发生过。可一旦提了，罩子被掀开了，我还怎么逃避？我还能去哪里逃避？

我撑起手掌捂上脸，眼睛在手心里，慢慢睁开，指缝投进狭窄的光亮。我对自己说：你真是太见不得人了，你连走在太阳下都不配，你就只配看到手心里这点光吧。

母亲的微信就在这时候发过来了，很短，就几句："听说他们已经知道了你的工作和收入，你切记，不许带回来一个蝗虫，我们没有责任和义务！"我倒垂在床上，屏幕上那几行字，紧贴着我的脸，微信最后面"责任"和"义务"两个词，在光线的反射下无比刺眼。三十多年来，我究竟都有哪些责任？又担负了多少义务？我不想结婚，没有下一代的责任需要担负。父母身体尚可，目前也不用我床前尽孝。于是我问了自己一个问题：如果下一秒我就死了，最挂念的事情是什么？得到的答案是：没帮小托娅放起来那个大燕子风筝。

我的脸唰地从手掌中抬起来，一大片光明泼洒进眼睛里。小托娅就是我的责任哪！她可以是我一生的责任哪！我为什么就不能把小托娅带去日本呢？我为什么不答应那个中日联合办学项目，然后带小托娅去参加夏令营呢？可以的话，未来我甚至可以帮助她去日本留学，我可以一直照顾她、培养她，让她脸上和塔娜童年时一样明媚的笑容和飞扬的眼睛，永远保鲜，永远不消退。而我的不堪，我长久以来不敢直视的回忆，我那些又脏又恶的快感和狂欢，我踢在塔娜身上的两脚，也会被小托娅擦掉。没错，人生就像一道数学题，三十年前我有一个步骤做错了，而今，小托娅就是我的橡皮，她将帮我擦掉那个错误，从此我的人生将得到更正，从此我彻底得到轻松！

那一边，仕途不顺的穆昱仲，酒后第二天开始联络联合办学的事情，几乎每天都组织一次饭局，请的都是相关部门的领导，河畔湾酒店808基本被他包下了。项目进展得很顺利，各个部门都打好了招呼，一路绿灯已经铺好，只等我联系对接的学校。

我承认我动心了，谁不希望离开故乡之后，以一种上帝的姿态回归呢？俯视着故土，手一挥，在不费力的情况下，洒下点好处，让那片土地上的父老，千恩万谢。并且我还揣着想把托娅带出去的私心。于是穆昱仲的饭局，我一顿没落。

慢慢我发现，事情有点变味儿了。穆昱仲在跟学校老师谈论招生的问题时，这样说：要让家长看到去与不去的差距，长见识与不长见识的差距。这句话听起来没有问题，但是他提供的方法，很耐人寻味了。他说，我们在课堂提问、各种比赛时，应该多关注一下去过夏令营的孩子，给他更多的机会，鼓励他深入对游学的思考。同时，多让这样的孩子担任班干部，学以致用嘛，学来了先进思想，就要多去领导和帮助没有去过的同学。还要多支持去过日本的孩子，向大家分享游学的体会，形成主题演讲机制，让讨论游学、胸怀万里，成为校园常态。谁能眼看着自己的孩子被边缘呢？谁能眼看着自己的孩子跟同学没有共同话题呢？这样一来，倒逼夏令营参与意识，将迅速成为趋势。

后来穆昱仲更激动了，他的激动体现在自信心上，他自信地把价格从三万，涨到了五万。有一次在饭局上，他悄悄对我说，他现在特别愿意站在门口迎送学生们，一个个背着书包的小孩，就是一捆捆五万块钱！他挨个摸学生的头时，就像在数钱！五万，十万，十五万，二十万，二十五万……

金城毕竟很小，随着穆昱仲的走动，我所谓衣锦还乡的事情，也很快在同学中传开了。时不时就有人拐弯抹角和我联系，冯秀竹还特意找到我，说丈夫病了，孩子要上学，金城挣钱少，想让我介绍她去日本出劳务。

塔娜是最后一个知道我的情况的，她和班级同学都没什么联系，最终，是绕了好几个弯子，从某个爱聊天的患者那里得知我原来在大企业里是有点权力的，并且马上要和重点小学开展联合办学项目，就要带着金城的小学生出去开眼界了。我很期望她能说点什么，对我提出些要求，或者给我一些能做点什么的机会也好。塔娜却非常平淡地只说了一句："你真有出息，真好。"小托娅在我身边缠着风筝线，她一直渴望把大燕子风筝放起来，一直没成功。

"塔娜，明年托娅就要上学了吧？打算去哪个小学？"我问。

"离家近一点就好，我得够得着她，最好中午能回家吃个饭。"

"塔娜，有时候父母的爱护也是一种自私，我们不能图自己的安心，就束缚了孩子的发展，思想不能太封闭呀。你就没想过给托娅创造点更好的教育条件吗？"我望着塔娜的眼睛说。之前我一直不敢看着她的眼睛说话，我甚至不敢说这么长的话。还好我找到了心里的底气，我可以还债了，我终于可以挺直胸脯跟塔娜说话了。

塔娜蹲下身，帮小托娅一圈一圈整理风筝线，故意玩笑地说："你忘了？我的名字叫珍珠，珍珠就是长在蚌里的呀，珍珠不就是封闭的吗？"

我也蹲下身，把着小托娅的胳膊，问："托娅，你知道日本吗？就是叔叔生活的地方。有雪山，有机器猫，还有很多好玩的，想不想跟叔叔去日本参加夏令营？"托娅的眼睛像星星一样闪了闪，"想！"她很干脆地回答。然后就一蹦一跳地，绕着屋子唱起了机器猫动画片里的歌。

塔娜把托娅的风筝拿起来，把她送到门口，说让她先自己在外面玩一会儿，妈妈和叔叔有事情商量。小托娅就像阵风似的，欢笑着跑出去了。塔娜背对着我，后背又宽又阔，像多年前温暖辽旷的呼尔达河面。

"塔娜，我是真心想为你做点什么，请你给我这个机会好吗？"说这句话我几乎用尽了所有的勇气，我的骨骼、我的声带一起在抖。"塔娜，这个夏令营是跟着学校走的，既安全，还长见识，就去一个月，特别开阔眼界。费用和手续你全都不用管。回来托娅要是喜欢，未来从高中开始，就可以让托娅去日本念高中，我保证能让她上东京最好的学校，咱不跟他们参加国内高考，咱直接上名校，上一桥大学，上北海道大学。塔娜，我就是简简单单地，想为你做一件事情。"

"我不能占你的便宜。"她的话像一面墙，安安静静，却又坚定稳固地堵在那里。

"你怎么能是占我便宜呢？是我亏欠你，我……我踢过你。"

"所以我不能占你的便宜,利用你说的亏欠。在我这里,那些事真的都过去了。就像你说你弄丢了我五块钱,我明明没丢,你偏要塞给我钱,我怎么能要呢?"

对塔娜的伤害几十年过去,我没法释怀,一句"都过去了",我无法接受。"你没有过去!你为了孩子在幼儿园跟人较真,你不喜欢看到我侄子大宝,还有你退学,你一个人生活,你今天的一切都和我有关,你今天的一切,我都负有责任。"

塔娜的脸上依然没有任何波澜,她缓缓拿起抹布,一个个擦拭柜子里刻着穴位的小铜人,那些小铜人曾经是我们童年时最喜欢的玩具。擦到第三个时,她忽然说:"你想做的,其实都是为了你自己,为了让你自己好过。对于我,其实并没有什么用处。"

塔娜的声音虽然平静,却像一列穿越隧道的火车,呼啸着朝我撞来。我倒退到墙根下,虚弱地几乎要站不起来。

塔娜放下小铜人,身体转向我,说:"你不是问我恨不恨你们小时候欺负我吗。说实话,我曾经想恨,可我不知道去恨谁。谁都弄过我,谁都就弄了一小下。按你的想法,那每一个人都应该对我负责。所以,我难道要一个个人去找,一个个人去讨要一份道歉吗?我总是要生活的,生活总要往前走的。其实,你为我做得越多,反倒越是提醒我,我被亏待过,我不幸福过。明明我已经朝前走了三步,你偏要把我往回拽两步。对你而言,这是解脱。对我而言,这就是又一次遭难。我不需要任何人对我负责,我今天的生活都是我自己选择的结果。我喜欢呼尔达河,我喜欢帮人治病,我对我现在的生活很满意,我一个人也会好好把托娅养大的。不能让她吃最好、穿最好的,但我一定会天天陪着她,不管发生什么,都会跟她站在一边。我不会利用你的愧疚,占你的便宜。同样的,你不再提起,你也朝前走,去过好你的生活,就是对我最大的祝福。"

我准备了很多例子,描绘留学生活将是多么美好,来劝说塔娜让托娅跟我走。可我怎么也没想到,塔娜会说出这样一番话。我在

171

心中的旷野里逃亡，躲藏。这一刻，被通知无罪释放了。我就这么得到了宽恕。我什么也没有做，居然被宽恕了。可我没有轻松，"宽恕"从来都不是"愧疚"的解药，反倒使我的心又增添了一份压力。而这一次，我再也没有机会去弥补了，纵使我用一生去忏悔，可我没办法替班级里其他五十个人赎罪。

塔娜站在窗前，光涌上她的脸，她眯起眼睛，眼尾两条很深的皱纹延长出来，那两只飞扬的鸟好像长出了逸动的尾巴。她认真地望着我，说："你如果真的想为我做些什么，就答应我两件事吧。第一，好好对留学的孩子，挣钱归挣钱，办事时候，为孩子们多考虑考虑。第二，我想麻烦你带冯秀竹出去打工，她的事我也听说了不少，不容易，要不是缺钱，谁愿意抛家舍业的跑那么远呢。过去是没有意义的，大家都好好过，未来就有意义。"

我已经说不出话，一股力量在胸膛里翻涌，滚烫的，带着光芒的。我想我可能从来就没有真正懂得过塔娜，我想当然地以为她给过我的依恋、我给过她的伤害，都可以估算，都可以兑换和抵消。我们在各自的生活中还击，沉下去，又浮起来。最终，我成了那种最蠢的、自以为是的大人，塔娜却还是蚌里的那颗珍珠，承受疼痛，同时又因为疼痛而闪亮。

我很重地对塔娜点了点头，默默给穆昱仲发了一条信息，拒绝了今晚的饭局。

走出门，小托娅惊喜地呼喊着我，她牵着大燕子风筝在河畔兴奋地奔跑，风从四面八方赶来托起了她的风筝。旁边的小男孩终于学会了骑自行车，自如地在河岸追赶着水鸟；吵嘴的恋人和好如初，坐在河边，十指紧扣；跳广场舞的阿姨们动作比前一阵熟练多了；钓鱼的大爷依然一无所获，但他非常享受把钓竿架到一边，晒起了太阳。呼尔达河就在一旁静静地陪着河边的人，人来人往，它都一直在那里等着。

冷风袭来，一小块还没有封冻的河水粼粼地闪动，阳光是它唯一的首饰，照得河上菱形的光斑金金灿灿的。太阳映在水面上，成了一颗圆润剔透的珍珠。

（《呼尔达河有珍珠》入选中国作协2019年度少数民族重点作品扶持项目，发表于《鸭绿江》2019年第12期。）

龙 虾

胡 月

一 化龙

几千年来，民间一直流传着鲤鱼跃过龙门变身为龙的说法。这是真的吗？告诉你，是真的。我怎么知道的？因为我就是一条跃过龙门、从鲤鱼变成了受到万民敬仰的龙。只不过我不是主动跳的龙门，而是被意外甩进去的。这么说吧，要不是那日清道夫的无耻行为，化作龙的可就是他了，这个无赖一定想不到最后竟然成就了我。这是真的，你们看看，我这比最强壮的鲤鱼还要结实一万倍的龙尾还没完全长好哩。那日被天火燎完，到现在还疼着呢。

化龙这等美事，以前我可是连想都不敢想。我原本是生活在顺依河的一条小鲤鱼，这个小可不是说我年龄小。我掉进龙门的时候，已经六十八岁了，我是长得小，小到什么程度？我腹鳍尾鳍一起向后使劲，用尽力气将身体拉直，还不及未成年鲤鱼的一半。我要是生在一般的河道也就算了，可我偏偏出生在离龙门水溅口最近的顺依河。每年，这里都汇聚了成千上万条精壮的鲤鱼，他们不光颜色鲜艳，肌肉发达，背鳍优美，连鳃部的开合都异常宽大，这可以为他们跳出水面，在空中飞行的时候提供充足的氧气。

挤在这样的环境里，我显得更小了，别说漂亮的鲤鱼姑娘，就连生过好几窝的鲤鱼大婶，都不愿意为我产卵。她们说，还指望自己的儿女将来跳龙门呢，要是遗传了我这身材，就算几条鲤鱼接起来跳，连龙门的门还没看见呢，就已经摔下去了。我受尽了他们的冷嘲热讽，也曾想过离开这里，可是，每当我抚摸着自己没发育好的鱼鳍，圆滚滚的肚皮，以及短小的鱼尾，想到游到别的地方要经历千辛万苦，我就含着眼泪放弃了。前路凶险，虽然在这里被鄙视的目光与流言缠绕，但生命却也无虞。

每年，我就窝在河道里看千江万海赶来的鲤鱼跳龙门，我被他们的勇气所折服，但同时也觉得他们愚蠢。化龙的我没见过，但摔死在石头上的，我可见多了，就算没摔死，额头上也难免会落下个黑疤。我看到过一个又一个年轻英俊的家伙，千里迢迢来到这里，最终变成伤痕累累的丑八怪回去了。即使这样，他们仍然没有死心。你看，那个清道夫又来了。

"都给我让开。"清道夫一边晃动着强有力的鱼尾，一边神气十足地吼着，将挡路的鱼呀，虾呀，吓了一跳，有的还没反应过来，就被这个霸道的家伙拱到了一边。清道夫是条黑得发亮的大鲤鱼，和我相反，他体格庞大，一顿能吃几十只小河虾。那些淤泥里的烂蟹死虾，我们连闻都不会去闻，但他却能不管不顾地饱餐一顿。由于他什么都吃，我们就叫他清道夫，时间长了，连他的真名都忘了。他每年都来龙门，虽然每次身上都会多出一块伤疤，但也一年比一年强壮。鱼们都说，以他的条件，终有一天会变成龙的。

每当这个时候，我都暗自神伤。我觉得他品质不好，要是变成了龙，那也是龙里的祸害，同时也会牵累到我们鲤鱼的名声。我这样说，是有根据的，我最了解他。每年跳龙门的季节，就是我最饥饿的时候。与那些强壮的鲤鱼竞争，并捕到食，简直就是做梦。但是，顺依河是我的家，他们都是外来户，只有我知道，每年的龙门水溅口，才是跳龙门的最佳位置，这个位置会因天时地利而变得不同。每年淡季，我会没日没夜地观测顺风顺水的涡流，并提前根据天象计算哪里跳龙门能借上东风，哪里跳龙门离天火最近，只要鲤鱼跳过龙门，尾巴烧到天火，就可以蜕变为龙。而我的要求并不高，只想用这个位置换取一百只小河虾，这够我吃上大半年了。但找到这个最佳位置并把它守住，可不是件轻松的事，我还必须蹲在那里直到预约跳龙门的鲤鱼来。

清道夫这个混蛋找我预订过一次，他游到我精心观测的位置，像巡查一样看了半天，我忙堆出满脸笑容，卖力向他推销："强壮的、即将化身为龙的大人，这绝对是今年顺依河跳龙门的最好位置。"

清道夫看了看那个位置，用肥硕的腹鳍左右比画着，仿佛他马上就要往上跳一样，然后转过身，一脸傲慢地对我说："位置我要了。"接着把他吃剩的七十二只小河虾给了我。我怎么知道这是他吃剩的小河虾呢？因为有十五只上面沾着他的口水，二十五只奄奄一息。我一查数目不对，赶忙追上他。

"尊敬的大人，小河虾还少二十八只。"

"哪有预订就付一百只的？等我化作龙，给你十倍都可以。"说完，清道夫甩了甩尾巴就走了。

可是那年，他跳龙门时额头上摔出了第十六道黑疤，满头是血，在岩石上翻腾好几下才落到河道里。我看他那副狼狈相，一时心软，也不好再去讨要，就放了他一马。没想到今年，他养了养伤又回来了，非但绝口不提欠我二十八只小河虾的事，还直奔我精心选好的位置，一句话没说就用肥硕的屁股把我拱了出去。

我可是为梅梅鲤鱼占的位置。她长着让所有鲤鱼都想多看两眼的金红色背鳍，游起水来摇曳多姿，是鲤鱼们爱慕的对象。来到顺依河，她谁也没找，唯独找了我，提前预付二十只小河虾。嘿嘿嘿，小河虾上还带着她的香气呢。可梅梅鲤鱼还没到，位置就被清道夫这个混蛋抢走了。我气不打一处来，上次我还没找他算账，今年又明抢豪夺，为了这个位置，我不知跟多少同乡的鲤鱼打过架，还被掰掉了三片鱼鳞，我可不能让他白白抢走了。

"你这个无赖，把位置让出来！"我一边喊，一边捶打清道夫背部坚硬的鱼鳞。

清道夫早已沉浸在马上化龙的紧张之中，任凭我在旁边死缠烂打软磨硬泡，他都毫不理会。不多时，黄河天际的滚滚云团层层打开，向外放射一道道金光，跳龙门吉时到了。清道夫用尽全身力气，不断向后缩，让自己变成了一支马上要离弦的箭。不能让他就这么跑了，我一口咬住清道夫的一根鱼须，跟着他一起飞向了天空。

一起飞，我就后悔了，紧闭双眼，死咬着鱼须。随着他不断升高，心里充满悲伤，这下我完了，清道夫顶多在额头上多摔出一道疤，而我呢，一定会摔得粉身碎骨。也许是我太怕了，我越咬越死，疼得清道夫在空中左右扭摆，又打起了圈。瞬间，鱼须被我咬断了，他的尾巴又击中了我的脑袋，我被甩向更高的天空。我做梦也没想到，我竟然被他直接甩进了龙门，一团天火迅速燎到我的屁股上，那个疼啊。我的身体以水花落地的速度迅速膨胀，从屁股到头顶，熊熊天火灼烧着我的每一寸鱼鳞，它们不断变大、变硬，还有了亮色的光泽，头上的四根鱼须如千年古树的藤蔓从身体里迅速爬出，光滑的肚皮上硬生生地冒出了四只脚，还长着又弯又硬的趾甲。

天哪，我这是在化龙吗？龙长得好恐怖哇。我看着自己奇怪的身体，吓得晕了过去。

二　封龙

就这样，我生出了脚，并用脚走起了路，我有点不习惯，试着用鼓鼓的肚皮左右摇摆，就像我还是条小鲤鱼那样。可是我离开了水，被带到了龙王司的大殿上，无论怎样摆动都是原地不动。我现在是条龙了，只能学着其他龙的样子用新长出的嫩嫩的脚掌走路。

我见到的第一条龙叫哈腰，他在龙王司长身边当差，本来有别的名字，因为在司长大人面前总哈着腰说话，而被改名叫了哈腰。虽说日后见过很多比他还要大上几倍的龙，但哈腰粗壮的背脊和闪闪发着深绿色幽光的鳞片，还是让我第一次感受到了龙的威严。他哈着腰，头几乎低到了胸脯，背脊高高耸立着。我跟在他后面，学着他的样子，也将头垂到了胸脯。很快就来到了龙王司长面前，大殿的两边早已来了许多龙，我站在了队伍的最后面。

"这就是今年跳进来的龙？"

"回司长大人，这正是今年跳进来的龙。"

"屁话！你见过这么小的龙？"

"回司长大人，没见过这么小的龙。"

龙王司长口气里充满嘲讽："真不知道你是怎么跳上来的，就是想破了脑袋，我也想不到会有这么小的龙……算啦，反正就这样了，又不是我的错。"

我一进来，大殿上或立或卧的龙就开始窃窃私语，早就憋了一肚子的笑，听见龙王司长这么说更是大笑不止。我到底比他们小多少？如果他们是清道夫，那么我就是小河虾，还不够其他龙塞牙缝呢。大殿里不屑的唾沫星子从那些高大的龙嘴里喷出来，钻进了我的鼻孔里，我不禁打了个喷嚏，清道夫的半根鱼须一下子掉出来，还不甘心地在地上蹦了两下。

"这是什么？"龙王司长的声音像雷声一样在我耳边炸响，他的脸和龙王司的通天立柱一样，完全埋在了云朵里，我只能看到他那巨大无比的龙身，肚皮上长着饱满的褶皱，龙鳞闪着七色彩光。我深吸一口气，鼓起勇气说道："这是……这是带给您的礼物。"

"礼物？屁话！快拿来我看看。"我立刻从地上捡起那半根鱼须，迈着刚刚学会的龙步向龙王司长走去。我自己都不知道怎么会将清道夫的鱼须说成了礼物。那是一条快有一棵小树干般粗壮的鱼须，如果这次跳进龙门的是清道夫，我敢打包票，他绝对是这大殿里包括龙王司长在内最高大的龙。

我将清道夫的鱼须呈给龙王司长后，突然为自己的行为感到害怕。龙王司长应该也是多年前跳龙门化作的龙，他会喜欢一条鱼须吗？万一不喜欢……我学着哈腰大人的样子，哈着腰用耳朵仔细听着龙王司长的动静，因为我根本看不见他耸入云层的脸。

嘎巴、嘎巴、嘎巴，龙王司长有力地咀嚼了几下，嗖的一声吸进喉咙咽了下去。他停顿了一会儿，吧嗒着嘴，不慌不忙地说："给他一颗龙珠。"

听到龙王司长这样说，我发现大殿里的龙都很羡慕我，站在队伍后面的几条龙甚至有些眼红，因为前排每条龙左爪都握着颗龙珠，而他们没有。后来我才知道，新化的龙必须经过二十八道历练才能被赐到龙珠，下到江海。而我，一条站在龙王司大殿上体形最小的龙，在第一天便得到了龙珠，虽然是所有龙珠中最小的一颗，但那毕竟还是龙珠。

我被分配到了汩水和罗水汇聚的地方——大丘湾，这里并不是大江或大海，而只是一个湾，一个所有龙都认为和我娇小身材最匹配的小水湾。

我站在大丘湾上方低矮的云朵里，准备作为一条龙、一条即将称霸一方的龙的第一次起跳，一定要做得漂亮点。我左边试一试，右边试一试，是让我骄傲的龙尾先入水看起来比较威严，还是让我自信的龙头划过水面比较威风，抑或是我的龙脚？就用我的龙脚，水里的鱼都没有脚，只有我有脚，他们会羡慕死我的。我一个跳跃，稳稳着地，大步流星地迈着龙步向水中走去。河岸的另一边，一只顶着白壳的小乌龟也正向河边走去，还比我抢先一步进了水里。他既没看到我这个即将统治整个水域的龙，也没看见我身后竟然还站着一个人。

这个人和那只不长眼睛的小乌龟一样，也没有发现我的存在，背对着我在岸边吟起诗来。要是放在从前，我会被这人吓得屁滚尿流，但我现在作为一条龙，就不必害怕了。相反，我还想戏弄一下这个跑到我地盘上吟诗的老头儿。我准备从他的背后突然出现，吓一吓他。我压着龙步缓缓走过去，粗壮有力的龙须马上就要够到他时，没想到这个老头儿突然一蹿，一下子跳进了河中，水花溅了我一身，抬起头来，他已经咕噜噜沉到水里去了。

三　进宫

我跳进水里，经过一番寻找，终于在龙珠的指引下找到了龙宫。我敢说，这绝对是世界上最敷衍的龙宫，大门的四根立柱塌了一根，破败的大殿上长满水草，四周黑漆漆的，和龙王司的气派没法比，倒和我在顺依河藏小河虾的地方差不多。我进到里面，没游几步就在一个杂乱生长的珊瑚丛里发现了龙椅。我想这珊瑚丛一定是以前的龙王从哪个海里移植过来的，养在这里倒是长得越来越像海草了。我摆动了几下骄傲的龙尾，试着将龙椅扫个干净，没想到一窝刚出生的小蟹被我顺势扫了出去。

"来者何……何人？竟敢私……私闯龙宫？"我一回头，一个穿着旧河螺壳铠甲的老螃蟹突然跳了出来，他显然还没有睡醒，蟹钳挥动得很是滑稽，竟然对着的是龙椅对面镜子的方向。当他慢慢看清我的龙颜后，立刻变得慌乱起来，我察觉到他的十条蟹腿颤抖着在水中发出了淡淡的波流。

我微微张开嘴，有意从牙缝里挤出声音，告诉他，这位置是我的。话还没说完，这只老螃蟹就慌张跑掉了，当然也没有忘记抱起刚刚被我骄傲的龙尾扫掉的那窝小蟹，我猜这是他的重孙。我看见他逃跑时被几棵水草绊倒，撕坏了身上的河螺壳盔甲。

作为一条龙，一条一进龙王司就得到了龙珠的优秀的龙，我竟然被分配到了这种地方，正当我失落地坐到龙椅上时，不远处传来一阵响动，泥沙随着响动滚滚而来，卷起了腐败的水草，很快，龙宫的两侧站满了虾兵蟹将，他们穿着和老螃蟹一样的旧河螺壳盔甲，手里擎着尖利的鱼骨。刚刚跑走的那只老螃蟹站在打头的位置，旁边还跟着几只年龄大些的河虾。我立刻仰起头，端端正正地盘坐在硕大的龙椅上。话说这个龙椅可是真的大，三个我坐上去都绰绰有余。整个龙宫，让我最满意的就是这把龙椅了。

"你说他是龙？"

"他说他是龙。"

"那他就是龙？"

一只年长的河虾和那只老螃蟹在一旁小声议论起来，我装作完全没听见的样子，漫不经心地把龙珠从嘴里吐出来，拿在手中把玩。龙珠的夺目光泽瞬间照亮了整个破败的龙宫。我专注地欣赏龙珠，仿佛根本没看见下面惊奇的目光，也没听见他们的议论。

"他真是龙，他有龙珠。"

"他那么小，竟然是龙。"

"我早知道他是龙。"

议论声此起彼伏，质疑慢慢变成肯定、赞扬，甚至带有小小的吹捧和奉承。我从未如此得意，不自觉地翘起四根龙须，头也仰得更高。我清了清高贵的嗓子，下面立刻变得安静下来。我看见不仅有虾兵蟹将，鲤鱼、鲫鱼、胖头鱼，甚至乌龟都来了，刚刚还在说三道四的这些家伙，现在都俯首帖耳地向我鞠着躬以表敬意。在那些乌龟当中，我一眼就看见了那只在河岸上没长眼睛先我一步迈进河中的小个子。

"你，叫什么名字？"我用灵活的龙须点了点那只小乌龟。

"我叫遐迩。"

"你，第一次见到我吗？"

"我不是第一次见到你，但第一次见到了人类给你的贡品。"原来他只是装作没看见我。这只狡猾的小乌龟，还说人类给我送了贡品。我突然变得喜不自胜，当我还是顺依河小鲤鱼的时候，为了招揽找我预订跳龙门位置的鲤鱼，我不止一次告诉过他们，如果当了龙王，不仅可以统治一方水域，每年还会收到人类的进贡，原本只是我忽悠鲤鱼的托词，没想到我当上龙王的第一天真收到了人类的贡品。那是什么呢？我立刻学着龙王司长的语气拿着腔调说："贡品？屁话！快拿来我看看。"

小乌龟不慌不忙，慢腾腾地向我走来，就像在河岸上一样漫不经心。我抑制着激动的心情，等着他将贡品拿给我看。这是一个历史性时刻。我特意俯下身子，亲切地注视着遐迩。他不慌不忙，告诉我说："报告龙王大人，贡品我拿不动。"

哼！拿不动不早说，让大家等了这么长时间！我真想一脚踩碎遐迩瘦小的龟壳。这家伙，第一次假装没看到我也就算了，我这个受万民敬仰的龙王，一天之内竟然被他戏弄了两次。就在我伸出龙爪准备给他一下时，遐迩又张开嘴缓慢地说："报告龙王大人，那件贡品飘到了不远处的荷花丛中，我可以带您去看。"

我的好奇心战胜了愤怒，让小乌龟带路，前去荷花丛中。

你们一定想不到，遐迩说的人类的贡品竟然是那个吟诗的老头儿。虽然和传说中向龙宫进贡童男童女比起来，这老头儿年龄大了些，但这毕竟是人类的一片苦心。作为一条体恤万民的龙王，我是不会计较的，不光不会计较，我还要将龙珠放进贡品的口中，我可不想让那些馋鱼饿虾们吃了他。我要将这老头儿裱起来放在龙宫里，纪念我第一天登基人类对我的臣服。

说实话，我还有点战战兢兢呢，我何德何能，人类竟如此厚待我，送来这样的大礼，确有诚惶诚恐之感。我专门让老螃蟹负责，用上等的河树在龙宫里建造了一座富丽堂皇的房间，用最美的水草装饰，把老头儿裱起来，挑选身姿挺拔的虾兵蟹将守着，只有每年这一日开放，供虾鱼蟹贝瞻仰。

四　得意

　　为了讨我欢心，老螃蟹很快就带来了几千号子孙前来修缮我那破败的龙宫。没错，就是那只被我吓跑的老螃蟹，我赐他名字叫快腿。快腿一着急就磕巴，特别是跟我说话的时候。他是龙宫最老的护卫，这个职位是他太爷爷的太爷爷传下来的。他告诉我，大丘湾由汨水和罗水汇聚而成。汨水本来通往南边的大海，几十条江河都由此入海，这里以前的龙王非常霸道，要求所有通过此地去大海产卵的鱼群必须向他进贡，那数额可不是一星半点。常年下来，闹得其他江河的龙库都亏空了。快腿指着龙椅旁边正在被蟹卒们修剪的珊瑚丛说："你看，这些珍贵的珊瑚，就是当年的贡品，听说累死了一万多只螃蟹才从大海运到这里。老龙王的贪婪，后来被龙王司查了出来，龙王司长一怒之下将所有能搬走的赃物都没收了，并把河水改道，这里就变成了现在的样子。"

　　"那老龙王呢？"我问道。

　　"老龙王被贬成了一条鱼，一种从来没有过的鱼，叫大鲩。听人类说，大鲩，是种特别的美味。"

　　"你说什么？"

　　"不不不，尊敬的龙王，我的意思并不是，并不是说……哎呀，那些人类太可恨啦，他们竟然喜欢吃被贬了的龙……"

　　"你是说，不能吃？"

　　"是是是，当然，那些大鲩，可是和您同族的，即使它们遭到了贬斥，也不能让人……"

　　快腿有些崩溃，他觉得在一条真正的龙面前讨论被贬的龙的命运，特别是后来还被人类吃掉了，有些不合时宜。他吓坏了，一句话也说不出来了。

　　而我呢，竟悄悄地咽了一嘴的口水。听了快腿这么说，也不知道为什么，特别想尝尝这新物种的味道。我早就听说过有种鱼，和龙长着同样的四只脚，是非常难得的美味。那天吃饭时，炊事蟹们押上来了鲫鱼、鳜鱼、清江鱼，还有河蟹、河虾、小河螺，另外还有水草、乌龟蛋，这些食物我都见过，根本提不起一点食欲。我昂着高贵的龙头，在这些食物旁边走了走，看了看，还拿起一只大个头儿的鲫鱼闻了闻。旁边站着的炊事蟹低着头，小心翼翼地站成一排，领班蟹时不时地抬头寻找我的目光，揣摩我的表情。没有那种传说中的大鲵，我当然不满意。我装作若无其事的样子捏着手里的那条鲫鱼尾巴左转几下，右转几下，背对着领班蟹自言自语："鱼吃跳，猪吃叫，这鱼既没有长腿，也没有爪子，连头身比例都这么不协调，一定不好吃。"说完，我将那条鲫鱼故意扔在了领班蟹的脚边。领班蟹缩了缩头，我听见他的两只蟹钳颤抖地小声碰撞，不一会儿就灰溜溜地退下去了。

第二天，餐桌上除了第一天的餐食外，在摆放鱼的那排，我一眼就看见了我想吃的龙，不不不，想吃的大鲵，他的脚和尾巴用河里最强韧的水草绑着。我迅速走过去，可是一到他身边，我就有些犹豫了。他安安静静地趴在餐桌上，虽然无法自由行动，但却毫无惊恐的神情，反而一副看透一切、不惧生死的样子。我命令手下赶紧给他松绑，还告诉他们，这么威武的鱼不适合做食物。从那天起，龙宫大门口多了一个体形庞大的大鲵护卫。我不知道我为什么要这么做，但我知道我这么做一定是对的。如果能让下面的虾鱼蟹贝揣摩到你的意图，那作为一条龙，还有什么神秘可言？如果不让他们揣摩到，最好的办法就是做些连自己都不知道为何要这么做的事情。

做龙做王的日子太舒服了，舒服得甚至让我忘记了龙的职责。其实也不能这么说，我到龙王司第一天就得到了别的龙梦寐以求的龙珠，龙珠让我变成了一条真正的龙，但从来没有人教过我到底怎样做一条龙。直到有一天，我收到了龙王庙捎来的口信，催促我去给人类降雨。

听到这个消息，我变得忐忑起来。当我还是顺依河的小鲤鱼的时候，我信誓旦旦地告诉那些想跳龙门的鲤鱼，只要变成了龙，打个喷嚏就是瓢泼大雨。可今天，当我真的变成了龙，一条意外烧到了天火但从未受过训练的龙后，我第一次感受到了作为大人物的焦虑。如何降雨？我本能地觉得不可能像打个喷嚏那样简单。可我不能像还是小鲤鱼时那样遇到麻烦就逃之夭夭，所有虾鱼蟹贝都在看着呢。作为一条龙，无论如何，我都要下点雨才能保住作为一条龙的尊严。

我拖着在虾兵蟹将眼中巨大的龙尾，抖动着如同千年古树中生出的四根龙须，骄傲地钻出水面，很快就到达了大丘湾上面的低矮云层。我用龙须骚弄着自己的鼻子，想打个喷嚏出来。可我越是着急，就越打不出喷嚏。也许是我跳得不够高。我用力扭动身子，向云层中一跃，没想到在跳跃的过程中，竟徐徐下起了一片小雨，但无论从雨量还是覆盖面积上，都不及别的龙王的一半。

虾兵蟹将们趴在水边的浅石上，排着排、摞着摞，仰着头观看我的第一次降雨。当那阵小雨降下时，他们欢呼起来，一个个跳得老高，有一只螃蟹兴奋得一时脚滑，摔进了水里。虾兵蟹将欢呼了一会儿后，个个又抬起了头，等待我继续降雨。

可是，你们知道，我是从鲤鱼意外变成的龙，根本没有练过跳龙门需要的高超弹跳技术，我使出浑身解数，在云层里跳跃，可是无论怎么折腾，也只是和刚才一样降了那么一丁点雨。

每当我降一点雨，下面的欢呼声就响了起来，只是雨越来越少，叫嚷助威的声音也越来越小。

就在我一筹莫展的时候，我看见大丘湾两岸的人类陆陆续续来到河边，往水中投东西，一边投，一边念念有词。那东西棱角分明，像是被叶子包裹着的大菱角，一个个沉入水中冒着晶莹的气泡。它们不停地堆积，层层摞起，马上就要露出水面了。从云朵里向下看，如同两条顺河而行的墨绿色绸带将河水夹在了中间，水中还有很多小乌龟在费力拖拽，往更深的水里搬运。看到这些，我突然灵光一闪，想到了一个解决困境的好主意，我一转身，迅速跃回了水中。

虾兵蟹将们还在仰着头等待我接着降雨呢，可他们没想到，我这就回来了，跟着一起回来的还有我的愤怒。

"人类在河岸砌了两道墙，你知道吗?"

"报……报告龙……龙王，知……知道，不……不知道。"负责安保的老螃蟹快腿听到我的训斥，立刻从看热闹的蟹群中急忙跑过来，先是快速点头，不一会儿又快速地摇起头。

"到底知道不知道?"

"报……报告龙……龙王，那是……是食……食物。"

我甩开跟我一说话就结巴的快腿，径直来到掌管食物的领班蟹面前，他看着我气势汹汹的样子，后退了几步，吓得说不出话来，缩着头，两只蟹钳不停地颤抖着。我问了半天，这个胆小的家伙才吞吞吐吐地挤出几个字，他说那是贡品。

我挺着骄傲的龙身，昂着高贵的龙头转身就往贡品部游去，硕大的龙尾在后面威武地摇摆，我故意轻轻扫了一下领班蟹，这个不停颤抖的家伙可经不起粗壮龙尾的问候，一连摔了好几个跟头，翻进了远处的淤泥里。作为一条统治一方水域的龙，我再也不是被人呼来唤去、渺小到死的小鲤鱼，我找到了尊严，略施小计便转移了他们的注意力，让所有鱼蟹几乎忘记了刚刚兴致勃勃要看我降雨的事情，我现在得意极了。

五　波澜

我继续矜持着自己小小的愤怒，游到了贡品部。自从上次那只白壳小乌龟遐迩带我找到了人类奉上的第一件贡品后，我就封他做了贡品部掌事。这个小个子还真有能耐，短短几个月，竟然把所有背着龟壳的家伙们都召集起来，成了自己的手下。整个贡品部忙得不可开交，所有乌龟的背上都驮着一个人类投进水中的"大菱角"，不停地往龙宫的仓库里运。我装作余气未消的样子质问遢迤，为何没有上报此事？

遢迤大老远就听到我的问话，虽说他当了掌事，但还是一副漫不经心的样子，慢腾腾地从成山的"大菱角"堆上爬下来，到了我面前，使劲向上仰起头，我很配合地低下头，没想到他的一只脚竟搭在了我骄傲的龙鼻上。他说，他可是一个非常负责任的掌事，一定要等查好了贡品的数量，才能呈报给我。这个小个子说着说着，竟然悄悄地把另外一只脚也搭在了我的鼻子上，他又说，已经派部下出去打听了，这些"大菱角"是人类用箬叶包的江米，从我成为龙王的第二天，人类就开始进贡了。

从那天起，我发现自己真的是一条同时受人类和水族生灵敬重的龙王，人类投到大丘湾里的贡品源源不断，很快连老龙王留下来的巨大龙库都装不下了，快腿正带着子孙连夜建造新的龙库。作为一条受万民敬仰并体恤万民的威武的龙，有好东西我当然不会独享，我吩咐小乌龟遢迤往龙库运送江米的同时，还要保证大丘湾的每个水族都能吃到。由于食物充足，水族尽情繁衍，数量不断增加，早已超过了之前的数倍。而这方水域也因为有我，一条受万民敬仰的龙的存在，人类再也不敢到河边打鱼钓蟹。河蟹们甚至还发明了一种以前看似非常冒险的游戏，成群结队地到人类经常出没的河滩上摔跤。有一次，人类的几个孩子将正在举行摔跤比赛的几十只螃蟹一网打尽，正要带走时，被急忙赶过来的其他人类训斥着又放回了水中。从那以后，我在整个水族的威望正式树立起来。

我正在踌躇满志地准备建功立业的时候，哈腰来了，他是带着龙王的通知来的。他是我见到的第一条龙，也是带我走进龙王司大殿的老朋友。我开心极了，站在龙王殿外迎了好长时间，可是哈腰一到龙宫，连招呼都没打就掠过我，一屁股坐到了我的龙椅上。他可真是一条身材庞大的龙，我坐起来绰绰有余的大龙椅竟然只够他搭个边，他根本无法将整个龙身完全坐下去。他完全变了一副模样，趾高气扬地抬着巨大的龙头，连同之前哈着腰高高隆起的背脊都挺得笔直。他一句话也没说，一坐下就盯着我龙椅旁边早已被快腿修剪好的珊瑚看了起来，仿佛在天上也从未见过这样精美的摆设。他看了看珊瑚，又看了看我，从头到尾将我打量了一番，似乎在对我说，你这条窝在小水湾里的龙，根本就不配拥有这样珍贵的珊瑚。我想跟哈腰说些亲热的话，可他冷漠的样子却逼迫我把话又憋了回去。我不自觉地在哈腰面前低下了头，仿佛比他在龙王司长面前还要低。我突然明白，无论我在大丘湾如何风光，让水族多么富饶，在别的龙面前，我依旧是不值一提的小人物，就跟我的身材一样，即使变成了龙，也是龙里的小个子，如同塞牙缝的小河虾那样微不足道。他们不会相信我能干出什么，有没有威望。当我领会到哈腰的意思后，我命螃蟹大军用蟹钳把珊瑚全部剪下来，送到了哈腰的龙尾处。哈腰用巨大的龙尾卷起珊瑚，把龙王司下达的整顿通知书扔在地上，一句话没说就走了。

虾兵蟹将们在一旁张着大嘴尴尬地看着我，也许他们从未想到他们敬重的龙王在别的龙面前，竟是如此窘迫，在整顿通知书扔到地上的一刹那，一同掉下去的，还有我的尊严。我弯下腰把通知书捡起并打开，这是龙王司发第346264338号令：大丘湾水域云量丰沛，一年时日，竟无充足降水，责罪龙王一个月内缴清鱼蟹一千石，以观后效。

一千石？在一旁伸长脖子的快腿看到通知后，直接晕了过去。一石等于体形中等的河虾或河蟹十只，一千石岂不是要让大丘湾的整个水族都覆灭吗？尽管我竭力封锁，可这个消息还是在大丘湾不胫而走，整个水族陷入了恐慌。每天都有大婶带着子孙前来我的龙宫哭闹，她说自己马上就要过十周岁大寿了，酒席都定好了，要是子孙都去充当那一千石的鱼蟹，谁给她过生日？她的晚年是多么不幸啊。还有前来游说的老乌龟，他们让我赶紧飞上去降雨，要不然，这次是一千石，下次就是一万石、十万石。就连每天在我身边负责安保的老螃蟹快腿都是一副愁眉苦脸的样子，可我又有什么办法呢？我总是趁大家不注意的时候偷偷跳到云朵里，以我能想到的各种方式比画着，有时天虽然阴了下来，小打小闹地降了几滴雨，可连龙王司规定的降雨量的十分之一都达不到。眼看一个月的期限即将到达，我既没能说服我自己真的把一千石鱼蟹交给龙王司，也没能学会真正的降雨。

有时我想，当初还真不如让清道夫化龙呢。如果我那天没有咬住清道夫的鱼须，也就没有后来的事儿了。也许我现在正和梅梅鲤鱼幸福地生活在一起呢。虽然看起来不可能，但只要努力，凡事皆有可能。就像此时此刻，谁能想到，我会成龙呢？就连清道夫也想不到。但龙也有龙的烦恼，还真不如是条小鲤鱼呢。

小乌龟遝迤悄悄来到了龙宫，他慢悠悠地爬到我身边，转过身直接将龟壳对着我，我看到龟壳上写着一排密密麻麻的数字。遝迤回过头，不紧不慢地说，人类的贡品数量已经查清楚了，到今天上午为止，一共是三万零一十二石。我完全没有心思理会贡品的事，只回给遝迤一个出于尊重的微笑。没想到这个小个子，竟然又跳到了我无精打采的龙须上没大没小地玩起了荡秋千，我刚想把他甩出去，遝迤却狡黠一笑，不慌不忙地说，是否可以拿人类进贡的江米填补这一千石鱼蟹？我想了想，只能这样了。江米虽然比不上鱼蟹，但龙王司见惯了鱼蟹，再新鲜的，到了他们那里，也是不稀罕的，而江米，他们未必常见，谁不想尝个鲜？

六　审判

在用一千石江米冲抵鱼蟹后，整个大丘湾都松了一口气。可是好景不长，没过十天，龙王司的通知又来了，这次可不像上次那样走运，上次哈腰虽然对我爱理不理，但他终归是一条威严的龙，还是很给我面子的。这次来到龙宫的，是两个着浑身铠甲佩着剑戟的大鲵。他们一脸严肃，也没有给上次那种用鳄鱼皮做的通知书，而是直接拔出别在背上的戟，一副气势汹汹的架势，用眼神告诉我，他们是来押我回龙王司的。我猜这一定与我将一千石鱼蟹换成江米有关。

虽然事已至此，但我是龙，一条真正受万民敬仰的龙，在大丘湾水族子孙面前，我不能丢了龙的身价，就在这两只大鲵向我扑来时，我一个跃起冲出水面，向天上飞起。两个护卫大鲵紧随其后，不知道的一定认为他们是我的跟班。我还听见一只趴在岸边的老乌龟跟旁边的老伴说，你看，我们的龙王要去龙王司领赏了。

再次来到龙王司，我还是整个大殿里最小的那条龙。我注意看了看，并没有看到清道夫。唉，最想成为龙的，还在无望地扑腾，而最没有可能成为龙的，却成为龙。世事无常，成了龙也未必是好事儿啊。也许，我很快就要被贬为一只毫无尊严的小河虾了，连鲤鱼都不如，也许会被处死呢。我强打精神，站在大殿上，看见了熟悉的哈腰，他将头垂到了胸脯，高高耸立着弯曲的背脊，紧挨着龙王司长站着。

"一千石江米。"

龙王司长看着我。我猜他是在看着我，因为我依旧看不见他高高耸入云朵的脸，他只是莫名其妙地说了一个陈述句，既没有提问也没有责难，像是有点迟疑。听龙王司长这样说，大殿上的龙都有些惊讶，他们小声议论起来。紧接着，龙王司长又说了几遍"一千石江米"。从龙王司长不断的重复中，我听出了疑惑、羡慕，甚至有小小的妒忌。

"报告司长大人，大丘湾的龙库可不止这一千石江米。"就在龙王司长迟疑的时候，哈腰突然跪在了大殿上，甚至又将整个身体伏了下去。

"屁话！那是多少？"

"回司长大人，十万石。"哈腰的话如同一句响雷，瞬间在大殿上炸开，所有的龙都带着不可思议的语气议论起来，那句响雷从哈腰的嘴砸到地上，溅起了火花，直接烧到了我的耳朵根，我听见了大脑中的轰鸣。

当我还是顺依河一条快乐的小鲤鱼时，我去过一个神奇的地方。那里河底往上冒着热气，常年还被炙热的阳光照射着，一般的鲤鱼只要游近那里，远远就能感受到滚滚的热浪灼着鳞肤，早早就绕开了。而我，作为一条在捕食上完全没有优势的小鲤鱼，经常饿着肚子在水中漂荡。一次，我饿得晕了过去，不知不觉漂了进去。当我从温热的河水中醒来时，我看见无数鲜美的小河虾在我面前跳舞，他们成群结队无忧无虑。那一次，我觉得我一顿饭吃掉了五十只，甚至更多，可能有一百只，不过，即使我真的吃掉了一百只小河虾，剩下的依旧多得数不过来。后来，当我向梅梅鲤鱼炫耀这次经历的时候，我自信满满地大声告诉她："我敢说，整条河里的小河虾都在那里了。"

……哈腰将头使劲往大殿上低，身体几乎马上与大殿融为一体，当他看见所有的龙都用恶意的眼光鞭笞我时，他自信满满地大声告诉大家："我敢说，整个河海的江米都在那里了。"

不知道为什么，我莫名地心虚起来，虽然那些江米是人类名正言顺送给我的，我既没有像老龙王那样强迫什么人或水族进贡，又没有故意隐瞒关于江米的事情，但一想到老龙王最后被贬成了一只可怜的大鲵，我就浑身不舒服，仿佛身上闪闪发光的坚硬的龙鳞已经开始萎缩。我一直以为别的江河湖海都跟我的大丘湾一样，收着人类的礼物，就连以前在龙门山上年长些的鲤鱼也告诉我们，只要变成了龙，一定会受到人类和水族的臣服。可是此时此刻，从龙王司长不停地重复着"一千石江米"和哈腰故意夸张江米的数额中，我才明白，他们是多么妒忌我的这些江米。我赶紧学着哈腰的样子，把头完全埋在地上，放大了嗓门说："这些都是人类送给司长大人的礼物。"我听见龙王司长的龙须似乎得意地动了一下。

"屁话！我就知道，人类一直这样殷勤。"龙王司长说完后，放声大笑起来。我顿时为自己捏了把冷汗，让我更意想不到的是，哈腰竟然又提议让别的江河湖海一起享用人类给龙王司进贡的江米。就这样，当我再次回到了凡间。在大丘湾做龙王的第三年，我不得不凑够哈腰替我吹嘘的十万石江米，每个月还要再给龙王司上缴一千石，并分给其他江河湖海一百石。

我在大丘湾做龙王的第四年，人类向大丘湾投放的江米早已不能满足龙王司的胃口。所有虾鱼蟹贝每天就是出去找江米，他们有三分之一因为没有了江米填肚子而消亡，三分之一因为不堪每天出去找江米而搬迁到了其他河流，剩下的三分之一，我的水族子孙竟然想方设法在水中种起了江米，就连我最喜爱的小乌龟遐迩，都因每日搬运、查数江米而积劳成疾，缩进了龟壳里不愿再出来了。

我也因此被送到了天帝大人跟前问罪。

敬爱的天帝大人，大丘湾的衰败就是这么回事儿。我申请您将我贬为一只大鲵，或者以前的小鲤鱼。什么，是因为降雨的事情？

是的，因为我不会降雨，大丘湾一带确实大旱四年，我认罪，但我不是有意的。什么？只要口含龙珠飞到天上，拧拧鼻涕就是倾盆大雨？这可没有龙告诉我。给我的龙珠在哪里？报告天帝大人，龙珠我保存得好好的。四年来，我的龙珠一直被人类送给我的第一件贡品——那个吟诗的老头儿含着，要不然，他会腐败的。天帝大人，我可以把龙珠取出来，立刻就给人类降雨，反正我也是马上要被贬的龙了。那个老头儿，我就送给您吧。

七　端午

天帝大人说，因为你罪孽深重，应该贬为一只虾。

我就这样成了一只虾。当我在河水中看到自己的倒影，不禁失声痛哭，我既没了四只龙脚，也没了小鲤鱼时的胸鳍和尾鳍，那四根龙须倒是还在头顶骄傲地摆动着。也许是天帝心存怜悯，赐我一身红红的铠甲，头上还戴着三把刀，中间的那把还很长，但这有什么用呢，我只是一只虾而已，甚至都无法与那条从餐桌上被我释放的体形庞大的大鲵相比。我还想着，贬回小鲤鱼，回到顺依河，我还有机会与梅梅鲤鱼结为夫妇呢。我现在这个样子，还怎么和梅梅鲤鱼拱脊背玩水草？连一个拥抱我都有可能伤到她。

　　我正在暗自神伤，一只螃蟹挥舞着钳子冲过来，我下意识地用头顶的长刀迎战，咔嚓一声被他的钳子剪断了。我忍着剧痛，立即向河水深处游去。路过一条大鲤鱼时，他张大了嘴巴，要把我吞下去，我闪身避了过去，却惊醒了一只睡着的乌龟，咬掉了我一根小小的龙须，不，应该叫虾须了。我划着水，拼命地逃着。我经过那些鱼虾蟹贝的身边时，他们惊异地看着我，小声地议论着。

　　“这是什么东西？这么丑！”

　　“听说是一条被贬为虾的龙，是个新物种。”

　　“那就叫他龙虾吧。”

　　我就这样变成了凡间的第一只龙虾。没过多久，江河湖海里到处传说有只龙被贬为了龙虾。这样的结果可想而知，昔日威风凛凛高高在上的龙成了一只虾，那些被憋屈了几万年的鱼虾蟹贝，谁不想亲手捉到他，把他宰了，或者吃了？我不得不藏匿于浑浊的河道中，越是肮脏的河水越是安全，这样，谁都看不到我了。我的子孙后代甚至爬上岸，栖身稻田，在田埂里挖洞，把自己藏在深深的泥巴中，过着不见阳光的生活。

　　唉，两千年来，大丘湾依旧住着龙王，人类每年还往汨罗江投放江米。天帝收到了那个老头儿后，甚是喜欢，封他做了新的龙王司长。只是，我再也没有见到过他。这些年来，我一直东躲西藏，除了躲避比我更厉害的水族的攻击，还有人类的贪婪，我眼睁睁地看着他们吃掉了我的一个又一个同类。在这个过程中，我还知道了，人类为纪念那个老头儿，专门有了个节日叫端午节。他们投入水中的江米并不是给我的贡品，而是为了纪念他。他们哪里能想到，正是因为我，这个老头儿成了神。唉，这都是往事了，不提也罢。

（《龙虾》发表于《青年作家》2019年第12期，后收录小说集《茉莉》中，《茉莉》入选中国作协"21世纪文学之星丛书"2020年卷。）

黄金搭档

张鲁镭

一

金凤端起保温杯抿一口水，那条端着杯子的胳膊忽然一阵酸痛，于是她放下杯子活动筋骨，又是揉又是捏的。刚刚抽老奚的那个脸蛋子用力过猛，倒把自己胳膊给伤了。她看见老奚正撅着屁股整理角落里的音响，后腰那儿露出一块花白的肉，就像捆着一条习武之人常用的板带。她真想冲过去对准那条肉狠端两脚！

金凤咕咚咕咚干掉一杯水，水凉丝丝的，早晨出来时还特意加了蜂蜜，这么甜蜜清凉的水刚好把胸膛里的怒火给浇灭，金凤不能冲动，胳膊扭了事小，腿脚坏了事大。否则她可怎么跳舞？不跳舞毋宁死！金凤对着老奚喊，老奚放歌，放《女人花》。老奚不理那份胡闹，依旧摆弄着手里的音响！金凤几步蹦过去，聋啦！让你放《女人花》，老奚抬头白她一眼，你还像个女人吗？这个欠揍的玩意儿，金凤正要拿麦克风抢他，有人叫，金凤，你手机响了！

彩云的名字在显示屏上跳，金凤心里一抖，什么情况？她想赶紧按静音，两只手越急越不听使唤，手机旱地拔葱一般唱到高潮！"呀啦索，那就是青藏高原，那就是青藏高嗷嗷原"，不少人往她这边瞧！

喂，彩云咯咯咯、咯咯咯母鸡下蛋似的笑了好几分钟，笑得金凤头皮酥麻。你，什么事儿啊？我看见你了，你好厉害！金凤被针扎了似的从条椅上弹起来环顾四周，只见老奚正费劲巴力往眼镜框里塞眼镜片，刚才那一巴掌给他墨镜打飞了，别看是塑料墨镜，结实着呢，都没碎，仅把镜片摔出来。

金凤拿着手机那只胳膊开始倾斜，彩云你在哪儿？咯咯咯……你那舞跳得真带劲，以前我只见过双人花样滑冰，你俩脚下没冰也能跳成这水平！那男人把你抱起来一圈一圈转，我看都看迷糊了。你不晕吗？那个舞搭子把你又扛又举，大洋马一般的体格！金凤后背冒出一层细汗，你这家伙到底在哪儿？我老胳膊老腿的没你那本事，家待着呢！校友群里看见的，你俩配合得太完美了！你那舞搭子头上别的玫瑰，怎么发黑？塑料的吧！咯咯咯……

金凤走过去替老奚把墨镜弄好后架到他鼻梁上，又从他背包里翻出一顶黑色礼帽，她把帽子扣到老奚头上后退几步左右端详，上面别着那朵红玫瑰确实不鲜艳了。不过人靠衣服马靠鞍，有了这行头，老奚确实鸟枪换炮了。老奚摘下帽子嘟囔一句，神经了！妹妹金玲摇着手机喊她，金玲笑得前仰后合，她再不过去对方都能笑背过气去。金玲拉着她，彩云来电话了，夸你舞跳得好，还夸你的舞搭子体格壮，像大洋马，哈哈哈……

金凤赶紧翻开微信找到造船中学校友群，里面足有上百人，有时候群里连个蚊子声都没有，有时候却哄一下热闹上放肆上。

此刻这里正人声鼎沸，她越过一束束鲜花，穿过一排排大拇哥，终于找到那个视频，她和老奚一会儿展翅高飞，一会儿举头望月，一会儿动感旋转！好多人在表达自己的钦佩，金凤真成了一只金凤凰，这都飞起来了。到底是小时候的童子功，漂亮！怎么像十八岁小姑娘，十八岁的姑娘一朵花呦！姑娘，晚上有空吗？老不正经了！也有赞美老奚的，说他有气势有派头，还问校友聚会能不能让他也参加。金凤撇撇嘴，老奚是铁路中学的，关他什么事？

金凤想让老奚看看群里的喝彩，又怕他骄傲找不到北。刚刚跳错了舞步还嘴硬，还扬言换人！没把她给气死！当初你舔个脸求着跟我学跳舞，现在翅膀硬了，敢嫌弃我！金凤出手又快又重，啪，现在老奚的脸蛋子还落着一片红。金凤叹息着摇摇头，就有一只怜惜的触角从胸口伸出来，你的鞋跟儿都磨偏了，等下去买一双新的。老奚看看她，都是鞋不舒服才总跳错！这老奚还学会撒娇了！

二

老奚和金凤买完鞋又去农贸市场买菜，到家时已经下午四点多。彩云靠在沙发上缝衣服，她在给一件小衣服镶金边，金边一闪一闪刺得眼疼，嘉宝趴在她脚下打盹。彩云不时把手里的衣服在嘉宝身上比来比去。老奚把屁股挪进沙发，马上就演《非诚勿扰》了，他挺喜欢这档相亲节目。觉得现在的人比从前真诚多了，即便在电视上也不装，都是发自肺腑的真心话，喜欢钱就说喜欢钱，喜欢车就讲喜欢车，老奚认为这样好！不累！

彩云放下针线活拿眼睛盯着老奚，主要是针对他脸部，好像那里绣着一朵美丽的花。老奚脸上没花，刚刚那一片红已经在买鞋买菜的途中消退。老奚被盯得耳根发热，一双粗壮的大手狠狠在脸上抓两把。彩云目光如炬，像要在他脸上掘地三尺。老奚默不作声走进厨房，他知道身后那双眼睛依旧辣辣的……

老奚手脚利索煮了红豆粥，烙了土豆饼，拌了老虎菜，还把小鲫鱼煎得两面金黄，饭桌上红红绿绿，那盘煎鲫鱼更像一枚灿烂的小太阳。彩云目光单纯只看着食物，她把土豆饼中间夹上老虎菜卷着吃，喝红豆粥就小鱼。彩云一口接一口，吃得专注又投入，认真体味着食物在喉咙里停滞和下滑的快感！

老奚给自己盛了一碗粥想端进去一面看电视一面吃，他迟疑片刻还是坐在了饭桌前，老奚的筷子伸向土豆饼时发现盘里仅剩下一块。他放下筷子用手撕一块送进嘴里，很快彩云把这张少了一块的饼夹到自己碗里。今天这顿饭比平时晚了近两个小时，她饿得心烦！嘎巴，彩云皱下眉头！有粒沙子在她嘴里作怪。老奚赶紧递上清水和烟缸，彩云一面漱口一面说，下午嘉宝在床上尿了。

收拾好碗筷老奚开始洗床单，又用洗床单的剩水投了拖布，顺便把地板擦一下，屋里到处都是狗毛，彩云上班时还常常带嘉宝出去溜，现在她什么也不干，在家里一坐一天。那时候两人早出晚归，该吃饭的时候吃饭，该睡觉的时候睡觉，生活上有次序，精神上有放松，自由上有空间。哪像现在？忙完手里的活老奚一头歪在沙发上，他明显感觉累了。

老奚是被吓醒的，他做了一个梦，梦见和金凤跳舞时，他一个飞人旋转把金凤扔出去，扔得那个远哪！比他上学那会儿推铅球都远！夜已经深了，卧室里传来一阵悲戚的哭诉，皇上，臣妾做不到哇！彩云白天晚上追宫斗剧，这会儿肯定睡了，老奚懒得去闭电视，他坐起来给自己倒杯水，最近状态不好，总感觉四肢无力，记性也差，那些烂熟于心的舞步居然能跳错！

老奚睡不着玩手机，打开一个舞蹈小视频，一对穿着海魂衫的男女正面对大海翩翩起舞，背景音乐是《军港之夜》。老奚反复看了几遍，感觉这舞蹈的基本动作和难度系数都在他和金凤的掌控之内。和他们跳那个《十五的月亮》好多地方相似。老奚有点兴奋，好久没练新舞蹈了，虽然金凤常把之前的舞蹈加入一些新内容，可到底也是换汤不换药。下功夫把这个《军港之夜》练明白，也换换心情，再好的美味天天吃也腻烦！新的盼头冉冉升起，老奚一翻身，咣当，他把茶几上的水杯碰倒了。

明天是单号老奚有班，中午不在食堂吃饭，约上金凤直接去美服市场，各买一件海魂衫，当然这个钱他出，估计不会太贵。老奚躺在沙发上掰手指头，明天十一点半下班，坐公交车到美服市场需半小时，挑挑选选一个小时够用，一点钟往回赶，路上买一点儿菜，两点左右肯定到家！这样给彩云做饭就不会耽搁。实在饿他先买个烧饼垫垫，今晚的月亮好圆，像一个白白的大烧饼。老奚心中澎湃，他仿佛看见两个穿着海魂衫的人正在月光下翩跹摇曳。

老奚逢单号上班，早晨七点半到岗，午饭后交班。这是雷打不动的工作日程。可他告诉彩云的却是另一套时间体系，没有单双号没有节假日，每天风雨无阻到岗。彩云问，连个休息日都没有？一个保安，哪来的休息日，每天半日班，这就不错了。

休不休息彩云并不介意，只要不耽误家里的活，主要是不耽误做饭，彩云把一日三餐看得很重，现在她对生活的掌控就是一天三顿饭。老奚在时间上打了埋伏留了余地，金玲建议他干脆告诉彩云二十四小时连轴转，这样空间更大了。老奚不同意，月圆则亏，什么事都不能太满，差不多行了。那些被他隐藏下来的空间里，住着另一个老奚。

三

老奚喜欢这份保安工作，天气好时他就站在大门口，明晃晃的玻璃门能照出清晰的自己。老奚常趁人不备偷偷对着玻璃门练跳舞，这方法蛮好，哪里有缺欠哪里有不足一针见血。别人练舞用镜子，老奚练舞用大门。你别管什么方式，达到目的就行。

老奚站着站着自己先笑了，这是一份多美的差事，对着大厦的大门，拿着大厦的薪水，练着自家的舞蹈，愉悦自家的身心。老奚都爱死这扇玻璃门了，他手里永远都捏着一块抹布，拼命擦呀，擦呀！见不得半个污点，老奚格外珍惜这份工作，他还帮着收报纸收快递，遇到搬搬抬抬的力气活也往前冲，一晃，他在春天大厦干了好多年！

写字楼里的年轻人都喜欢他，逢天气不好他们就喊，奚叔，进来，快进来！老奚不为所动，他在玻璃门前看自己看习惯了，这个人哪，你看他身着保安制服，两鬓斑白眼角耷拉，腮帮子上的肉已经下垂，手里虽然拎着警棍，却也打不起精神。可就是这个人，明天摇身一变你都不认识了，不信明早去公园看看！

公园长廊里，老奚上身黑色健美服，下身黑色运动裤，头上黑礼帽，脚下黑皮鞋，鼻梁上黑墨镜，礼帽上还插了一朵明艳的玫瑰。你看他身姿健硕舞步婀娜，最要命的是他还有个妖娆的舞伴，那娘们儿有着面条一样柔韧的身段！别看她瘦小伶仃，呦，那娘儿们来电话了。金凤说楼上水管跑水，把她家给淹了，你抓紧，下班马上赶过来。

老奚午饭也没吃赶去金凤家，除了地上有点水问题不大！他里里外外地收拾，还把一个松动的门把手拧紧了。金凤太喜欢这个《军港之夜》，眼睛差不多都掉进去，这个老奚还真有心。就倒一杯蜂蜜水给他，还用大拇哥赞一个。他们已经太久没有新舞蹈，公园里那些围观者去年看这些，今年还看这些，就算跳的人也烦了。

一寸光阴一寸金，不能白白浪费时间，金凤一面看视频一面指挥拖地板的老奚练动作，其间有个动作之前没接触过，男女相对而立，男的需要拱起膝盖，女的一只脚踩在男的大腿上，另一只脚腾空翘起并展开双臂，金凤打开身姿凑过来，老奚赶紧拱起膝盖，你看他一手握拖把，一手掐着金凤腰，那神情宛如一个铁骨铮铮的革命战士。可惜他裤子是化纤材质，金凤在他大腿上直打滑。

老奚用力握住拖把，努力让大腿绷成直角，可到底扭不过化纤裤子，金凤一次次从上面出溜下来！她把一块毛巾铺到老奚大腿上，这回站住了，金凤想把毛巾缝到老奚裤子上再练练，那怎么行，还得赶回去做饭呢！昨天买鞋回晚了，彩云那眼神扎得他到现在后背都疼！

老奚走得匆忙，把一个呢绒红布兜子落在沙发上，这个呢绒兜子原本是红色，让老奚用成了酱紫色，老奚用它装菜装烧饼装烂桃烂杏葡萄粒，老奚仔细，愿意买特软特甜即将腐烂的瓜果，还专门买葡萄粒，说是好洗吃着方便，其实就是图便宜。一次在菜市场偶遇，菜市场里人多，金凤是先认出那个呢绒兜子，它被老奚塞得鼓鼓囊囊，下面还滴着汤汁，烂桃挤破了。呢绒兜子像小孩尿布那样斑斑驳驳，金凤用手捏着放进水池，心里直骂，彩云这个懒婆娘！

前几天下雨，窗户上留下一条条泥印。刚才忘了让老奚把玻璃擦擦，老奚常过来帮她干一些体力活，金凤腰不好，腿脚也不好，半个身子都僵着，因为她是个脑血栓患者。自从患上这个病她丧失了好多劳动能力，比如擦玻璃拖地挂窗帘。却偏偏没丧失跳舞的能力，这也是老天眷顾她，劳动能力丧失就丧失吧，反正老奚和金玲能帮忙。跳舞可没人替。跳舞好比一日三餐，她是那么依赖它。怎么说好，狗啃骨头能有多少肉？还不就为咂个味儿，这个比喻不好，但人总得有个精神层面！

刚才老奚建议买海魂衫，这个舞蹈不穿海魂衫哪有魅力？金凤打开衣柜，里面挂着一嘟噜一串的芬芳艳丽。金凤有个孝顺的儿媳妇，青青总会把不穿的衣服从遥远的杭州快递给她，青青人高马大，衣服都是XL号码，金凤个头儿瘦小不足一米五。那有什么关系？比如那件湖蓝色旗袍，拦腰咔嚓一剪子，上半部分用丝巾做成两个袖子安上，下半部分从中间缝出两个裤腿，还把原来的亮片珠子拆下来安到裤脚上。金凤想要是青青像篮球运动员那样再高些，还能饶出来一个背心。

比如那件像面口袋一样的背带牛仔裤，金凤把两条腿从中间分开，一条腿做成A字裙，另一条腿做成马甲，中间那个背带兜兜做了个小挎包。金凤在舞友里面跳舞一级棒，穿戴也耀眼，一个月下来不会重样。每次都跟花蝴蝶一样闪亮登场，从后面看像个年轻闺女。金凤不光手巧，关键她还有一颗勇敢的心。花甲之年的人还打扮得青枝碧叶！她无视马路上那些啧啧的回头率，管你三七二十一。是敢罚我的款，还是敢上我的税？

金凤在柜子里找到一件蓝白杠卫衣，后面有一个红帽子，就它了。她把帽子拆下来做成红披肩，这活简单，不费多少力气！穿在身上对着镜子端详，花钱买都不一定有这效果。拍了照片给老奚发过去，海魂衫已搞定。金凤人讲究，舞友中尤其那些长期搭档，男人都要给女伴花银子的，陪你跳舞让你抱让你搂你不给花钱？妹妹金玲之前那个舞搭子就没少给她破费，服装鞋帽，偶尔再去饭店嗨一顿。金凤在经济方面对老奚没想法，就希望这么一直跳下去……

　　金凤掂量着给海魂衫配裤子，左试右试还是白裤子显得干净亮堂，明天告诉老奚也准备一条。儿子打来电话，奚叔给我们寄樱桃了，一个个又大又红像小灯笼，青青一口气吃下去半箱。青青对着电话喊，哪有哇！是连安吃的，我只吃一点点。不过樱桃很甜，奚叔真好。此时金凤这边也跟吃了樱桃似的，儿子高兴她就欢喜！金凤说他们准备跳《军港之夜》，两个人都穿海魂衫，等准备好给你们拍照片发过去！

　　这老奚自己烂桃烂杏的，却给连安寄樱桃，都没告诉她一声。这个季节的樱桃不便宜，而且鲜果的邮费也贵！对了，楼下菜市场有卖海魂衫的，就是老头衫，十块钱一件，那摊位上的衣物统统十元。什么贵贱的，就那么个意思！对门大哥也穿一件，挺好！金凤在菜市场给老奚买了海魂衫，她灵机一动又在文具店花两块钱买了一条红领巾，这个创意好。和自己那件刚好相配，十二元搞定！她兴奋地拍照给老奚！回到家金凤反复看视频，总觉得差点什么，帽子，是帽子，视频里那对舞者都戴着海军帽，海魂衫配海军帽才完美。

四

　　公园里金凤告诉老奚，跳《军港之夜》先要解决两个问题，一个裤子，一个帽子！老奚觉得这根本不算问题，在美服商场转一圈什么都解决了。现在他要把商场买的新行头披挂起来，穿上海魂衫再戴上红领巾他就不是老奚叔了，奚哥哥，舞友们一面喊一面朝他敬礼，老奚自己也美得不行。金凤也换上那套自制的海魂衫，哇，一下就遭蜂了，看看这俩老妖精！

人穿新衣精神爽，尤其是这样标新立异带有情结性质的新衣。虽然是旧舞，两个人却都带着新感情！人们拍手叫好。老奚想如果再戴上海军帽那可帅呆了，到时候大家会叫他什么？老奚弟弟？老奚憧憬着海军帽，脑子跑偏，跳到望月这个环节，应该是老奚双手托着金凤腰，金凤一只手背在后面另一只手引颈遥望，因为想着帽子没配合好，还以为到了展翅的环节，金凤打开的身姿没依没靠，另一条腿又使不上劲，人差一点儿没出去，老奚反应还算快，用腋窝把她夹住。人们一阵哄笑……

金凤没心情跳了，老奚还沉浸在新装备的喜悦里。见金凤在一边歇着，好多女舞友蜂拥而上。老奚和金凤跳舞有点紧张，还有点不自信，和别人就不一样了。你看他一会儿把对方拉进怀里，一会儿又滑步送出去，整个场子就看他了。见老奚和妹妹金玲跳完一曲，金凤过去问，不买帽子了？老奚得意忘形，他把帽子的事给忘了。

他们在美服商场东逛西逛也没看见海军帽，裤子倒是有，可看好的价格都贵得离谱，太便宜的又不能穿。金凤建议干脆买一块布料，家里缝纫机坏了，正好彩云闲着。他们选了块涤棉的料子，要价三十五块还到三十二块。

老奚认为童装店里应该有海军帽，真让他说着了，童装店的姑娘很热情，海军帽当然有，给孙子还是孙女买？这个……都买！哦，龙凤胎！您二位福气不浅，小朋友几岁了？两人把一顶顶海军帽扣头上。都太小！你们戴当然小，不过小孩子的头能有多大？还有更大的吗？没了！他们把经过的童装店转个遍也没找到合适的，不能再转了，得回去做饭了。

老奚开门时，嘉宝正卧在门口，今天它穿了件镶金边的新衣服，彩云对它拍拍手，给老爸跳一个。嘉宝蹬着两个小腿在地上转，彩云咯咯笑弯了腰。老奚把饭菜摆在桌子上，从包里拿出一块布料让彩云帮他做条裤子。哦，涤棉的！彩云用手捏捏，转身扣到嘉宝头上一顶黑色小礼帽，瞧，我们嘉宝多帅气！又从花盆里掐一朵花别在上面，帽子小不好做，还是打电话向金凤咨询的，等让金凤给嘉宝调教调教，没准都能当她舞搭子！咯咯咯……

快吃午饭时老奚接到金凤电话，约他去海港公园练舞，《军港之夜》嘛，在海边跳更能找到感觉。老奚推说海边风大，再者他还没吃饭呢！你抓紧时间，风不大，我已经在这了，给你准备了几个烧饼，就穿那条保安裤子过来，纹理粗不打滑。那……那只能练一中午……

他们在海港公园的凉亭里操练上，这个舞蹈看似简单，实则不然，这次不是裤子问题，是自身问题。保安裤子厚实，水撒上面都掉不下去。因为上次有拖把助力，老奚的腿才得以绷直，他去旁边树林里弄了一截树干，这下给绷直了。金凤说总不能挂根棍子跳吧，老奚认为到时候可以拿一把步枪当道具。一阵凉风习习，树叶在枝头摇晃，金凤在老奚大腿上摇晃，沙子吹眼睛里了，她差一点儿就来个猪拱地。

好在这里人少，偶尔有人朝他们看几眼也并不在意。他们也不想这个时候被围观，谁愿意被看见这龇牙咧嘴的狼狈相。两人暗里吃苦使劲，明里永远都是劳动公园一道亮丽的风景，提着鸟笼的老头儿，推着婴儿车的老太太，买菜路过的妇女以及周遭闲逛者，尤其老头儿老太太，那眼神羡慕嫉妒恨的，说起来也算同龄人，看看人家！人越多他们跳得越起劲，简直人来疯了！

金凤不气馁，要想人前显贵就得背后遭罪！这个《军港之夜》必须拿下！今天就到这，还得回去……临走金凤把几个烧饼给老奚，回去弄一点菜就成，自从彩云在家，你成天忙得屁滚尿流。知道不，她把你家狗跳舞的视频发到群里了，穿件小黑衣服，还戴个礼帽。

老奚给彩云做好饭便躺在沙发上，他浑身疼，好像一用力就散架了。彩云在桌前细嚼慢咽，自从回家她把每一顿饭都吃得特别有仪式感，哪怕一根咸菜，也要用舌尖嘬出深邃来，今天老奚拌了一个皮蛋豆腐，还有清炒鲜笋，蒸了鸡蛋羹。彩云一小口一小口的，也不知道能吃到什么时候？

当年这个女人也曾有过好看的光景，清秀还单薄，怀里抱着奚宝，就像抱着个大活娃娃，他一兴奋就把两个人举过头顶，彩云跟这叫串糖葫芦，后来那串糖葫芦没了，仅剩下眼前这个要么沉默寡言要么咯咯没完的陌生女人，有一阵子两人基本无话，后来她则自言自语，再后来她喜欢对着嘉宝说……他们的生活异常宁静，没有争吵没有哭诉，宁静的地上掉根针都让人胆战。

现在彩云除了一日三餐再没别的乐趣，所以她对每一餐都很严谨很情绪，针尖对麦芒的！有一次她嘴里含着牛肉丸子对嘉宝说，人这一辈子呀，所有的挣扎都是徒劳，到头来还是这一蔬一饭最实在最值得珍惜，于是她把盘里的肉丸子吃个精光。朦胧中似有剪刀在布料上游走的声音，咔嚓、咔嚓，嘉宝，今天几号？该吃海麻线包子了。你也馋了吧？

五

天蒙蒙亮老奚就起床，他拿上小铁盆准备去海边弄点海麻线。这季节海麻线最嫩也最贵，半天能弄个一小盆，够给彩云包包子了。头班公交车上还没人，那个开车的小伙子好像闭着眼呢，老奚咳嗽一声，小伙子睁开眼睛，倒把老奚吓一跳。这人居然长着一张孩子脸。

老奘下车直奔海边，有一条醒目的红色运动裤被丢在沙滩上，他弯腰拾起径直往里走，礁石旁边好像有人，还有比他更早的？也来弄海麻线？走近才看清楚是刚刚那个公交车司机，老奘狐疑着，他怎么在这儿？再看，竟是奘宝，奘宝脸上湿漉漉全是水珠。老奘伸手拉他，奘宝嗖一声钻进水里，老奘吓得满身热汗，窗外有半个月亮黄黄地照进来，把门厅照得昏黄一片……

　　怎么就醒了，他还有好多事要问奘宝。老奘在黑暗中睁大眼睛，有个亮光一跳一跳，是手机在茶几上闪。这大半夜的谁呀？金凤在信息里告诉他，自己刚刚做了个梦，有人从海里钻出来，浑身是水，吓死我了，现在还一身汗！没法睡了，我把屋里的灯都打开了。老奘的手心也湿湿的，他和金凤居然在同一个夜晚走进了相同的梦境。他和金凤啊……

　　那天下夜班，老奘一早换好衣服准备回家，厂工会的人来装卸队通知，工人文化宫正举行全市职工业余舞蹈大赛，一会儿大家都去！去参赛？你们装卸队谁是那块料？去当看客，老奘就这么被拉去了，从此他被拉上了另一只船……

　　本来想在现场睡一觉，没睡成！让台上给闹的。确切说是让金凤给闹的，当然那时候他还不知道这个能让胳膊腿飞起来的女子叫金凤。在他有限的见识里，仅电影电视里的人才能把舞跳到这种程度，这女子竟像鸟那样在他眼前翩翩飞。虽然昨晚干了一夜活，可老奘一点睡意都没有，他要把这优美的舞姿镶进心里。

　　那天他和彩云去体育馆接奘宝，路过中山广场时看见好多人在跳舞，看，金凤，我中学同学。彩云过去打招呼，老奘惊讶，这个金凤就是工人文化宫里那只会飞的鸟！后来老奘包揽下接送奘宝的任务，这孩子是区少年足球队的，每晚都在体育馆训练。当时金凤的舞伴是妹妹金玲，她们一个穿红裙子一个穿绿裙子就像开在广场上两朵游弋的花。老奘抻个脖子看也看不够，早把接孩子的事忘干净了……

六

一早金凤打来电话，让老奚直接去海港公园。还去？对！老奚仍被昨晚的梦纠缠着不想动。他先去单位把音响送到劳动公园，金玲一干人还等着音响跳舞呢。因为春天大厦和公园仅一墙之隔，这些音响设备就由他管理。赶到海港公园时金凤已经候在那儿，手上还拿着一捆黄表纸，你帮我找个背静地方，先把这纸烧掉。什么日子呀，就烧纸？昨晚酒仙来找我了，他从海里钻出来，拿着一把明晃晃的菜刀追着我砍！当初，金凤一指前面的海滩，我把他给扔海里了。

老奚见过酒仙两次，一次是在中山广场上，金凤正跳得热闹，一个拎酒瓶子的男人朝她冲过去，那男人圆头圆脑块头不小！人们呼啦闪到一边，现在的人遇事就躲，连点见义勇为精神都没有。老奚正酝酿情绪准备英雄救美，只见金凤反手扭住对方脑瓜，那人还没来得及反抗，已经被金凤提起衣服领子扔出去老远。人群一阵惊呼！

酒仙是金凤的男人，也是这一带有名的酒鬼，整天游手好闲，今天偷这家鸡明天摸那家狗，还用竹竿把人家晾在阳台上的裤子钩下来。孩子学费都让他喝光了。金凤劝过也揍过，没用，这家伙被打得鼻青脸肿也不悔改。后来金凤举着斧头把他从家里赶出去，给我滚远点！

另一次是在舞厅，那天他和金凤正在舞池里旋转，酒仙醉醺醺闯进来，还没站稳就被两个保安架出去。等跳完出来，酒仙一直尾随身后，直到他们坐出租车离开……

金凤把黄表纸点燃，老奚心头一凛，是她把酒仙给做掉的？难道他身边还藏匿着一个杀人犯？老奚后背冒风。不对呀，酒仙是喝醉了掉下水井摔死的，派出所打电话让金凤去认领。当时他们正在舞厅里展示高难度动作，那时候经过一番苦练他们已算得上业余舞者里的龙头。金凤对着电话喊，我们早没关系了，你找别人吧！但最后还是去了……

金凤一面烧纸一面唠叨，你找我干啥？我都把你儿子供上大学了，你们家八辈子也没出过大学生，你不感激我还拿刀砍我！你儿子媳妇都娶了，两个人在杭州生活。房子贷款买的，还有一台二手车。不贷款怎么办？也没摊上个好爹！我可没拖累儿子，日子再艰难都没向他们伸手。当年你把我气成脑血栓，到现在还吃着药，药费贵我的医保卡不够用，就拿金玲他老头儿的买！大病吃药，小病自理，闹嗓子就在公园拔两棵蒲公英泡水喝。

你们家谁都不出头，我看在儿子份上把后事给你办了，是节省了些，缝个红布口袋把你装进去，可当时儿子的学费都没着落。你从小喜欢在海边玩，我也是按照你的喜好。大海有什么不好？好多伟人最后还不是归了大海！今晚你可别来找我了，平心论我对得起你。

太阳当空，金凤的身影被拉得长长的，一直拉到岸边，像个鬼魅，有张纸被风卷起来在半空飘，捎带着一股黑烟，忽而高忽而低，刚好落到金凤脸上。她害怕了，酒仙，你还有什么不满意？你看老奚来气呀！老奚，过来！老奚……

老奚坐在礁石上望着波光潋滟的海面，他有好多年没来海边了，这娘们儿非上这来练舞。一群海鸥在空中盘旋，有一只忽然冲到海面叼起一条小鱼，奚宝最爱吃鱼了，他抓起一块鲅鱼像啃馒头那样啃。

那年夏天出奇地热，老奚心中也燃着一团火。金玲去外地，老奚好一番恳求才成了金凤的搭档。他底子硬体格壮，他可是扛大包的装卸工，二百斤的大包扛起来一路小跑，他把金凤悠荡来悠荡去上天揽月下地捉鳖，金凤发现这个人有潜力，于是两人报名舞蹈培训班。

培训班教的动作很基础，他们却是为拔高来的，于是又给了教练几百块钱吃小灶，两个人练得很刻苦！老奚即便在扛大包时也心系跳舞，他悄悄画着舞步，让上百斤的大包在肩上辗转腾挪。外表依然是那个老奚，闷头干活不爱说话不太合群，内里却发生了灵魂深处的巨变，从此老奚的生活不仅仅是扛大包接孩子，他还拥有舞蹈，那是贴心贴肺的精神生活，相当于心理按摩！

那天和奚宝约好去海港公园游泳，因为之前动作上的偏差被金凤教训了，他一个人躲在角落里闷头加油，把游泳的事给忘了，赶到公园时已经很晚了，他以为奚宝自己先回家或者压根就没去。孩子没回家，找遍了整个公园，只看见沙滩上一条红色运动裤，那是彩云做的，他迅速把运动裤收入囊中……奚宝再没回来……

七

近几天连阴雨，听说还有台风光顾。公园不能去了，老奚打电话给金凤，要不咱上舞厅？金凤那边冷笑，不甘寂寞了？金凤说这一阵她要练习独舞《鸿雁》，同学聚会在即，大家让她一定跳一段。老奚说彩云以为自己每天都出来上班，待在家里怕要多费口舌。不如去你那里！金凤不同意，我练独舞，你来干什么？我给你擦玻璃。下雨天擦什么玻璃。那就拖地板。你在地中央晃我还怎么练舞？金凤从来说一不二！

自从彩云回家，他的生活明显逼仄了，每天都提着一颗心，时时刻刻盯着手腕上的表。现在彩云不愿意出去做事，也不好强迫她。奚宝出事后彩云就辞掉俱乐部售票员工作，专门给人家带小孩，这么多年经她手带大了不少孩子。彩云也在这个领域里名声大振，幼儿餐、宝宝健身操、小孩推拿，样样精通，孩子在她手里你是一百个一万个放心，洗澡水要用温度计，做饭要用电子秤，洗衣服要用消毒液，睡觉要垫茶叶枕，户外要戴N95口罩，就算那些挑剔的奶奶姥姥在她面前也没脾气，这姐们儿太敬业，我们可来不了！

这哪里是侍弄孩子，简直是照顾奇珍异宝。不少准妈妈排着队找她，彩云说累了，不干了！

明天休班可怎么办？之前逢雨天老奚就到金凤那边做家务，跟下家老孙头儿换班？那个老头儿，还是算了！大厦里一共五个单位，每家出一份钱雇了五个保安，有个老头儿因为没地方住，常年盘踞着夜班，剩下他们四个就每人半天一个班，彼此生疏没有什么交往。

这时候连安发来信息，说这一阵天气不好，还要有台风袭击，奚叔一定注意安全，没事最好不在户外活动。奚叔颈椎不好，给你买了个玉石枕头，已经快递回去，注意查收。老奚眼圈红了！心里边翻涌着一脉脉父慈子孝的感觉，他把手机贴在心口，暖暖的热乎乎的，人生有了依靠……

老奚喜欢跳舞，尤其和金凤跳，嚙，正常都是男伴带动女伴，可身量小巧的金凤能把大块头的老奚牵引的团团转，他们缠绕在一起，金凤运用肢体和语言导航，双飞、展臂、翱翔……那一刻老奚他就像个听话的孩子，一板一眼十分认真。那一刻他整个人是打开的，心都在飞，太阳照在他晦暗的脑门上，内心强大起来！和装卸队的工友们就有了遥远的距离。他们抽烟、喝大酒、玩牌、打麻将，老奚都不喜欢。金凤给了他一个抓手，老奚认识了另一个自己。

金凤手把手像老师对小学生，更像严母对待笨蛋儿子，一个步伐跳错就拿棍子往身上抡，老奚后背时常青一道紫一道的。金凤是个练家子，从小跟着师傅学武，她说那师傅都拿炉钩子抡徒弟。

那年连安放假从学校回来，正赶上金凤教训老奚，老奚被揍的连滚带爬，连安奋勇夺下金凤手里的棍子救出老奚。他把老奚带到一家饺子馆。看见热气腾腾的饺子老奚居然像孩子那样委屈地哭出声。

连安替妈妈向他道歉，妈妈的心肠不坏但性格暴烈，也算得上女中丈夫，之前我们楼院谁家女人受了男人欺负，她总是跑去替人家出头，追的那男人满院子跑，男人们见了她就像耗子见了猫，于是家里媳妇都小心伺候着，捶背连打洗脚水。从此那个楼院特别祥和，都被评为五好楼院了！金凤小时候身子弱被家人送去学武，那师傅教一帮孩子习武，然后出去打场子赚钱。师傅凶往死打徒弟，徒弟之间也互相打，慢慢练就了金凤能动手就不动口的坏习惯。

连安回忆，当年爸爸撒酒疯，金凤一拳下去打掉他两颗门牙。妈妈从小在武术班子里没人疼爱。后来又遇到酒鬼丈夫，这个家都靠她一个人撑着，白天在服装厂上班，晚上回来安拉链，有时候能干到下半夜。还好有个跳舞的嗜好，不然这一辈子多悲凉。还望奚叔多担待，就这么一直陪她跳下去，将来我一准像儿子那样孝顺您，养老送终义不容辞，奚爸爸！两个男人的手紧紧握到一起，爸爸这个词暌违多年，老奚整个人在颤抖……

之前老奚时常夜不能寐，满眼都是一盏孤灯两行浊泪的晚年图景。连安的承诺让他内心明朗，再遇金凤施暴就那么顺着受着，不再执拗生气，也不再想着反抗逃离，连安是个多好的孩子，他又有儿子了……

八

外面风雨交加，老奚拿着雨伞走出家门。他站在楼门洞望着外面的大雨滂沱，一种悲壮涌上心头。这样的天能去哪儿？他忽然对身后那间三十八平米的小屋充满眷恋，虽然房屋老旧，虽然外墙体上写了好几年的拆字，却一直都屹立着没拆成。小房子干净整洁，盛放着他这辈子清苦又温暖的光阴，他在屋子里渴了有茶水喝，饿了有米饭吃，累了就躺在沙发上看看电视，看到两眼打架就来一觉。刚才他在屋子里磨磨蹭蹭不愿意出来，彩云看看嘉宝，你老爸今天怎么不去上班？老奚一咬牙，我去。

楼道里贴着五颜六色的广告，修家电的、上门换锁的、租房的、卖二手家具的、找保姆的、治鼻炎的、治脚气的、治不孕不育的，一张巴掌大的黄纸上写着专治狐臭。老奚平时没太留意，这楼道简直像个中介所。他在这儿住了快一辈子，好多老住户已经搬走，现在多数是租住的外乡人，他对门就是一对四川夫妻，两个人都在澡堂子搓澡。老奚顽强地留在这栋墙上还有毛主席万岁字样的大红楼里。

老奚在这儿住习惯了，不习惯也没办法。因为他不具备离开这儿的条件。他退休金一千多当保安一千多，加起来还不到三千块。除了负担家庭开销赡养彩云，对金凤也要有所付出。虽然人家没什么要求，却也不能装傻，逢年过节还有过生日，都要有所表示的。倒是可以申请政府补贴的经济适用房，不过那地方太远，差不多就城乡接合部了。这边虽小，好歹算个城里，彩云也不想动，她说万一奚宝回来就找不到家了！

彩云的钱不在开销之内，即便交两块钱卫生费，她也把单据拿给老奚报销。对，嘉宝的狗粮都是她负责。对彩云的收支老奚从不过问。自从奚宝出事老奚就搬出卧房，他每日在门厅的沙发上下榻。门厅就门厅，在哪不是睡觉？这会儿他是多么留恋那个门厅！嘎吱，彩云出来倒垃圾了！老奚冲进雨里。

公交车上就老奚一个人，上车时他连站牌都没顾上看，雨太大刚好来一辆就上了。老奚选择了那个爱心座椅，蛮舒服的，看街景的角度也好，不过此刻大雨把玻璃窗变成水帘。司机轰隆轰隆往前开，遇到站点也不停，没人。电子报站说下一站是桂林街，再坐两站就是长春街。金玲住那儿！老奚确定自己坐的是五路车。

老奚给金玲打电话，说要过去帮他男人洗澡，金玲男人瘫床上好多年了，胖得球一样，翻身都费力。金玲偶尔叫他过去帮着洗澡。大雨天洗什么澡？做好事也要选个时间，弄感冒了你背他去医院？金玲的口气像老奚在恳求他给自己老伴洗澡，这个女人哪，不是老奚孤儿似的没地方落脚，鬼才这么主动。金玲没金凤大气，这娘们儿就认钱，在舞搭子身上没少捞油水，脖子上那条水波纹金项

212

链就是人家送的，后来那老头儿去了新西兰儿子家。她居然让人家往回寄蜂蜜……

金玲在公园里四处张望，她既要舞伴又要钱袋儿，这难度大了，那些刚刚从工作岗位退下来的有点儿嫌她老，那些耄耋之人的工资卡大都不自己掌管。况且他们的身子骨也不行，金玲喜欢跳欢快的舞蹈。她找也找不到，平时在公园和几个女伴跳，也和金凤、老奚跳。新近收了几个老头儿徒弟，教他们跳慢四，一天能赚个几十块。这娘儿们心眼儿多，她瞥一眼老奚，姐，你生日快到了。那意图谁都能看出来。老奚你看，我姐的鞋都快漏了。老奚，我姐最爱吃猕猴桃了！

老奚坐在爱心座椅上看窗户上的水珠，他用手指头把水珠擦净，呼哈气在上面画画玩，小猫、小狗、小鸡、小鸭、小猪、小王八，画了擦，擦了画。老奚在车上坐了好几个来回，没事，他有老年证。司机在反光镜里看着他乐，老奚谁都不看，只画画。一大早的能去哪儿？那几个老工友估计连早饭都没吃，这时候商场也没开门哪！雨天马路上格外清净，司机撸起袖子踩着油门开。下车，我下车！老奚喊，再不下去他就吐了。司机朝他看一眼，大叔，没事上来玩儿啊！

沃尔玛里几乎没人，老奚对琳琅满目的商品没兴趣，他本身就不物质，老奚自认现状还说得过去，甚至都有小小的满足感。别看一个月就两三千块，可它覆盖面广，又负担家庭又供养彩云，还支撑个舞伴。偶尔还要关怀一下远在杭州的干儿子，这点微薄的收入摊子居然铺得这么大。

他把超市从头到尾转个遍，最后在图书区域停下，这里主要是儿童读物，老奚拿起一本《狼来了》。那时候他常带奚宝去新华书店看书，咬着面包喝着矿泉水一蹭大半天。对面那个服务员闲极无聊在弹电子琴，"鸿雁向南方，飞过芦苇荡，天苍茫，雁何往……"金凤最喜欢的曲子，老奚条件反射迈着步凑过去，金凤过生日就送她这么一台电子琴。价签上标注五百六，他是在小商品批发市场买的，比这省一半。

金凤现在能弹不少曲子，全部死记硬背，她都不识谱，按阿拉伯数字记的。金凤身上有一股劲儿，一般事难不倒她。现在她要么去公园跳舞，要么在家练琴做衣服！日子安排得满满当当。连安对他好一番感激，老奚叔，不，奚爸，我同学在代理风景区公墓，那地方有山有水风景贼美，一水儿的天然大理石墓碑，等我把照片发给你呀！多孝顺一孩子……

服务员介绍这款琴里面储存着一百首儿歌、一百首古诗，还有乘法口诀、《增广贤文》和《弟子规》，买回去不光弹琴，小朋友还能学到不少东西，五百多块钱半个老师请进家。今天买的话可以打九折，还赠送一袋洗衣粉一块透明香皂。服务员去柜子里翻香皂，老奚赶紧往前走。

有股焦煳的香味钻进鼻孔，一个女人正用电饼铛煎荷包蛋，还煎火腿和面包片，她朝老奚招手，这电饼铛不光能煎能烙，还能爆爆米花！于是丢进去几粒苞米，噼里啪啦、噼里啪啦变戏法似的冒出一锅爆米花。女人拿个纸袋儿把爆米花、荷包蛋、火腿统统盛给老奚。老奚忸怩着不好意思，客气啥？每天都有展示品，不吃也浪费。

女人摘掉口罩，怎么也有五六十岁的光景。这大雨天的，你没地方待？老奚张张嘴略显尴尬。没事，我也是没地方待才出来干活，家里房子小，儿子、媳妇、孙子占满了一张床，我一般都在厨房里，晚上过道支个折叠床，自打来超市心里亮堂多了。女人又给老奚倒了一杯水，水像一股暖流浸润着心房，同为天涯沦落人，老奚咬咬牙，我买一个……

九

雨还在下，地上溅起一片片水花，那水花忽而又变成一个个小水泡，透明的，亮晶晶的，雨点变成水花再变成水泡的过程很调皮很有趣，可惜没啥人欣赏，街上很安静，人和车都在屋子里躲台风。老奘纠结着电饼铛是给金凤送去还是拿回家，正踟蹰着，发现旁边有一舞厅。人哪，还是要经常出来走动，今天运气不赖，刚刚吃也吃了喝也喝了，择日不如撞日，这又给撞上个舞厅！

老奘在门口买票，里面的老头儿正神情恍惚，他看着眼前这个抱电饼铛的人有些丈二和尚，小子，不对，大兄弟，玲玲要来了！谁？玲玲，台风！怎么还给台风起个闺女名？谁知道，听说联合国给起的！那什么，门口那些陪舞的娘们儿今天都在家里躲台风，一时半时来不了。赶个好天来，一窝一窝的，多着呢。老奘毅然从兜里掏出五块钱。

舞厅像一口深不见底的黑洞连灯都没开，老奘在墙上摸到开关。多么熟悉的环境，陪他多少年风和雨，从来不需要想起，永远也不会忘记，老奘坐在角落里穿越时光隧道，他看见舞池里正旋转着一对男女，他们把华尔兹、探戈、吉特巴全部糅合在一起，两人暗地里流血流汗做足功课后，终于选定这个能够展示自我的天地。

他们就是舞厅里的皇上皇后，众目睽睽下掌声响起来！人们把他俩围在中间当花心儿，好像花三块钱进门只为看跳舞，他俩打一枪换个地方跳遍大小舞厅，连城乡接合部都去了。那种感觉牛气冲天，浑身上下满足感爆棚。舞厅对他们的到访表示热烈欢迎，连三块钱门票都免了。人们奔走相告，那女的走路有点跛，跳舞却不含糊，那男的单手能把她举起来，看面相岁数都不小了……营业额打着滚地往上翻。不知不觉中他们引领了舞厅里的另一个风尚，跳舞。

其实，大家来这儿的目的，呵呵，有谁单纯到只为跳舞呢？幽暗的灯光，空虚的男女，缠绕的暧昧，低级的欲望，连空气里都飘散着色情的味道。唯有老奘和金凤那是真跳，他们动作优美节奏欢快，看看，这样跳也蛮好的，身心都健康了，就有人决定放弃之前的低级趣味，也来当一把舞者。

艳羡与掌声过后，老奚对周边环境萌生出一颗好奇心，他开始鼓着鼻子寻腥。那天趁金凤去卫生间换衣服，老奚当场俘虏一个妹子，那妹子不止一次给他送过秋波。老奚掐算着，金凤换衣服化妆梳头大概需要十几分钟，两人完全有机会结结实实跳一曲。老奚还往她手心里塞了十块钱。妹子讲究，一曲结束又赠送一曲，赠品就像天上掉下的金丝饼，能拒绝吗？

那天恰巧没带梳子，金凤就在头发上节约了时间，转了两圈也没看见老奚，幽暗的灯光下除了脑袋就是肩膀，连正脸都没有。换曲时有人还把灯给闭了，金凤一脚踩空摔在楼梯口，脑门当时一个大紫包。不知道谁把番茄酱洒在那儿被她蹭个满脸，她是脑血栓患者，半个身子都不听使唤，在地上吭哧了半天才爬起来。

灯亮了，老奚正跟妹子难解难分，金凤脸都没顾上擦，扑过去捣他一拳。那妹子吓得嗷嗷叫，以为从地上冒出来个鬼。金凤没动她，该人家什么事，怪老奚不是玩意儿！那天回去老奚吃尽苦头，鸡毛掸子都打飞了。

后来他们再没进过舞厅，常在河边走哪能不湿鞋？当时金玲在劳动公园跳舞，两人就迁到这儿，公园太适合跳舞了，不用花钱空气新鲜，围观者大都心思纯洁。金凤告诉金玲，老奚跳舞时人模狗样的，再去舞厅他就长翅膀了。

两人的关系吗？算得上半个相好的！老奚在金凤家就像在自己家那样系上围裙擦桌子、拖地板、起火做饭，对她也像对自己老婆那样知冷知热。可离名副其实相好的却差一步之遥，那是至关重要的一步，跨过去就圆满了。可惜终究没跨过去，老奚借酒壮胆送礼物献殷勤，把身子压过去那一瞬间，金凤的两个鼻孔像小蜜蜂那样鼓起来，脸都憋青了，老奚像泄了气的皮球败下阵来……

老头儿进来，要不咱俩下盘棋？不会！下雨，门口那些陪舞的娘儿们今天不会来了，我这有几个备用电话，给你联系一个？行，联系一个。一般都多少钱？这个要问对方，不过最少也得五六十！

当然还有更贵的！涨价了，当年才十块钱。这话说的，现在连瓜子都十几块一斤了。老奚看着一旁的电饼铛，今天已经透支，算了，时间差不多了，回家做饭去，用这个电饼铛给彩云煎地瓜片！

<h2 style="text-align:center">十</h2>

天空好像被划开一条口子，龙王爷继续往下泼水。老奚坐在那儿盯着大堂的旋转门，手中的抹布被他攥成一个团儿，只盼望玲玲快点来，它一来雨水就被刮走了，天就晴了！

一个小伙子推门进来，老奚叫住他，玲玲到底什么时候来？玲玲？奚叔，你是说台风吧？我给你看看哪，小伙子快速翻着手机，玲玲已经到达威海，正在威海上空盘旋。什么时候能到咱这？小伙子笑了，这个连气象台都说不准，或许一会儿就到，或许明天后天，或许就绕道走了，这要看它心情。现在有谁知道老奚的心情，明天又休班了！金玲来电话让他明天去家里帮忙熬中药，老奚兴奋地把抹布撇向大门，他明天有着落了！

老奚坐在小板凳上看着锅里咕噜咕噜冒泡的褐色中药，其实给药房一点儿钱直接就给熬好，金玲舍不得那几块钱。厨房里弥散着一股清苦的味道，不难闻，还有催眠效果，老奚趴在灶台上打盹，倒比一圈圈遛公交车强。金玲在客厅练舞，为过几天校友聚会做准备，金玲很兴奋，开始呀，大家都让我姐跳，后来知道我也会跳，就安排我开场，我姐压轴。金玲在客厅里练得卖力，她要在众人面前冒一泡！

金玲指指卧室，叫你！叫我？胖子叫你。老奚侧耳，尿，尿。胖子在卧室里喊。胖子足有三百多斤，把一张双人床铺个严实。这家伙瘫好几年了，说话也不利落，但脑子没瘫，两只眼睛一会儿东一会儿西。老奚洗过手刚坐下，胖子又喊，喝，喝。他又进去喂水。一只脚还没迈进厨房胖子又喊，尿，我尿！胖子喝与尿的频率太快，把老奚折腾成走马灯，这不是闹人吗？死胖子你有完没完？胖子一脸坏笑，露出一嘴黑黄的牙！胖子比他还小两岁呢！

金玲练舞专注，这边再怎么折腾都不肯耽误。胖子又喊，饿，饿。老奚从冰箱里找到一个馒头。胖子摇头，不，不。老奚告诉他，冰箱里只有这个。不！老奚指着尿壶，要不你吃这个？胖子很愤怒，呸！金玲在客厅里喊，胖子，想吃啥老奚给你做！鸡鸭鱼虾！金玲笑着进来，看看，胖子想吃鸡鸭鱼虾。冰箱里冷冻的怕来不及，你现在就去市场，还鸡鸭鱼虾？甭听他的，就一只烧鸡，二斤青虾。老奚问，他能吃这么多？胖子瞪着眼，能。金玲拍着胖子脸蛋，我们胖子本事，两只烧鸡都没问题。胖子使劲点头，嗯呢！

这时节二斤青虾要一百来块，一只烧鸡也得二三十，老奚把每天开销控制得极其严格。有数的几个钱，不计划好怎么行？这钱都够去宾馆住一天了，犯得上来这儿熬中药？这娘儿们总觉得金凤跟他亏了，亏不亏那是他俩的事，犯不上你来敲竹杠。还青虾，小皮虾老子都有日子没吃了。

老奚灵机一动去了快餐店，白米饭上面有两块鸡肉一朵绿色西蓝花一粒红色虾仁，就它了，有荤有素还挺好看。怕胖子着急，这里面鸡和虾都有了。金玲打开看看，老奚这大雨天你家柜子里的钞票发霉了吧，得空我去帮你晒晒。金玲关门时，忽然用手一捂鼻子。

十一

玲玲还没来，天依旧悲伤着哭泣。一些脆弱的树叶被敲落到地上，搅得人心里灰暗又冷寂。老奚坐在公交车上，手里攥着从楼道撕下来的那张黄纸，刚才正巧和对门的四川女人走个顶头，她肯定看见了。不过墙上的广告那么多，能看清他撕的哪一张？老奚闭着眼，离广告上说的那个地址还有一段路，不知道那大夫是副什么德行？

老奚是个蛮好的老头儿，有固定退休金，还有本事当保安挣外快，双份的来钱道。他还会跳舞，还有一个能歌善舞的搭档。经济方面精神方面都说得过去，这个年龄段如他这样堪称完美，可老奚他……他有暗疾。

其实也不属于暗疾的范畴，像抑郁阳痿这些不深入就不容易被察觉的隐秘的身体隐患方能称之为暗疾，老奚不是这样，认识他的没有不知道的，就算不认识的彼此对面站一小会儿也都心知肚明。只不过人们心地善良，揣着明白装糊涂。可再怎么装客观事实总归存在。

老奚他……他有狐臭，就是人们通常说的臭胳肢窝，腋下汗腺的毛病，胎里带来的。老奚都上小学了还用尿布，他的尿布都夹在腋下，那里总会分泌出一种黏糊糊的黄色液体，并且散发出一种怪异的臭气，就像筑在他体内的一个小型厕所，无论如何都驱除不掉。老奚的学生时代没有同桌的你，从来都单打独斗。他在医院动过刀吃过药，没用。

老奚孤零零很自觉地和大家保持着距离，长大后他义不容辞选择了装卸工，这个职业好，大家出力流汗彼此"臭味相投"，即便体味重些，也不那么突兀鲜明。上天有怜惜之心，让他在谈婚论嫁的年纪遇到了先天没有嗅觉的彩云，在彩云的两只鼻孔里玫瑰和茅房没啥区别！老奚的臭味在她这儿意义为零。两人恩恩爱爱过上日子，生下孩子。

大夫是个和老奚年龄相仿的老头儿，看上去有些单薄，他座椅后面挂着一张成吉思汗画像。其实大街上治疗狐臭的广告遍地开花，墙上、树上、电线杆子上、垃圾桶上，狐臭患者有那么多吗？老奚这么多年都没找到惺惺相惜的队友，年轻时听说内蒙古那地方患病率高，当时都想迁徙过去与他们汇合。

老头儿看过气色把过脉看过舌苔，拿出白色药片和黑色药面，说一个疗程会有效，希望他把一个疗程三个月的药都买回去。老奚迟疑着，这些药片药面也没有商标和说明。蒙药？老头儿看一眼身后的成吉思汗画像，我的祖先一生发动了六十多次战争，他逢敌必战，逢战必胜！我祖先麾下的铁骑，席卷俄罗斯、阿富汗以及印度北部，在广袤的欧亚大陆成为战无不胜之神，对手无不闻风丧胆，屈服脚下！大半个欧洲都被他拿下！老奚不知狐臭和成吉思汗有什么关系，莫非他老人家也是？我知道蒙古族这样的病例多，你这个药？

老头儿又看一眼身后的成吉思汗，我们蒙药是蒙古族人民同疾病做斗争的智慧结晶。我们蒙医以阴阳五行、五元学说理论为指导，贯穿了人与自然的整体观。蒙医以"赫依""希拉""巴达干"三根的关系来解释人体的生理和病理现象。你这种就是"巴达干"功能失调，导致体内的分泌物感染。老奚不知道"巴达干"是什么东西，就想知道这个药能否根治。

这世上所有的疾病都是半治半养，这个病先要调整情绪，压力大、情绪激动、精神紧张都会让分泌物活跃起来，气味越来越重。这话有道理，当年奚宝出事，那一段老奚像毒气弹一样臭不可闻。他拿上钱骗彩云说是当路费去找奚宝，他知道奚宝永远都找不到了，但他要给彩云一个希望。祛狐粉、西施露、半月清、中医、西医！钱折腾干净臭味仍依旧。

老头儿看老奚的脸比外面的天还阴，没成过家吧？老奚用手点着自己鼻尖，我，儿子都成家了！那老头儿就不能理解了，老婆儿子都齐全了这个岁数还折腾啥？不过也好，自己都好几天没开张了。老奚说儿子一米八的个头儿，长相白净斯文，曾就读于美术学院，现定居杭州开公司，儿子开轿车媳妇开吉普。老奚一面在虚荣的幻想里游走，一面描绘着他理想中的儿子。

现在无论谁提到儿子他脑子里都会映出连安的形象，夜里还时常梦见他，不记得奚宝的样子了，使劲想都想不起来。奚宝出事后彩云把孩子的相关物品全部藏匿，老奚拿出手机让老头儿看，我儿子帅吧！老头儿说这孩子不大像你，不过你真了不起。老头儿朝他竖起大拇指。

何止老婆孩子，连相好都有呢！老奚得意地打开手机视频，就这个，这男的是你？当然。老头儿半信半疑，刚好衣架上有顶礼帽，老奚果断戴上，还借用了老头儿的花镜，然后来个展翅的动作，老头儿都刮目了，兄弟厉害，兄弟人才！老奚说在劳动公园他有好多拥趸，女士居多，大姑娘小媳妇老太婆。老奚越说越来劲，嘴角上白色的唾液堆积得越来越多，海浪一样越过了海岸线。老头儿又拿出一小袋白色药片，这个送你的，看看公园里有合适的……兄弟，老伴走好几年了，我也想……窗外一阵呼啸，有玻璃摔在地上的破碎声。玲玲，玲玲总算来了，两个老头儿默不出声，他们知道风雨过后一定会天晴。

十二

连安在网上淘到两顶海军帽，彩云也把白裤子缝好，可金凤仍在跟《鸿雁》死磕，不就是个同学聚会？可她付出的热情仿佛去大赛角逐，整天在家里对着镜子练个没完。

老奚过去帮她包了一批饺子，三鲜馅的，从拌馅擀皮到出锅，全程拍照发给连安。他把饺子八个装成一袋儿，一共装了十袋儿放进冰箱，饿了随时煮着吃。老奚看她跳得来劲，两只脚也痒痒上。金凤厌烦，豆大个地方你还添乱，快回去给你老婆做饭，可别把她饿坏了。

休班时老奚依旧去公园跳舞，没有金凤金玲姐妹俩，长廊这边明显黯淡了，跟金玲学舞的老头儿们去对面凉亭唱歌了，那里有一群人在大合唱，领唱那个女人打扮得很正式，穿白旗袍肩上还搭着红围巾。她手里拿着唱谱嘴巴像金鱼那样一张一合。这边不少老头儿被分流过去，长廊里的雄性力量明显削弱。可不知从哪儿跑来一群花枝招展的女人，有人还掏出小圆镜，扑扑粉点点唇，然后对着镜子欣然一笑。

老奚一袭黑衣黑裤，就像游荡在羊群里的一匹狼。不过羊们对他没有丝毫的恐惧，还蛮欢喜的，争抢着往他这边蹭。老奚呼扇着胳膊淌着热汗，他要给每只羊都插上翅膀，内心是从未有过的欢畅！老奚太嗨了，嗨到都忘了回去给彩云做饭。

他在快餐店打包了水饺往家赶，半路接到彩云电话，说她去参加同学聚会了，让老奚傍晚去接。现在的女人哪，一个同学聚会也弄得这么隆重，忽然想到金凤也在那儿，他满心不想去，却也只能硬着头皮。老奚在衣柜里上翻下找，去年夏天连安给他买了套中式白绸衣裤，老奚对着镜子照，不行，这衣服太飘，他要尽量把自己淳朴的一面表现出来，不被看出破绽。想想还是保安制服接地气，于是返回大厦取。

同学聚会正值酣畅，彩云却挽着老奚胳膊走了，她走得娉婷有致稳扎稳打，十几步的路让她走出了贫贱夫妻的历程。金凤刚刚跳完《鸿雁》正坐在那儿喘息，望着眼前的一双背影，心里忽然就惶惶的一片茫然，像什么东西被挖走了，在她身上留下一个窟窿。金凤强悍的外表下藏匿着伤疤和隐痛，只不过她牙齿咬得紧，衣服围得严实，一次坐在公交车上，看着窗外越来越浓的暮色，看着老奚拎着呢绒兜子的身影，嘴里就苦涩起来，内心就荒凉起来，没着没落的。她用手揉揉眼睛……金玲走过来拍拍她，姐，咱俩来个双人舞吧！

老奚在大厦接到金凤电话，说她早晨开始胸闷，两条腿也一阵阵疼。老奚马上请假赶过去，还在路边买个大西瓜。他担心死了，如果金凤身体出问题那自己真就成了半瓶子醋，只有和金凤搭档他才算得上一瓶完整的有滋有味的醋。每一次起舞都神圣庄严面孔生动，都有一种光彩在他身上焕发，由里及外元气满满！

尤其高难度动作，他紧握金凤脚踝腾空旋转，那一刻就像脚踏万丈深渊之后的绝处逢生，那是生命的制高点，大庭广众下的一个化腐朽为神奇。同其他人跳舞却不同，那些拖泥带水的左拥右抱都是无法言说的虚荣心，老奚默默祷告着，金凤别有事，千万别有事。

老奚觉得问题并不像说的那么严重，金凤解释早晨确实身体不适，现在好多了，还到厨房把西瓜切了。说歇会儿两人一起练练《军港之夜》。可别练了，一旦有个闪失还了得？就老老实实歇着。金凤说卫生间下水堵了，老奚干完活金凤还是想练。这都几点了，家里菜都没买呢！金凤猛地吐出嘴里那块西瓜，难怪金玲说你吝啬，西瓜也买烂的。

十三

这时节流行同学聚会，老奚也要去聚一聚。还要打破那些俗套的吃吃喝喝玩个花样，大家知道老奚会跳舞，有了，那主题就叫——让我们荡起双腿。有人在社区找了个场地，老奚休班直接过去教大家。他头一次为人师表，有点激动还有点紧张。他告诉金凤，这个月集中培训，下个月全体同学在中山广场一起亮相，趁着胳膊腿还听使唤，给自己赚些美好回忆。金凤一撇嘴，摇身变奚老师了。

金凤在公园里要么自己跳要么和金玲跳，别人谁都请不动。有时候跳完几个曲子还没散场她自己先回了。她给老奚打电话，说夜里总是梦见老妈，清明都没去给她扫墓，想让老奚陪着去坟上看看。老奚去过一次，那地方在城郊，坐大巴得一个多小时。老奚正跳得来劲，同学们把他当成宝贝，又拿水果又递饮料，上学的时候怎么没发现，老奚竟有这本事，那步伐轻盈得像小伙子。

老奚说他正忙着，能不能等几天！老太太见天晚上来找我，赶紧去坟上给她送点纸钱。老奚让金凤在枕头下面放一把菜刀。屁话，那是我亲娘，昨天连安打电话来，我说你奚叔现在老牛了，天天辅导同学跳舞连公园都没空去。老奚咳嗽一声，明天有班，那后天一早去。

老奚买了黄表纸和塑料花，金凤带了水果和点心，她心情明亮穿戴整齐像去串亲戚。到了墓前却哭得稀里哗啦，像个刚刚没娘的孩子。她说，有段日子没来看望您老，现在自己要么在公园跳舞要么在家里弹琴唱歌，反正是过一天算一天。女儿找妈泪花流，不见妈妈心忧愁……

老奚看看表，差不多了，该往回走了。金凤对着墓碑喊，老奚这个不是人的，刚来这么一会儿就闹着回去，咱们母女多久不见，都不让多待一会儿。要不是陪他跳舞，我还能多来几趟！老奚正接一个电话，那边同学问今天能不能赶过去。老奚说郊外上坟呢，对方问谁没了？老奚看着墓碑发愣，这人谁呀？他认识吗？

老奚刚到社区还没来得及换衣服就接到金凤电话，她一只耳坠子掉进马桶，让老奚过去给捞出来。掏马桶是水暖工的活，老奚一个装卸工干不了这个。他记得家里楼道上就有这样的广告，专业下水管道疏通打捞。老奚只得返回去在楼道里抄电话号，大门一响把他吓一跳，还好不是彩云！老奚电话咨询，打捞一次要五百块，太宰人了。金凤那耳坠子倒是金的，但是非常单薄，顶多值个三头二百的。老奚说今天不行，明天过去看看。

第二天过去怎么都敲不开门，邻居老太太告诉让派出所叫去了。这又闹的什么妖？怎么还惹着派出所了？老奚在楼下遇到金凤，昨晚唱歌动静大了，影响到楼里一个高考学生，把她直接告到派出所。等我去打听一下，你那房间最好装上隔音板，你也别唱太晚，自己注意休息！

前一段买那双鞋我得拿走，过几天集体表演要穿。我那耳坠子呢？打捞队什么时候来？太麻烦了，等生日送你一副。过一段连安回来，我想把房子收拾收拾。行，等忙过这几天。老奚要上楼取鞋。金凤说要赶着去一个同事家，明天给你带到公园。

一干人马浩浩荡荡来到中山广场，老奚打扮得很隆重，一身白绸缎套装，脚下新皮鞋。老奚站在前面领跳，他精神抖擞滑出去一只脚，好像哪里不对劲，脚出了问题？不，是他脚下的路出了问题，只见老奚一颠一颠像个瘸子似的无法平衡。什么情况？这个跳法有意思！围观的人哄笑，后面的同学直摇头，老奚今天这是怎么了？坚持着跳完才发现他右脚上的鞋跟儿没了，刚刚穿的时候没注意，老奚赌气把鞋塞进垃圾桶。

　　午餐时老奚喝了好几瓶啤酒，他问旁边的女同学，那时候我俩是同桌吗？对方摇头，忘了。我压根就没同桌，大家都嫌我臭，你闻闻现在还有臭味没？老奚把身子扭过来，对方呵呵乐！那时候你们都不爱搭理我，后来我也娶了老婆生了儿子，我老婆娇巧玲珑我儿子斯文白净，他在杭州开公司。家里一台吉普一台轿车，儿子过几天回来，我得把房子归置归置。我还有个相好的，那身材，你这分量能顶她仨。女同学正侧着身子和别人说话，老奚心里一阵难过，他忽然想起刚刚塞进垃圾桶那双鞋，一双崭新的皮鞋，去修鞋铺安个跟儿最多五块钱……

十四

　　晚上老奚给金凤发微信，明天带上装备跳《军港之夜》。那边回复，不辅导那些女同学了？你没看见那虎背熊腰的体格，就是一起乐和乐和！忘了，明天还缺个道具，到哪儿找个步枪？金玲孙子有一杆，一米多长，和真枪差不多！明天，明天你再帮我找个地方修鞋……

　　老奚和金凤在长廊里一亮相，整个公园一片沸腾，推婴儿车的老太太告诉遛鸟的老头儿，练剑的大哥告诉卖鞋垫的小媳妇，拉胡琴的大叔告诉算命先生，快看，长廊里那二位系着红领巾戴着海军帽，男的手里还握一杆枪，真枪吗？众人欢呼，对面凉亭的大合唱都黄摊了，有这节目谁还有心思唱歌，大家出来不就为娱乐，快点，等会儿挤不进去了。

长廊四周种着好多枝繁叶茂的树，也不知道是什么树，开着一朵朵粉白色的花，有几只鸟也来凑热闹，它们从这棵树跳到那棵树，叽叽喳喳个没完。还有那成双成对的蝴蝶，它们比小鸟的胆子大，都飞到长廊里了，都飞到舞者的肩膀上了，都随着音乐和人家一起跳上了……

金凤和老奚热情高涨，当歌曲唱到"海风你轻轻地吹，海浪你轻轻地摇"那一刻，老奚巧妙地从地上捡起步枪，他一手拄步枪，一手托金凤腰，金凤飞身跳到他大腿上金鸡独立，掌声鞭炮一般炸响，有个老头儿手都拍肿了！他看看腋下的拐棍，都想一脚给踢飞。

哎呀，金凤忽然一个倒栽葱扑倒在地，这时候歌曲刚好唱到"让我们的水兵好好睡觉"，人们以为是剧情需要，不对劲！看，头都流血了！老奚扔掉步枪喊，快，打110。人群里一阵骚动，120，应该是120！

金凤外表仅擦破点皮，内里却多了一种金属成分，她心脏上搭了三个支架！之前检查身体说她心肌缺血，但并不十分严重，没想到发展得如此之快！金玲大骂老天爷不公平，本来就脑血栓，偏不让人好好活！金凤自己倒觉得没什么大不了，她这一辈子吃过多少苦受过多少罪？区区支架能奈我何？活一天算一天，她要尽快恢复，《军港之夜》还没跳完呢！平时练习都没问题，如果没把握谁敢当众亮相，怎么就摔下来？莫非冲撞了哪个？得让金玲再去海港公园烧点纸，再带上一瓶二锅头！

手术前金凤叮嘱老奚，这事不能让连安知道，孩子在外边奔波不容易，回来劳民伤财也不解决问题。不过她还是在病房里录了视频，如果手术不成功他们母子就此别过，儿子也不用悲伤，继续好好生活。手术顺利的话中秋节全家团圆。把两个病友听得眼泪汪汪，没想到这个干巴瘦小老太太竟是条硬汉，她们也不再恐惧，怕个球！不就上手术台吗？一个女的说她儿子在报社，这样的典型应该宣传！

在手术室门外，金玲和老奚念叨，听说金凤住院，她原来那个去新西兰的舞搭子还微信转账来一千块钱，其实，人家跟金凤也没什么交情，就是偶尔带带他跳舞，真是个有情有义的人。凉亭合唱队一个男的打电话问候，河边那个练双节棍的也要帮她，我们同学群里也人人献爱心，金玲讲述着身边的好人好事，她要探探老奚的底！

这就讨厌了，老奚从准备好的三千块里拿走一千。两人跳了这么多年，金凤是他生活里很重要的一部分，无论如何他都不会袖手。金凤说过，自己有五万块钱在一个老同事那放利息，住院费用除去医保部分还能应付。不上班时老奚就往医院跑，熬粥煮汤拌小菜，没事还看视频研究舞蹈，病友取笑，儿子不回就不回，有个好男人比什么都强。大厦的人问，奚叔怎么一身消毒水味儿？这时候老奚就想起彩云来，没有嗅觉真不是件坏事！

十五

老奚拎着保温桶在走廊里就听见刺耳的咯咯咯、咯咯咯，他心里打个趔趄赶紧下楼给金凤发信息，谁在那儿？彩云和另外两个同学刚到。老奚拎着保温桶来到公园，只要一进公园，外面的喧嚣就没了，车流人流满大街的汹涌躁动，都仿佛一种画外音被遮蔽在外边。

长廊里是另一拨跳舞的，当初金玲和这些人为争地盘还打过架，之所以能在这儿跳舞，是金玲打下来的天下。他们的舞蹈不入流，老奚懒得多看，他坐到树下，树上有只鸟受了惊吓倏忽间飞走了，飞到夹竹桃那边去了，一旁的玫瑰开得正热闹，红的粉的黄的，一朵一朵在微风里颤巍巍的，有一群蝴蝶在上面嗡嗡嘤嘤你追我赶，老奚嘴里糯糯的百合莲子粥和这景致正相宜。凉亭那边有人过来，几个老头儿想组团看望金凤问他能否带路，老奚说医院让病人静养，自己也没去，过一阵再说。

彩云来电话说她到医院看望金凤，晚上还要留下来陪护，就不回家了。老奚在公园直坐到太阳下山，街上的人流和车流乌泱涌动着，老奚知道这一刻人们无论在次序上还是心思上都有些慌乱，有一次和老孙头儿换班，他就目睹了这种乱象。男人女人们从格子间里出来穿梭于大堂，女人们步伐飞快像跑百米，学校里有孩子等她接，灶上有火等她点，篮子里有菜等她择。

男人们却在玻璃门前抖擞起身子，检查一下钱包里的现金，将将头型，往嘴里扔一块口香糖，迈着方步走出大厦，在拐角处还回头望了望，然后径直奔向通往女人的花街，动物界求偶总是分季节的，而人类则是在夜幕降临之后……老奚长了见识，就是那次老孙头儿敲了他两张饭票的竹杠。

夜里老奚躺在沙发上翻来覆去睡不着，那天把金凤送到医院，他想坐下来歇歇，屁股刚落凳就出溜下来。再坐再出溜，反复几次发现是裤子犯病，这条棉涤裤子是彩云给做的，老奚掀开裤腿，里面是柔软的棉，外面是滑溜溜的涤，整个反了！老奚准备把白裤子放进大厦衣柜，那里还有一双鞋，曾被他塞进垃圾桶又捡回来那双鞋。

病房里只剩金凤和彩云，两个病友偷偷跑回家，她们是术前检查，晚上不愿意住这儿，彩云执意要留下来拦都拦不住。金凤不想和她多聊，虽说是同学却也没什么好聊的，在内心里她对这个女人还是觉得有些亏欠的。毕竟这么多年是她的男人在呵护自己，陪她跳舞陪她郊游陪她看病陪她给老娘上坟，帮她包饺子擀面条擦玻璃拖地板。

彩云已经在对面床打上呼噜，这女人个头儿不高气量不小，整个房间轰隆轰隆像开过山车，真是个没心肝的女人。什么地方啊，你这么睡？床头柜上的两个桃也没了，小饭碗似的俩大桃，难怪老奚总忙着跑回去做饭，这胃口！彩云上学时也喜欢唱歌，还上台表演过《我们的田野》，小模样挺俊的！当时交往并不密集，自己也是通过她才认识老奚，她问过老奚，不如让彩云一起来公园跳舞？老奚看看她，那神态像说，你在逗我玩吗？

彩云的呼噜来势凶猛，日光灯被震得滋啦啦响。金凤把被子蒙头上，把脑袋钻枕头里，把卫生纸搓成球塞进耳朵，然而都无法抵御。她打开手机听歌，那边的呼噜排山倒海压过来，她把音量调高，那边呼噜的分贝也随之增加，她再调那边再增，索性调到最大声，隔壁病房传来怒吼，几点了？还让不让人睡觉！

金凤太想睡觉了，她刚手术不久，需要静养更需要充足的睡眠！可她睡得着吗？金凤把手边的一份报纸飞过去，轰隆……金凤把矿泉水瓶子飞过去，轰隆轰隆……金凤把电视遥控器飞过去，轰隆轰隆轰隆……金凤打开灯，她看见彩云在床上睡得像头猪，有一条口水在嘴角处熠熠闪光。

这个二货，老奚骗你天天上班，你知道他都干了些啥？他陪我跳舞他帮我干活，我们家洗衣机坏了他修，灯泡坏了他安，他还给我儿子寄樱桃，他还给我买小挎包，知道了这些看你还睡得着！彩云一翻身把报纸掀掉，又一翻身把矿泉水瓶子掀掉，呼噜停止，彩云在梦里笑了，咯咯咯、咯咯咯……

早晨金凤血压也高了血糖也上来了，查房大夫问，昨晚没休息好？没，挺好，我都能跳舞了，现在就跳一个。别，再养养！不信你看，金凤打开手机，一曲《鸿雁》在病房上空飘，金凤穿着蓝白杠病号服一会儿窗台一会儿门框，把小护士都看直眼儿了，阿姨，国庆院里有表演，到时候你来呀！大夫带头鼓掌，精神可嘉，但还是要注意休息。金玲来医院，彩云说她回去换衣服，晚上再过来。金凤给金玲递眼色，金玲说她今晚在这儿。

彩云告诉老奚，金凤真厉害，搭了支架还能跳舞，那《鸿雁》

跳得比同学聚会上都好，到底是习武出身，这么抗摔！说话时他们正在晚饭桌上喝鲫鱼汤，老奚特意在里面加了辣椒和胡椒，汤很热，可老奚后背还是一阵发凉。

彩云打电话问金凤这几天需不需要她过去，自己现在也没上班，随叫随到。老奚今晚熬了鲫鱼汤，好喝，给你送点过去……金凤告诉金玲，她再住可真要出人命了，你没听见那呼噜打的，真难为老奚了。金玲只关心老奚这次给多少钱？两千！这么大个事才两千！是少了点！他一个保安能有多少钱？你也知道，彩云平时一分钱都不出！老奚这个人，在一分一厘上都抠掐，这次都怪他没扶住你，不然哪至于？

金玲一直撺掇她姐换人，一个搭档半个相好的，能借上多少力！在公园里金凤足以勾起许多老头儿难言的情怀，说实话，比她人气旺得多，就有几个老头儿埋伏在对面凉亭，他们装模作样在大合唱，眼神却往长廊这边飘。

十六

连安确定好回程日期，机票都买了。金凤一面忙着出院，一面指挥老奚收拾房间。刮大白换窗帘擦瓷砖，洁白的墙壁就衬托出家具的老旧。那套沙发有年头了，那张茶几也活动腿了，他们跑到大小家具市场对比价格选择样式。总算买到物美价廉的，再看那旧茶盏也不舒服了，统统都换掉。

金凤里里外外转一圈，又率领老奚拆洗被褥，金凤拆老奚洗，为了加快速度还利用上电吹风。公园暂且不去，老奚一休班就跑过来干活，金凤想让金玲过来帮忙，老奚说他自己能应付。现在只是出出力气，金玲来保不准又闹什么幺蛾子。

连安就要回来，老奚都两年没看见这孩子了，心里惶惶的还有点紧张，怎么说也是儿子见老子，没啥好紧张！但说到底那孩子也是念过书的，大公司里上班什么世面没见过？老奚想他和连安见面要正式而亲热，温馨而不油腻。他去商场给自己选了套衣服，白色休闲裤米色格子衬衫。看看这条白裤子，柔软细腻结实，金凤怎么折腾都摔不下来！他在菜市场跟人要了一个黑色塑料袋把衣裤放进去，上面还压上一大捆菠菜。

彩云不在家，老奚有些兴奋，他把衣裤拿出来试穿，镜子里的老奚精神矍铄面容慈祥，他块头儿大有衣服架子，从来没对自己下手这么狠，足足花掉大半个月工资。老奚想着和连安见面要先握手然后拥抱，然后再喝着茶水促膝长谈，当然要聊聊金凤，那是连安委托给他的重任。金凤身体恢复得很好，身体好的原因是心情好保养得好。一直都坚持喝南瓜粥，他每天从菜市场买好南瓜带给她，和那个卖南瓜的老头儿都成朋友了，老头儿常把那些破了相的南瓜免费送他。

舞一直都跳，即便天气寒冷也没停歇，天冷就坐火车去周边县城，他和金凤拉动内需盘活了当地舞厅，那里平时根本卖不出去几张票，他们到场票自是不用说，连矿泉水瓜子都卖空了，人们把舞厅当看台，几块钱就能看一场，便宜死了！金凤每次回来都哼着歌。当然来回费用都由他负责，男人嘛！

他还陪金凤去郊外上坟，把那坟上的草拔得干干净净。当然，前一阵她摔了一跤，这个纯属意外，不过恢复得蛮快，在病房里都能跳舞了。还有报社要采访她！说不说金凤又和他动粗了？当着那么多人，上去啪一个脸蛋子，把他打得俩眼冒金星，算了，这个就不说了，后来金凤还给他买了双鞋，后来又把鞋跟儿……这些都不说了，孩子回来一次，拣着高兴的讲。

有钥匙开门的声音，彩云回来了，老奚赶紧脱掉衣服塞进塑料袋。彩云把一张水电费单据放到茶几上，四十五块六，老奚从兜里掏出五十元。今天有点累，好歹给饭伺候上，烧饼和一碗西红柿鸡蛋汤。彩云把烧饼扯成一块一块放汤碗里，抱起嘉宝往碗边凑，嘉宝对这个没兴趣，刚刚转圈好，彩云奖励它蛋黄派，现在肚子还圆着！彩云对它太好太好了，给它买薯片巧克力棉花糖，那天在公园看见一个小孩吃辣条，回来就给它买一包，太辣了，嘉宝不喜欢！还给它买玩具熊和手枪，彩云勾着扳机朝它嘟嘟开火，嘉宝疯着往上扑，疯累了就去床上睡，彩云一面拍它一面哼着歌。老奚一回来家里就安静了，彩云只是闷头吃饭，不过今天这顿饭不合胃口，看那脸拉个老长。

老奚从沙发上爬起来重新系上围裙，煎里脊、炖南瓜、糖醋水萝卜，饭桌上立刻像模像样的，其实饭桌上最透明了，糊弄应景一眼就能发现。见彩云在桌前吃的安静，老奚的心踏实了！

老奚没别的本事，只能做点饭，老奚把人家儿子弄没了，所有的愧疚都让他化成一盘盘饺子一锅锅包子一碟碟炒菜。努力把果腹变成珍馐，不然能怎样？在老天没来收你之前，日子再难也得挨下去！

疲惫的一天夜晚也不安宁，老奚先是梦见连安自己开车回来，还梦见了奚宝。小奚宝肉嘟嘟的光着屁股在他身上爬来爬去，想抱却抱不住，身上滑滑的像个泥鳅。这奚宝整整在他身上爬了一夜。老奚在大堂里犯迷糊，脑子像钻进了瞌睡虫，只要闭上眼睛就是奚宝，这样的见面他不喜欢，恨不能拿火柴棍把眼皮支上。

有人喊，奚叔，你手机响了，看看，又迷糊上了。金凤说她买了海麻线，让老奚过去包包子，包上冻起来等连安回来吃。老奚说他昨晚没睡好有些头晕，金凤问，连安那个玉石枕头不舒服？

整整一大盆海麻线。这东西属于海藻类，上面有黏液和沙子不好处理，老奚在水龙头下好不容易洗干净。拌馅时发现姜没了，老奚不愿意将就，下楼买姜，馅拌好金凤又说里面放些香菜更提味，老奚再去买香菜。

一盆海麻线加了肉和调味佐料转眼变成两盆，老奚看看表，不急的话先放冰箱，明天我过来包，得回去了。出门前金凤拿给老奚一对水晶耳钉，耳钉在太阳下闪着细碎的光芒，过年时儿媳妇给买的也没戴几次，就告诉彩云你给她买的。

刚刚老奚在金凤那儿顺了一小团海麻线用塑料袋包回来，他又去菜市场买了几条小鱼，交钱时他把那耳钉也掏出来，悄悄丢进一旁的垃圾袋，那里面装着烂鱼头，水晶耳钉都像鱼流下的一滴晶莹的泪。彩云这个人对食物之外的东西没兴趣，那次过生日他和金凤在商场里给她选了一条丝巾，彩云似笑非笑看一眼，然后一门心思吃烧鸡，那天她整整吃了一只鸡！后来那丝巾围到嘉宝脖子上了！

金凤来电话说想把卫生间的洗手盆也换掉，老奚只盼着连安快点回，否则这娘儿们折腾个没完。菜呀肉的这些随时在超市都能买，可金凤偏要提前准备，冰箱都快撑炸了。明天还得过去蒸包子。

老奚进屋时看见茶几上有条白裤子，彩云做的那条和自己买的那条都让他放在大厦的衣服箱里。怎么回事？老奚一边做饭一边拿眼睛瞄着茶几，彩云过去展开，原来是一块布料。她用手比画着，嘉宝穿上白西服更帅，嘉宝，快过来！给你做件西服，到时候再配个红领结，嘉宝在地上摇晃着尾巴。托彩云的福，它总有新衣服穿，夹克、衬衫、西服，简直就是一狗模。

老奚把海麻线馄饨盛上桌，其实呀，他和彩云之间没有屏障更没有鸿沟，仅隔一层窗户纸。彼此站在对面隔岸观火。心里的不如意也都藏着忍着掖着，运气好的话能藏上一辈子，谁都不说！人一辈子不容易，何况到了这般晚景，他喜欢跳舞就跳下去，彩云喜欢养狗就养下去，没几天就老了就到站了。老要疯狂少要稳，大概就是这么个道理。

金凤又发来信息，这个女人一会儿三九一会儿三伏的，可老奚偏偏贱骨头一个！又厌着又恋着，这娘儿们性子刚烈得像个活祖宗，老奚不缺祖宗他缺个儿子……他要调整好状态，连安过两天就回来了！他忽然想到梦里肉嘟嘟的小奚宝，最近这是怎么了？

金凤信息上说，所有包子都废掉了，老奚你忘放盐了。我说过明天蒸，谁想你这么急？蘸酱油吃吧！金凤回复，你们家包子都这么吃？我说过今天头晕。现在还晕着……

老奚一连几天都昏昏沉沉，这把年纪哪经得起两头忙？金凤来电话说连安公司临时有任务不回来了，那些包子给了邻居。老奚心里狐疑，因为一锅没放盐的包子，还是他这几天没过去，就使性子不让他见连安？马上打电话求证，连安解释不是不回去，是假期推迟到下月。看见那新沙发新桌椅了，弄得像新房一样，还有那海麻线包子，都给我留着。奚叔多劝劝老妈，毕竟两年没回去了，听说我假期推迟，她不太高兴。不如你们去旅游吧，你们选好地点告诉我，费用我负责。连安停顿了一下，当然也带上金玲小姨。

老奚最近状态不好，倒是想出去转转，他不少工友和同学都去旅游了，成天在朋友圈晒照片。老奚还向大厦的年轻人咨询这个季节去哪玩好。北京？上海？广州？金凤却一盆冷水泼过来，自己住院都不敢惊动儿子，还不是怕他破费。他出钱你旅游？你不知道他那房子还贷着款？金凤一番话直把老奚推到南墙上。连安在微信里问，奚叔，选好地点了吗？我好让媳妇订票。

十七

同学群里正组织旅游，地点是省城风景区，来去四天，每人收费五百块，可以带家属！五百就五百，老奚决定带彩云走一趟。彩云同意去，后来考虑到嘉宝，送宠物店寄养一天得八十块。她看看老奚，老奚也觉得八十太贵，他们旅游住宿一天还合不上这么多，彩云等他后面的话，等啊等，半个小时过去了，老奚闭上眼睛打盹，看起来他没有要分担这笔钱的想法。

老奚到大厦请假，又去金凤家里把地板一顿擦，还把这几天的吃食给彩云准备好，老奚出趟门容易吗？最后到位才六个人，不是有事就是身体欠佳。老奚态度坚决，六个人也去，不然白忙活了。

彩云约金凤在步行街见面，和她要一块红绒布给嘉宝做领结。

在遮阳伞下彩云还请她喝了绿豆沙冰，金凤给她带来几个海麻线包子，这个忘放盐了，你蘸点酱油吃。咯咯咯，彩云笑，其实海麻线包馄饨更好，前几天老奘给我包了，那个鲜哪！彩云咂咂嘴巴。

身体恢复得怎么样？还跳舞吗？当然，不跳舞活着哪来乐趣？人哪，出门不一定能找到钱财，但一定能找到快乐！轻伤不下火线。彩云劝她小心，总不至于冒着生命危险找乐吧！她们前楼一个老太太也这毛病，上个星期在广场上扭秧歌，扭着扭着人就没了！我单位那个老头儿，去市场买了二十斤大米，爬一半楼梯就累不行了。彩云目光友好坦然真诚。金凤不屑，该河里死不会井里死，生死自有天命。彩云说好死不如赖活着！她又在手机上找到好多注意事项，你这个病啊，不能跑跳不能剧烈运动低脂饮食注意休息……这包子有肉吧，不能嘴馋。喊，那活个什么劲儿？我那个邻居，支架十几年了，天天猪蹄子红烧肉。

彩云把手机递给金凤，看嘉宝穿上西服多帅，用你这块红布再给它做个领结，我们嘉宝还会跳舞。金凤急着去买药，彩云压低嗓子，老奘和他同学去旅游了，一共六个人，三男三女，咯咯咯，哪是旅游，简直是集体情人聚会，咯咯咯。还让我去，我能打扰人家吗？咯咯咯……金凤觉得这娘儿们脑子真有问题，上学那会儿没这么缺心眼儿啊！

金凤照例去公园跳舞，她发现围观者明显减少，缺了老奘那些忠实的看客也都心不在焉，没有掌声没有欢呼，她自然也不来情绪。和金玲跳舞玩不了高难，金玲哪有老奘那身力气？她和那些围观者就像鱼和水，水都干了鱼也没法扑腾。金玲想让她趁机甩掉老奘，把和她学舞的一个老头儿拉过来，这老头儿是个军人，退休金一万多。

老头儿退休金不赖腿脚却不灵活，只能跳慢三。金凤和他推破车似的在长廊里转，一种强烈的厌恶萦绕心头，白瞎了她一身好"舞功"。

于是就想念起老奚来，那是她的铁杆搭档，不，黄金搭档。老奚跳舞不是很灵却有把子力气，有力气太重要了，他能抓住金凤的脚踝转好几圈，那一刻整个人都有腾空飞翔的感觉。现在人身子骨弱，即便年轻人有老奚这把力气的也不多。

　　树上有鸟叽喳叫得人心烦，金凤仰头骂，滚！鸟们继续叽喳，完了吧，没有老奚失落了吧！金凤捡一块小石头撇过去，鸟扑棱棱飞了……金凤给老奚打电话，左一遍右一遍，没人接！

　　那时候老奚来中山广场看她跳舞，见天来，两眼直勾勾的没遮没拦。正赶上金玲去外地，自己成了孤雁内心难免空落，酒仙又时常骚扰，老奚有着铁塔一般的身子骨，结实剽悍，跳舞不是问题，震慑酒仙也不是问题，但他自身有问题！

　　怎么说呢？老奚有狐臭，这种味道往往本人并不知晓，却时刻殃及周遭。这世上哪有十全十美的事，她又不好发寻人启事招募搭档，暂且将就着，骑驴找马也不失为一种方式。况且办法总比困难多，不是还有香水吗？

　　那杨贵妃不就是靠香水抵御狐臭吗？香水居然在老奚这儿不奏效！看来他的病情比杨贵妃还严重。更要命的是那香水和老奚的体味产生了强烈的化学反应，两下一混合形成了更为刺鼻的味道，那是臭味的另一种升华，能让人窒息。

　　金凤小时候学过游泳，会憋气。受不了就憋上一口。别人没这本事呀！他俩跳舞时，大家自觉地开始退避，金凤把香草缝进荷包带身上，缓解了一些，再做衣服时就悄悄把香草放进接缝处，老奚衣兜里也揣着香草包，两人同仇敌忾。

　　金凤教他跳舞帮他驱臭，拯救了一个无望的装卸工，打造了一个充满自信的舞者。被重塑的老奚腰杆直了脖子挺了人缘都有了，还有女人缘呢！电话总算通了，那边很乱，老奚说他正参观故宫，他看见皇帝睡觉的床了。有女人的声音，老奚，快过来拍照！

　　算算日期该往回走了，老奚却说几个人玩得开心，还要再续几天，到水洞那边玩玩。金凤想只要一跑出去人就野了，当初在舞厅，如果不是果断把他拉回来，老奚怕早飞了。今后一定严加看管，保不齐人就跑了，再找，哪儿那么容易！

金凤给老奚打电话，也没什么事，就是问问哪天回，闲着闹心。金凤对老奚依赖还看不上眼儿，有时候甚至都排斥，一个坐没坐相吃没吃相的装卸工，老奚蹲在那儿呼噜呼噜吃面条，样子特别不雅！

金凤家庭不俗，爷爷和老爹都是教书先生，连酒仙也算个文化人，写得一手好毛笔字，还是楹联协会的。刚结婚那会儿，逢春节左邻右舍的对联都是他写。那时候他们一个能写会画一个能歌善舞，也曾羡煞过旁人。酒仙要是走正路，自己哪至于到今天。电话拨出去又给挂掉，不能让老奚感觉自己在想着他念着他，缺了他这枚鸡蛋就做不成蛋糕了，老奚这个人爱骄傲，有女人多看他几眼就美得鼻涕冒泡。

好事从天降，报社要采访金凤，就是上次住院那个病友的儿子，阿姨，您在病重期间都那么坚强，还在病房里跳舞鼓励其他病友，听说您是脑血栓患者，这么多年始终坚持跳舞，现如今社会上就需要您这样的正能量。金凤握着电话的手在抖，那……那是我应该做的！

这一个跟头竟然摔到了报纸上，值，太值了！塞翁失马焉知非福！报纸就是一个高音大喇叭，它能把好人好事一股脑儿塞进人耳朵里。从此会有更多的人知道她羡慕她崇拜她，金凤仿佛看见那长廊已经被围得里三层外三层，先前她们单位有个劳模上过报纸，那是一人上报全家光荣，就因为一张报纸，三个光棍儿子很快都娶上媳妇。

对方还没见识过她的舞蹈，金凤把那个《鸿雁》视频发过去，自己反复看了几遍，好几处不尽如人意，她又把和老奚的双人舞发过去，还是这个更博眼球。太棒了，就这个双人舞，到时候我带摄像过去现场采访，连视频一起发到报社官网上，对方定下日期。

现在可以理直气壮让老奚早点回了，报社，报社要采访！得好好准备，看看这，跳着跳着还上报纸了！金凤明显激动，老奚那边倒很平静，不就上个报纸吗？怎么像中了彩票！你赶紧的，采访那天就跳《军港之夜》，练那么长时间了，多好的机会！你回来马上联系我。

十八

老奚回来并没急着联系金凤，他还有更重要的事！那个大夫的药确实见效果，这次同学出游很说明问题，之前他一出现人们不是皱眉头就是借故和他保持距离，这回不一样，他们肩并肩拍照手拉手过山洞，他还在山顶教他们跳舞，好几个人都上道了！

现在老奚两个腋下红疙瘩连成一片，腋下这个部位比较隐秘，别说红疙瘩，绿疙瘩也无所谓，但老奚太痒了，尤其最近几天，痒得夜里都睡不好觉。难道大夫都是治好一样再搭上一样？搭上这样比臭味还难耐，臭味老奚闻不到，红疙瘩却自斟自饮！

你们这些人哪，就是心急！那是一种正常排毒方式，把体内的气味通过红疙瘩表出来，哪能不疼不痒就把臭味赶跑了？西医取瘤子还得忍受刀口之痛呢！老头儿一边说一边吸溜吸溜喝茶，老奚一边听一边挠胳肢窝！麻烦您给想想办法，实在受不了了！最近还跳舞吗？和同学去旅游了。带老婆去的？没，她在家里看狗！相好去了？也没！其实我也想有点锻炼，之前练过一段太极，没意思！你看我跳舞行不？

老奚在老头儿身上瞄两眼，可以从初级阶段开始，公园里就有教的，我那个相好的妹妹就干这个。说完老奚就后悔了，怎么还给她介绍生意？不过那娘儿们顶不是东西，光盯着人家腰包，对学员没耐心，跳不好还要吃棍子。她还打人？打！拿棍子往身上抽！有一次把我抽得，不，把他们抽得身上洗衣板似的！要不我教你，老头儿看看他，你教有啥意思？

麻烦您给想想办法，然后我告诉您个好地方！痒痒不算病，痒起来真要命！我们祖先在长期的游牧生活中，发明了一套止痒操。你们祖先连这个也发明？老头儿看看身后的成吉思汗画像，那当然，我的祖先聪颖智慧，骑马出征一走数年，上哪儿洗澡去？为了不影响征战，他们自创一套止痒操，下面请跟着做，两只胳膊狠狠夹紧肋骨，往前顺时针蹭三下，巴雅尔，巴雅尔，往后逆时针蹭三下，巴雅尔、巴雅尔。两只胳膊交叉蹭，巴雅尔、巴雅尔！

只要一痒痒就做，嘴里念着巴雅尔！神了，老奚他真不痒了！

刚才你要告诉我一个地方，哪儿啊？哦，你不是要跳舞吗？去舞厅，门前一群群的陪舞娘儿们！贵吗？价格不等，面相好的要上百块还得给买雪碧。老头儿觉得上百块太贵，价钱不公道，老奚不屑，公不公道在买卖双方，那是生意！你去过？当然。现在怎么不去了？我俩的舞在那儿施展不开，我相好倒是喜欢那里，霓虹灯一闪一闪的。我喜欢在公园跳，她听我的！有电话进来，一个女同学问什么时候去公园？明天我上班，后天吧！老奚拧开桌子上一瓶矿泉水，一脸得意！又一个电话，老奚，你死哪去了？

长廊里一片热闹，金凤、金玲大黄蜂似的来回跑，金玲那几个学员自然不用说，金凤又去对面的凉亭里发动，能上报纸，还给录像！人数不少了，但这姐妹俩贪心，想一多再多！金玲手里拿着一条丝巾，什么时候鼓掌什么时候叫好都要有节奏有次序，不能像平时那样没章法。金玲拍拍手，大家看丝巾，往左就叫好，往右就鼓掌！有个老头儿问什么时候来，现在是排练，明早晨八点半准时。还给点劳务费不？上报纸多光荣的事，还劳务费？

有两个女人要去检查身体先走了，一出公园大门就唠叨上，真不知道记者采访她什么？说她意志坚强，在脑血栓和心脏搭桥的情况下仍坚持跳舞，是正能量！她还正能量？天天抱着人家老爷们儿跳舞，跳不好还使用暴力。你说老奚家女人知不知道？金玲说老奚那女人是个二货！一个小伙子往她们手里塞了张传单，阿姨，华联超市鸡蛋打折，买五斤送一斤。两个女人笑了，去华联，坚决不给那娘儿们当托儿！

金玲指挥众人，金凤编排队形，老奚倒是悠闲得很，正教人跳舞呢！就是这次一起旅游那几位，有个女同学笨，跳舞总像挎个筐，老奚一点也不厌烦，金凤把他叫过来没好气，总得把《军港之夜》再练练，明天报社录像！

老奚胸脯挺得像棵小白杨，旁边好几个同学呢，看那个女同学大嘴张的！金凤也把腰肢扭动的格外带劲，脖子昂扬得像骄傲的大白鹅。她手搭凉棚像白毛女迎着曙光走出山洞作引颈遥望状，这时候老奚的动作应该同步，但这家伙没跟上节奏，两只胳膊直往后使劲，引颈、引颈遥望，金凤小声提示，老奚这边遥不了了，一阵瘙痒袭上心头，如千万只蚂蚁盘踞在胳肢窝，赶紧做操，巴雅尔、巴雅尔！金凤有点蒙，只见老奚胳膊一扭一扭嬉皮笑脸看着那女同学。

金凤镇定，大臂旋转，她贴紧老奚身边转，这时候如果老奚接下去根本看不出破绽，可他太痒了，操刚做一半，到交叉环节了，巴雅尔、巴雅尔！胳膊肘力度强，正好拐在金凤胸口窝，把她推出去好几步远。金凤过去薅老奚，一使劲那件十块钱的海魂衫就在肩膀上咧开一条口子，露出通红的胳肢窝，人们欢笑。不玩了，老奚扭头离开，金凤对准他后背飞起一脚，出去旅趟游就不是你了，你个臭装卸工，你个臭胳肢窝。有人好奇，舞蹈怎么一下子变武术了？

老奚脸都紫了，这会儿也不痒了。他丹田较劲拎大包似的拎起金凤，嗖一下撇出去。有个聋老头儿没明白怎么回事，他对边上的老太太说，为了登个报纸，空中飞人都上来了，这么拼！金玲跑到玫瑰园里，姐，姐！金凤脸上顶花带刺，她慢慢睁开眼睛，去，去给我把老奚杀了！

十九

　　彩云破天荒做好饭，煎鱼炖肉煮汤芝麻烧饼，都摆饭桌上了，还有啤酒！老奚看看窗外，外面依旧是昨天的光景。有串辣椒火苗似的挂在对面阳台上，向晚的风微微掠过树梢，发出飒飒的声响，知了不知道躲在哪棵树上开心地唱着，吱、吱、吱……

　　老奚干掉一罐啤酒，又拿起一个烧饼，他一面咬一面把粘在唇边的几粒芝麻用舌头扫进嘴里！他告诉彩云大厦要调整作息时间，以后隔天一个班，工资照旧。两罐啤酒撞在一起发出清脆的叮叮，两个人也轻飘飘了，就像卸下肩上的包裹！窗外西边天空一疙瘩一疙瘩的闲云白棉花似的虚虚蓬蓬，接着白棉花又变成红色，一层一层往外翻涌成无数朵玫瑰，比公园里的都鲜艳……这时候那手机一闪跳出一行字，明早八点半，《军港之夜》不见不散……老奚看见彩云正拿着一罐啤酒，喝得不紧不慢……

　　（《黄金搭档》入选中国作协2015年度定点深入生活项目，发表于《中国作家》2020年第2期。）